CW01669028

With much love

Cindy xxx

Dello stesso autore in edizione TEA:

I casi di Precious Ramotswe, detective N. 1 del Botswana

1. *Precious Ramotswe, detective*
2. *Le lacrime della giraffa*
3. *Morale e belle ragazze*
4. *Un peana per le zebre*
5. *Il tè è sempre una soluzione*
6. *Un gruppo di allegre signore*
7. *Scarpe azzurre e felicità*
8. *Il buon marito*
9. *Un miracolo nel Botswana*
10. *L'ora del tè*
11. *Utili consigli per il buon investigatore*
12. *Un matrimonio all'aperto*
13. *L'accademia dei detective*
14. *Salone di bellezza per piccoli ritocchi*
15. *Il caffè degli uomini avvenenti*
16. *Gli effetti benefici delle vacanze*
17. *Il club delle vacche grasse*
18. *I colorati panni degli altri*

I casi di Isabel Dalhousie, filosofa e investigatrice

1. *Il club dei filosofi dilettanti*
2. *Amici, amanti, cioccolato*
3. *Il piacere sottile della pioggia*
4. *L'uso sapiente delle buone maniere*
5. *Pratiche applicazioni di un dilemma filosofico*
6. *L'arte perduta della gratitudine*
7. *Le affascinanti manie degli altri*

Le storie del 44 Scotland Street

1. *44 Scotland Street*
2. *Semiotica, pub e altri piaceri*
3. *Lettera d'amore alla Scozia*
4. *Il mondo secondo Bertie*

Altri romanzi

Amori in viaggio

Alexander McCall Smith

Precious Ramotswe, detective

Romanzo

Traduzione di
Claudio Carcano

TEA

Per informazioni sulle novità
del Gruppo editoriale Mauri Spagnol visita:
www.illibraio.it

TEA – Tascabili degli Editori Associati S.r.l., Milano
Gruppo editoriale Mauri Spagnol

www.tealibri.it

First published by Polygon

Prima edizione TEADUE settembre 2013
Prima ristampa TEADUE marzo 2014
Prima edizione Gialli TEA aprile 2021
Prima ristampa Gialli TEA gennaio 2023

PRECIOUS RAMOTSWE, DETECTIVE

Questo libro è dedicato
ad Anne Gordon-Gilles
in Scozia
e
a Joe e Mimi McKnight
di Dallas, Texas

1

Papà

La signora Ramotswe possedeva un'agenzia investigativa in Africa, alle pendici della Kgale Hill. I suoi beni consistevano in: un furgoncino bianco, due scrivanie, due sedie, un telefono e una macchina da scrivere. Aveva anche una teiera, nella quale la signora Ramotswe – l'unica donna detective del Botswana – preparava il tè rosso. E tre tazze: una per sé, una per la sua segretaria e una per il cliente. Di che altro necessita un'agenzia investigativa? Le agenzie investigative fanno affidamento sull'intuito e sull'intelligenza, qualità che la signora Ramotswe possedeva in abbondanza, ma che naturalmente non sarebbero mai figurate in un inventario.

Così come non vi avrebbe mai figurato la vista di cui si godeva. Come potrebbe un elenco del genere descrivere quello che si vedeva fuori dalla porta della signora Ramotswe? Di fronte, un'acacia, un arbusto spinoso che costella gli ampi bordi del Kalahari; le grosse spine bianche, un avvertimento; le foglie olivastre, per contro, così delicate. Tra i suoi rami, nel tardo pomeriggio o nella frescura del primo mattino, si poteva scorgere, o più che altro sentire, un turaco. Dietro l'acacia, sopra la strada polverosa, i tetti della cittadina sotto un manto di alberi e boscaglia e all'orizzonte, affioranti nell'azzurro torrido del cielo, le colline simili a improbabili termitai fuori misura.

Tutti la chiamavano signora Ramotswe o, volendo essere formali, *Mma* Ramotswe, come si addiceva a una persona della sua levatura, anche se lei non si presentava mai in quel modo. Era sempre la signora Ramotswe, anziché Precious Ramotswe, nome che in pochissimi adoperavano.

Era una brava detective e una brava donna. Una brava donna in un buon Paese, si potrebbe dire. Amava il suo Paese, il Botswana, un luogo di pace, e amava l'Africa, nonostante tutte le sue tribolazioni. *Non mi vergogno di definirmi una patriota*, diceva la signora Ramotswe. *Amo tutte le persone che Dio ha creato, ma soprattutto so come amare quelle che vivono in questo posto. Loro sono la mia gente, i miei fratelli e le mie sorelle. È mio dovere aiutarli a risolvere i misteri nelle loro vite. Questo sono chiamata a fare.*

Nei momenti di ozio, quando non c'erano questioni urgenti da affrontare, e quando tutti sembravano assonnati dalla calura, si sedeva sotto l'albero di acacia. Era un luogo polveroso dove sostare, e a volte i polli venivano a becchettarle tra i piedi, ma era una postazione che pareva stimolare il pensiero. Era lì che la signora Ramotswe meditava su alcuni dei problemi che, nella vita quotidiana, è facile mettere da parte.

Tutto, pensava la signora Ramotswe, *prima è stato qualcos'altro. Eccomi qua, l'unica donna che fa la detective privata di tutto il Botswana, seduta davanti alla mia agenzia investigativa. Solamente qualche anno fa qui non c'era nessuna agenzia investigativa, e prima ancora non esistevano nemmeno degli edifici, ma soltanto alberi d'acacia, il letto del fiume in lontananza e oltre questo, così vicino, il Kalahari.*

In quei giorni non c'era nemmeno il Botswana, solo il Protettorato del Bechuanaland, e in epoca precedente la Contea di Khama, e i leoni col vento asciutto nelle criniere. E guardate cosa c'è adesso: un'agenzia investigativa, proprio qui a Gaborone, con me, corpulenta detective in gonnella, seduta all'esterno a riflettere su come una cosa oggi diventi tutta un'altra domani.

La signora Ramotswe aveva fondato la Ladies' Detective Agency n. 1 col ricavato della vendita del bestiame del padre, che possedeva una grossa mandria e non aveva altri figli, e così ogni singola bestia, tutti i centottanta capi, compresi i bianchi tori del Brahman i cui nonni aveva allevato lui stesso, andarono a lei. Il bestiame era stato trasferito dal pascolo a Mochudi, dove aveva sostato, nella polvere, sotto gli sguardi dei giovani, vocianti mandriani, fino all'arrivo dell'incaricato della vendita.

La mandria era stata venduta a un buon prezzo, poiché quell'anno le piogge erano state abbondanti e l'erba era cresciuta rigogliosa. Se fosse stato l'anno prima, quando la maggior parte di quella zona meridionale dell'Africa era stata colpita dalla siccità, le cose sarebbero andate diversamente. Allora alcuni avevano esitato e preferito tenersi il proprio bestiame, senza il quale si sentivano nudi; e altri, più disperati, l'avevano venduto perché, venendo a mancare la pioggia un anno dopo l'altro, avevano visto gli animali smagrire sempre più. La signora Ramotswe era felice che la malattia del padre gli avesse evitato di prendere una decisione, poiché il prezzo di vendita a quel punto era salito e chi aveva aspettato era stato ben ricompensato.

« Voglio che tu abbia la tua attività », le aveva detto il padre sul letto di morte. « Ora spunterai un buon prezzo per il bestiame. Vendilo e comprati un'attività. Magari una macelleria. O una bottiglieria. Quello che vuoi. »

Lei gli stringeva la mano tra le proprie e guardava negli occhi l'uomo che amava più di chiunque altro, il suo papà, il suo saggio papà, i cui polmoni si erano riempiti di polvere nelle miniere e che aveva lesinato e risparmiato al centesimo per offrirle una vita migliore.

Le era stato difficile parlare tra le lacrime, ma era riuscita a dire: « Aprirò un'agenzia investigativa. Giù a Gaborone. Sarà la migliore del Botswana. L'Agenzia n. 1 ».

Per un istante suo padre aveva sgranato gli occhi ed era sembrato volersi sforzare di replicare.

« Ma... ma... »

Ma era morto prima di riuscire a dire altro e la signora Ramotswe si era accasciata sul suo petto e aveva pianto per la dignità, l'amore e la sofferenza che erano scomparsi insieme con lui.

Fece dipingere un cartello con colori vivaci e lo piazzò in fondo a Lobatse Road, sul limitare dell'abitato, puntato sul piccolo edificio che aveva acquistato: LADIES' DETECTIVE AGENCY N. 1. – RIGOROSA SUPERVISIONE PERSONALE – SODDISFAZIONE GARANTITA.

L'apertura dell'agenzia suscitò un notevole interesse da parte del pubblico. Vi fu un'intervista a Radio Botswana (nella quale, a suo dire, fu invitata a presentare le sue credenziali con modi piuttosto rudi) e un articolo più soddisfacente di *The Botswana News* che attirava l'attenzione sul fatto che fosse l'unica detective privata di sesso femminile del Paese. Quell'articolo fu ritagliato, fotocopiato ed esposto in bella vista su un cartello a fianco della porta d'ingresso dell'agenzia.

Dopo una partenza lenta, fu alquanto sorpresa di scoprire che i suoi servizi erano davvero molto richiesti. Veniva consultata per mariti svaniti nel nulla, affidabilità creditizia di potenziali soci in affari e sospetto comportamento fraudolento di dipendenti. In quasi tutti i casi riusciva a fornire almeno qualche informazione utile al cliente e, quando falliva, rinunciava al suo compenso, il che significava che praticamente nessuno di quelli che la interpellavano restava insoddisfatto. La gente del Botswana, scoprì, amava parlare e il semplice accenno al fatto di essere una detective privata liberava un positivo flusso d'informazioni su argomenti d'ogni sorta. Ne dedusse che l'essere avvicinate da una detective privata lusingava le persone, e questo, in effetti, faceva sciogliere loro la lingua. Fu ciò che accadde con Happy Bapetsi, una delle sue prime clienti. Povera Happy! Perdere il padre, trovarlo e poi perderlo di nuovo...

«Avevo una vita felice», disse Happy Bapetsi. «Una vita davvero felice. Poi è successo questo fatto e non posso più dire così.»

La signora Ramotswe osservava la cliente sorseggiare il suo tè rosso. Era convinta del fatto che tutto quello che si può desiderare sapere di una persona le stesse scritto in viso. Non era tra coloro che credevano – ed erano ancora in molti – che a contare fosse la forma della testa; era più una questione di prestare attenzione alle rughe e all'aspetto generale. E agli occhi, naturalmente; quelli erano molto importanti. Gli occhi permettevano di vedere dritto dentro una persona, di cogliere la sua vera essenza, ed era quello il motivo per cui chi nascondeva qualcosa indossava occhiali da sole nei luoghi chiusi. Quelle erano le persone cui prestare maggiore attenzione.

Happy Bapetsi era intelligente, lo si capiva subito. Aveva anche poche preoccupazioni – lo dimostrava il fatto che non avesse rughe sul viso, a parte quelle d'espressione, s'intende. Dunque il problema era un uomo, concluse la signora Ramotswe. Un uomo che era intervenuto a rovinare tutto, distruggendo la sua felicità col suo cattivo comportamento.

«Lasci che prima le parli un po' di me», disse Happy Bapetsi. «Io vengo da Maun, sa, proprio sull'Okavango. Mia madre possedeva un piccolo negozio e io vivevo con lei nella casa sul retro. Avevamo un mucchio di galline ed eravamo molto felici.

«Mia madre mi aveva detto che mio padre se n'era andato molto tempo prima, quando ero ancora neonata. Si era trasferito a Bulawayo per lavoro e non era mai tornato. Qualcuno – un altro motswana* che viveva lì – ci aveva scritto dicendo che pensava che mio papà fosse morto, ma che non ne era sicuro. Un giorno era andato a trovare una persona al Mpilo Hospital e, mentre percorreva un corridoio, aveva visto un infermiere spingere una barella con sopra un morto, un uomo che assomigliava molto a mio padre. Ma non poteva essere certo che fosse lui. Così avevamo deciso che doveva essere morto, cosa che non aveva preoccupato particolarmente mia madre perché lui non le era mai piaciuto molto. Io nemmeno me lo ricordavo, dunque per me la cosa non faceva grande differenza.

«Ho frequentato una scuola a Maun gestita da missionari cattolici. Uno di loro aveva scoperto che me la cavavo piuttosto bene in aritmetica e aveva dedicato un mucchio di tempo ad aiutarmi. Diceva di non avere mai conosciuto una ragazza che sapeva fare i calcoli così bene. Era alquanto strano: mi bastava vedere una serie di numeri per ricordarmeli. Poi ne sommavo

* Nel Botswana i boscimani sono conosciuti come basarwa, singolare mosarwa; gli appartenenti all'etnia principale sono invece chiamati bastswana, singolare motswana. (*N.d.T.*)

altri nella mia mente e senza doverci pensare sapevo il risultato senza alcuno sforzo. Ho superato brillantemente gli esami e alla fine sono andata a Gaborone per studiare da contabile. Ancora una volta per me è stato semplicissimo: mi bastava guardare un registro pieno di numeri per capirne all'istante il significato. Il giorno dopo, ricordavo ogni singola cifra ed ero in grado di riscriverle tutte, se necessario.

«Ho trovato lavoro in banca e ho ottenuto una promozione dopo l'altra. Ora sono prima assistente contabile e non credo di poter avanzare oltre perché tutti i colleghi maschi temono che li farei passare per stupidi. Ma non m'importa. Lo stipendio è buono e riesco a finire tutto il mio lavoro per le tre del pomeriggio, a volte anche prima. Poi vado a fare spese. Ho una casa graziosa di quattro locali e sono molto felice. Avere raggiunto questi risultati a trentotto anni non è male, ritengo.»

La signora Ramotswe sorrise. «Molto interessante. Ha ragione. È stata brava.»

«Sono proprio fortunata», dichiarò Happy Bapetsi. «Poi però è successa questa cosa. Mio padre si è presentato a casa mia.»

La signora Ramotswe trattenne il fiato. Non si aspettava nulla del genere; aveva pensato che il problema fosse un fidanzato. I padri erano tutta un'altra questione.

«Ha bussato alla porta, come niente. Era sabato pomeriggio ed ero sdraiata a letto a riposare quando ho sentito bussare. Mi sono alzata, sono andata alla porta, e lì c'era quest'uomo, sulla sessantina o giù di lì, che se ne stava in piedi col cappello tra le mani. Mi ha detto di essere mio padre, di avere vissuto a lungo a Bulawayo ma che ora era tornato nel Botswana ed era venuto a trovarmi. Comprenderà quanto fossi scioccata. Se non mi fossi seduta, penso che sarei svenuta. Nel frattempo lui continuava a parlare. Mi ha detto il nome di mia madre, che era giusto, e di essere dispiaciuto non essersi fatto vivo prima. Poi mi ha chiesto se poteva stare in una delle camere degli ospiti, perché non aveva altro posto dove andare. Io gli ho risposto di sì. Ero entusiasta di vedere mio padre e pensavo che sarebbe stato bello riuscire a recuperare tutti gli anni che ci eravamo persi e averlo lì con me, soprattutto dopo la morte della mia povera mamma. Perciò gli ho preparato il letto in una delle camere e gli ho cucinato una bella bistecca con patate, che ha trangugiato avidamente. Poi mi ha chiesto di più.

« Questo è accaduto circa tre mesi fa. Da allora vive da me e io lo accudisco in tutto e per tutto. Gli preparo la colazione, gli cucino qualcosa per pranzo e glielo lascio in cucina e alla sera gli servo la cena. Gli compro una bottiglia di birra al giorno e gli ho procurato anche dei vestiti nuovi e un paio di buone scarpe. Lui non fa altro che starsene seduto sulla sua sedia fuori dalla porta d'ingresso e dirmi cos'altro devo fare per lui. »

« Molti uomini sono così », la interruppe la signora Ramotswe.

Happy Bapetsi annuì. « Questo in particolare. Da quando è arrivato, non ha lavato nemmeno una pentola, e io mi sono stancata di stargli dietro. Per di più, spende un mucchio di soldi in pillole vitaminiche e biltong.* Sa, non me la prenderei se non fosse per il fatto che penso si tratti di un impostore. Non ho modo di provarlo, ma sono convinta che quest'uomo abbia sentito parlare della nostra famiglia dal mio vero padre, prima che morisse, e che ora stia soltanto fingendo. Secondo me quest'uomo cercava una casa di riposo in cui installarsi e ne ha trovata una perfetta. »

La signora Ramotswe si scoprì a fissare meravigliata Happy Bapetsi. Senza dubbio le stava dicendo la verità; a sbalordirla era la sfacciataggine, l'assoluta, manifesta sfrontatezza degli uomini. Come osava quella persona arrivare e imporsi a una donna così servizievole e felice! Che razza d'inganno, che raggiro! Che vero e proprio ladrocinio!

« Mi può aiutare? » domandò Happy Bapetsi. « Può scoprire se quest'uomo è davvero mio padre? Se lo è, mi comporterò da figlia ubbidiente e lo sopporterò. Se non lo è, preferirei che traslocasse altrove. »

La signora Ramotswe non ebbe esitazioni. « Lo scoprirò », disse. « Mi ci vorranno un paio di giorni, ma lo scoprirò! »

* Strisce di carne essiccata al sole. (*N.d.T.*)

Naturalmente era più facile a dirsi che a farsi. Certo, esistevano gli esami del sangue, ma dubitava alquanto che quella persona avrebbe accettato di farne uno. No, doveva trovare un sistema più sottile, qualcosa che dimostrasse al di là di ogni dubbio che lui era o non era il padre. Si fermò a riflettere. Sì! C'era qualcosa di biblico in quella storia. *Che cosa avrebbe fatto Salomone?* si chiese.

La signora Ramotswe si fece prestare la divisa da infermiera da un'amica, Sorella Gogwe. Era un po' stretta, soprattutto sulle braccia, dato che Sorella Gogwe, seppur generosamente proporzionata, era un poco più sottile della signora Ramotswe. Ma una volta entrataci e appuntato l'orologio da infermiera sul taschino, divenne la fotografia perfetta di un'assistente sanitaria del Princess Marina Hospital. Pensò che fosse un buon travestimento e si ripropose di utilizzarlo anche in futuro.

Mentre raggiungeva la casa di Happy Bapetsi a bordo del suo furgoncino bianco, rifletté su come la tradizione africana di aiutare i parenti potesse paralizzare le persone. Sapeva di un uomo, un sergente di polizia, che stava mantenendo uno zio, due zie e un secondo cugino. Se credevi nella vecchia morale setswana, non potevi voltare le spalle a un congiunto, il che comportava innegabili vantaggi, ma anche che ciarlatani e parassiti avevano vita più facile che in qualunque altro posto. Erano quelli i soggetti che rovinavano il sistema, pensò. Erano loro a mettere in cattiva luce le tradizioni.

Avvicinandosi alla casa aumentò la velocità. Dopotutto, la sua era una missione di salvataggio e, se l'uomo era seduto sulla sua seggiola fuori dall'ingresso, l'avrebbe vista arrivare in una nuvola di polvere. Era lì a godersi il sole del mattino ma, vedendo il furgoncino fermarsi davanti al cancello, si affrettò a raddrizzarsi sulla sedia. La signora Ramotswe spense il motore e si precipitò fuori dal veicolo verso la casa.

«*Dumela, Rra*», lo salutò sbrigativa. «È lei il padre di Happy Bapetsi?»

L'uomo si alzò in piedi. «Sì», confermò pieno d'orgoglio. «Sono io.»

La signora Ramotswe ansimò, come per riprendere fiato. «Mi dispiace avvertirla che c'è stato un incidente. Happy è stata investita e giace in gravi condizioni all'ospedale. Proprio in questo momento la stanno sottoponendo a una delicata operazione.»

Il papà si lasciò sfuggire un gemito. «Ahi! Mia figlia! La mia piccola Happy!»

Un buon attore, pensò la signora Ramotswe, *tuttavia*... No, preferiva confidare nell'istinto di Happy Bapetsi. Una ragazza dovrebbe saper riconoscere il proprio padre anche se non lo vede da quando era molto piccola.

«Sì», continuò. «Purtroppo è così. Sta molto, molto male. E occorre parecchio sangue per compensare quello che ha perso.»

L'uomo si accigliò. «Devono darglielo. Tutto il necessario. Posso pagare.»

«Non è questione di soldi», precisò la signora Ramotswe. «Il sangue è gratis, ma non abbiamo quello del suo gruppo. Dobbiamo prelevarlo da un suo famigliare e Happy ha soltanto lei. È l'unico che può salvarla.»

Lui sprofondò nella seggiola.

«Io sono vecchio», dichiarò.

La signora Ramotswe si rese conto che il piano funzionava. Sì, quell'uomo era un impostore.

«È proprio per questo che ci siamo rivolti a lei», spiegò. «Dato l'ingente quantitativo di sangue necessario, dovranno prelevare circa la metà di quello che ha in corpo. Sarà molto pericoloso. In effetti, potrebbe anche morire.»

All'uomo cadde la mascella.

«Morire?»

«Sì», confermò la signora Ramotswe. «D'altro canto lei è il padre, e sappiamo che per sua figlia farebbe questo e altro. Ora venga subito con me, altrimenti sarà troppo tardi. Il dottor Moghile ci sta aspettando.»

L'uomo aprì la bocca poi la richiuse.

« Venga », lo incitò la signora Ramotswe afferrandolo per un polso. « L'accompagno al furgone. »

L'uomo si alzò in piedi, ma poi cercò di risedersi. La signora Ramotswe lo strattonò.

« No », rifiutò lui. « Non voglio venire. »

« Deve farlo », insistette la signora Ramotswe. « Su, venga con me. »

L'uomo scosse la testa. « No », rifiutò debolmente. « Non lo farò. Vede, in realtà non sono suo padre. C'è stato un errore. »

La signora Ramotswe gli lasciò il polso. Poi gli si piazzò di fronte a braccia conserte per fargli un discorsetto.

« Ecco! Ecco! Così non è suo padre! Allora cosa ci fa lì seduto a mangiare il suo cibo? Ha sentito parlare del codice penale del Botswana e di cosa dice della gente come lei? Eh? »

L'uomo abbassò lo sguardo sul pavimento e scosse il capo.

« Allora », proseguì la signora Ramotswe, « le do cinque minuti per entrare in casa e raccogliere le sue cose. Poi l'accompagno alla stazione degli autobus dove lei ne prenderà uno. Dove vive in realtà? »

« A Lobatse », confessò lui. « Ma non mi piace starci. »

« Be' », aggiunse la signora Ramotswe, « forse se iniziasse a far qualcosa invece che starsene seduto a oziare potrebbe apprezzarla di più. Ci sono un sacco di cocomeri da coltivare lì. Cosa ne dice, tanto per cominciare? » L'uomo le rivolse uno sguardo sconfortato. « Dentro! » ordinò lei. « Le restano solo quattro minuti! »

Quando Happy Bapetsi rientrò a casa scoprì che il *papà* se n'era andato togliendo tutto dalla sua stanza. Un appunto lasciato dalla signora Ramotswe sul tavolo di cucina le fece tornare il sorriso sulle labbra:

« Come pensava, quell'uomo non era affatto suo padre. Ho trovato il modo migliore per smascherarlo. Me l'ha detto lui stesso. Forse un giorno ritroverà il suo vero padre. Forse no. Ma nel frattempo, può tornare a essere felice. »

2

Tutti quegli anni prima

Non dimentichiamo, rifletté la signora Ramotswe, *per piccole che siano, le nostre teste sono zeppe di ricordi così come il cielo a volte è colmo di sciami d'api, migliaia e migliaia di ricordi, di odori, di luoghi, delle piccole cose che ci sono successe e che riaffiorano, inaspettatamente, per rammentarci chi siamo. E chi sono io? Io sono Precious Ramotswe, cittadina del Botswana, figlia di Obed Ramotswe, morto perché aveva fatto il minatore e non riusciva più a respirare. La sua vita è passata sotto silenzio; chi c'è qui che mette nero su bianco le vite della gente comune?*

Mi chiamo Obed Ramotswe e sono nato vicino a Mahalapye nel 1930. Mahalapye si trova a metà strada tra Gaborone e Francistown, su quella strada che sembra allungarsi all'infinito. All'epoca era una strada in terra battuta e la linea ferroviaria era molto più importante. La ferrovia scendeva da Bulawayo, entrava nel Botswana a Plumtree e proseguiva verso sud lungo il margine del paese fino a Mafikeng, sul lato opposto.

Da bambino guardavo sempre i treni che si fermavano sul binario di raccordo. Emettevano grandi nuvole di vapore e noi ci sfidavamo l'un l'altro a corrergli il più vicino possibile. I fochisti ci urlavano dietro e il capostazione soffiava il fischietto, ma nessuno riusciva a sbarazzarsi di noi. Ci nascondevamo dietro le piante e le casse e schizzavamo fuori per chiedere monete dai finestrini chiusi dei treni. Vedevamo i passeggeri bianchi sbirciare da dietro i vetri, simili a fantasmi, e a volte qualcuno ci gettava uno dei loro penny rhodesiani – grosse monete di rame con un buco nel centro – o, se eravamo fortunati, una minuscola moneta d'argento che chiamavamo *tickey*, con la quale potevamo comprare un barattolino di melassa.

Mahalapye era un villaggio di capanne sconnesse fatte di mattoni marroni seccati al sole e di qualche edificio dal tetto in lamiera. Questi ultimi appartenevano al Governo o alla Ferrovia e per noi rappresentavano un lusso irraggiungibile. C'era una scuola gestita da un anziano sacerdote anglicano e da una donna bianca il cui viso era stato semibruciato dal sole. Parlavano setswana, cosa insolita, ma facevano lezione in inglese, insistendo affinché, pena una bastonatura, ricorressimo alla nostra lingua nella ricreazione.

Dall'altro lato della strada iniziava la pianura che si allungava nel Kalahari. Era una landa desolata, cosparsa di bassi alberi spinosi sui cui rami si appollaiavano i buceri e gli svolazzanti molope, con le loro lunghe, pendenti penne caudali. Era un mondo che sembrava non avere fine e che, penso, rendeva tanto diversa l'Africa del tempo. Era una terra infinita. Un uomo poteva percorrerla a piedi o a cavallo per sempre senza mai arrivare da nessuna parte.

Adesso ho sessant'anni, e non credo che Dio voglia farmi vivere più a lungo. Forse ancora qualche anno, ma ne dubito. Il dottor Moffat, al Dutch Reformed Hospital di Mochudi, mi ha auscoltato il torace. Ha capito che avevo fatto il minatore, solo auscoltandolo, ha scosso la testa e ha detto che le miniere hanno diversi modi per far male a un uomo. Mentre parlava, mi sono ricordato di una canzone intonata in continuazione dai minatori Sotho: «Le miniere divorano gli uomini. Anche quando ne sei uscito, le miniere continuano a divorarti». Sapevamo tutti che era vero. Puoi restare ucciso da un masso che cade o morire anni dopo, quando lo scendere sottoterra ormai è solamente un ricordo, o addirittura il brutto sogno di una notte. Le miniere si rifanno vive per essere pagate, proprio come succede a me ora. Per questo le parole del dottor Moffat non mi hanno sorpreso.

Alcune persone non riescono a reggere una notizia come questa. Pensano di dover vivere per sempre e piangono e si disperano quando capiscono che la loro ora sta per arrivare. Io non sono così e non mi sono messo a piangere sentendo le parole del dottore. L'unica cosa che mi rattrista è che quando muoio lascerò l'Africa. Io amo l'Africa, che è mia madre e mio padre. Da morto, mi mancherà il profumo dell'Africa, perché dicono che dove si va, ovunque sia questo posto, non ci sono né odori né sapori.

Non sto dicendo di essere un uomo coraggioso – non lo sono – ma le notizie che ho ricevuto non mi preoccupano, davvero. Posso guardarmi indietro e pensare a tutto quello che ho visto nei miei sessant'anni e a come ho cominciato dal nulla per arrivare ad avere quasi duecento capi di bestiame. E poi ho una brava figlia, una figlia leale che bada a me e mi prepara il tè mentre siedo qui al sole e ammiro le colline in lontananza. Viste da lontano, quelle colline sembrano azzurre, come tutto quello che è distante in questo Paese. Qui siamo lontani dal mare, con l'Angola e la Namibia tra noi e la costa, eppure abbiamo questo grande e vuoto oceano azzurro sopra di noi e intorno a noi. Nessun marinaio si sentirebbe più solo di un uomo che se ne sta nel mezzo della nostra terra, con chilometri di azzurro tutto intorno.

Non ho mai visto il mare, anche se un uomo con cui ho lavorato in miniera una volta mi ha invitato a casa sua, nello Zululand. Ha detto che lì c'erano colline verdi che scendevano fino all'Oceano Indiano e che dalla porta di casa vedeva le barche al largo. Diceva che le donne del suo villaggio preparavano la birra migliore del Paese e che un uomo poteva starsene seduto al sole per anni senza mai muovere un dito, soltanto a far figli e bere birra di mais. Diceva che se andavo con lui, forse riusciva a procurarmi una moglie, tralasciando il fatto che non ero uno zulu – se ero disposto a pagare al padre abbastanza denaro in cambio della ragazza.

Ma perché dovrei voler andare nello Zululand? Perché mai dovrei desiderare di vivere altrove e non nel Botswana e sposare una ragazza non tswana? Gli ho detto che lo Zululand sembrava un bel posto, ma che ogni uomo ha dentro il cuore una mappa del suo Paese e che il cuore non permetterà mai di dimenticarla. Gli ho detto che nel Botswana non abbiamo verdi colline come a casa sua, e nemmeno il mare, ma che abbiamo il Kalahari e terreni che si allungano oltre ogni immaginazione. Gli ho detto che se un uomo nasce in un territorio arido, sebbene possa sognare la pioggia, non ne vuole molta e non teme il sole battente. Così non sono mai andato con lui nello Zululand e non ho nemmeno visto il mare. Ma questo non mi ha mai reso infelice, nemmeno una volta.

Dunque ora me ne sto seduto qui, prossimo alla fine, e penso a tutto quello che mi è successo. Non passa giorno, tuttavia, che non pensi a Dio e a come sarà essere morto. Non sono spaventato, perché non temo il dolore e il male che provo è più che sopportabile. Mi hanno dato delle pillole – grosse e bianche – dicendomi di prenderle se il dolore al petto aumenta troppo. Ma queste pillole mi danno sonnolenza e preferisco restare sveglio. Perciò penso a Dio e mi domando cosa mi dirà quando gli sarò davanti.

Alcuni immaginano Dio come un bianco, un'idea che i missionari hanno portato con sé tanti anni fa e che sembra essersi radicata nella mente della gente. Io non credo sia così, perché non c'è differenza tra uomini bianchi e di colore; siamo tutti uguali; siamo solo uomini. E Dio era qui comunque, prima che arrivassero i missionari. Noi lo chiamavamo con un nome differente, allora, e non viveva lassù, nella terra degli Ebrei; lui viveva qui in Africa, nelle rocce, nel cielo, nei posti in cui sapevamo amava essere. Quando muori, vai da qualche altra parte e anche Dio è lì, solamente non puoi arrivargli troppo vicino. Perché dovrebbe volerlo?

Nel Botswana abbiamo una storia che parla di due ragazzi, fratello e sorella, trasportati in cielo da una tromba d'aria dove scoprono che il paradiso è zeppo di bellissime mucche bianche. Mi piace pensare che sia proprio così, e spero lo sia davvero. Spero che quando morirò mi ritroverò in un luogo dove ci sono capi di bestiame dal respiro dolce e che sono tutti intorno a me. Se è quello che mi aspetta, sono felice di andarci domani, o anche adesso, proprio in questo momento. Però vorrei dire addio a Precious, e tenere stretta la mano di mia figlia mentre me ne vado. Sarebbe un bel modo di andarmene.

Amo il nostro Paese e sono orgoglioso di essere un motswana. Non esiste nessun altro Paese in Africa che possa tenere la testa alta come noi. Non abbiamo prigionieri politici e non ne abbiamo mai avuti. Abbiamo la democrazia. Siamo stati attenti. La Banca del Botswana è piena di soldi, provenienti dai nostri diamanti. Non abbiamo debiti.

Ma in passato le cose andavano peggio. Prima di costruire il nostro Paese abbiamo dovuto lasciarlo e spostarci in Sudafrica per lavorare. Siamo andati nelle miniere, proprio come gli abitanti del Lesotho, del Mozambico, del Malawi e di tutti quei Paesi. Le miniere hanno risucchiato i nostri uomini e lasciato a casa vecchi e bambini. Abbiamo scavato alla ricerca di oro e diamanti e fatto arricchire quegli uomini bianchi. Loro hanno costruito le loro grandi case, coi muri e le automobili. E noi abbiamo scavato sotto di loro ed estratto la roccia su cui hanno eretto tutto quanto.

Sono entrato in miniera quando avevo diciotto anni. Allora eravamo il Protettorato del Bechuanaland, e i britannici governavano il nostro Paese, per proteggerci dai boeri (questo era quello che dicevano). C'era un Commissario a Mafikeng, sul confine col Sudafrica, che risaliva la strada per parlare coi capi. Diceva: «Tu fai questo; tu fai quello». E i capi gli ubbidivano tutti perché sapevano che altrimenti lui li avrebbe deposti. Ma alcuni di loro erano intelligenti e mentre l'inglese diceva «Tu fai questo», loro rispondevano «Sì, sì, sir, lo farò», e poi dietro le spalle facevano sempre l'opposto o fingevano soltanto di fare qualcosa. Perciò per molti anni non è successo proprio nulla. Era un buon sistema di governo, perché la maggior parte della gente voleva che non succedesse nulla. È questo il problema dei governi di questi giorni. Loro vogliono fare continuamente qualcosa; sono sempre occupati a pensare a cos'altro possono fare. Ma non è questo che vuole la gente. La gente vuole essere lasciata in pace a badare al suo bestiame.

A quel tempo avevamo lasciato Mahalapye ed eravamo andati a vivere a Mochudi, dove stavano i parenti di mia madre. Mi piaceva Mochudi e sarei stato felice di rimanerci, ma mio padre aveva detto che dovevo andare in miniera, perché le sue terre non erano abbastanza fertili per sostenere me e una moglie. Non avevamo molte mucche e coltivavamo solo quanto bastava per arrivare alla fine dell'anno. Così quando il camion con gli uomini del reclutamento è arrivato da oltre il confine l'ho raggiunto e loro mi hanno messo su una bilancia, mi hanno ascoltato il torace e fatto correre su e giù per una scala per dieci minuti. Poi un uomo ha detto che sarei stato un buon minatore e hanno scritto il mio nome su un pezzo di carta. Mi hanno chiesto il nome del mio capo e se avevo mai avuto guai con la polizia. Niente altro.

Sono partito a bordo del camion il giorno dopo. Avevo un baule, compratomi da mio padre all'Indian Store. Possedevo un solo paio di scarpe, ma avevo una camicia e alcuni calzoni di ricambio. Erano le uniche cose che avevo, oltre a un po' di biltong che mi aveva preparato mia madre. Ho caricato il baule sul tetto del camion e poi tutte le famiglie che erano venute a salutarci hanno cominciato a cantare. Le donne piangevano e noi salutavamo a gesti. I giovanotti cercano sempre di non piangere né di sembrare tristi, ma sapevo che tutti noi avevamo il gelo nel cuore.

Ci sono volute dodici ore per arrivare a Johannesburg, perché a quei tempi le strade erano accidentate e se il camion procedeva troppo velocemente rischiava la rottura di un asse. Abbiamo attraversato il Transvaal occidentale, nella calura, stipati come bestie dentro il camion. Ogni ora, l'autista si fermava, veniva dietro e ci passava le borracce d'acqua che riempivano in ogni centro abitato che incontravamo. Potevamo tenere la borraccia solo per pochi secondi, durante i quali dovevamo bere quanta più acqua possibile. Gli uomini che erano al loro secondo o terzo contratto lo sapevano e si erano portati delle bottiglie d'acqua che dividevano con chi era disperato. Eravamo tutti batswana, e nessuno di noi avrebbe lasciato soffrire un compatriota motswana.

Gli uomini più vecchi istruivano i più giovani. Gli dicevano che dopo avere firmato per entrare in miniera, non erano più ragazzi. Ci dicevano che a Johannesburg avremmo visto cose inimmaginabili, e che se eravamo deboli, o stupidi, o se non lavoravamo abbastanza, la nostra vita da quel momento sarebbe stata solo sofferenza. Ci dicevano che avremmo conosciuto la crudeltà e la malvagità, ma che se stavamo insieme con gli altri batswana e facevamo quello che dicevano i più anziani, saremmo sopravvissuti. Pensavo che forse stavano esagerando. Ricordo che i ragazzi più grandi ci parlavano della scuola d'iniziazione cui tutti dovevamo sottoporci e ci avvisavano di quello che ci aspettava. Lo dicevano per spaventarci, e la realtà era molto diversa. Ma gli altri, i vecchi, dicevano la verità. Quello che ci aspettava era esattamente quello che avevano predetto, e perfino peggio.

A Johannesburg hanno passato due settimane ad addestrarci. Eravamo tutti in forma e forti, ma nessuno poteva scendere in miniera finché non era diventato ancora più forte. Perciò ci hanno portato in un edificio che riscaldavano col vapore e ci hanno fatto saltare su e giù sulle panche per quattro ore ogni giorno. Questo era troppo per alcuni, che crollavano e dovevano essere rimessi in piedi, ma in qualche modo io sono sopravvissuto e sono passato alla parte successiva del nostro addestramento. Ci hanno spiegato come ci avrebbero fatti scendere nelle miniere e il lavoro che si aspettavano che eseguissimo. Ci hanno parlato della sicurezza, di come la roccia poteva franare e schiacciarci se eravamo sbadati. Ci hanno portato un uomo senza gambe, lo hanno messo su un tavolo e ci hanno detto di ascoltarlo mentre ci spiegava cosa gli era successo.

Ci hanno insegnato il *fungalo*, il linguaggio usato per dare ordini sottoterra. È una lingua strana. Gli zulu ridono quando la sentono, perché contiene moltissime parole zulu ma non è zulu. È un linguaggio che va bene per dire alla gente cosa deve fare. Vi sono molte parole per spingere, prendere, spostare, trasportare, caricare e nessuna per amore, o felicità, o per i versi che gli uccelli fanno al mattino.

Poi siamo scesi giù nei pozzi e ci hanno mostrato cosa fare. Ci hanno messo dentro gabbie, sotto grandi ruote, e queste gabbie scendevano con la velocità di falchi che inseguono la preda.

Là sotto avevano treni – o meglio, trenini – sui quali ci facevano salire e ci portavano alla fine di lunghe, buie gallerie piene di roccia e polvere verde. Il mio compito consisteva nel caricare la roccia dopo che era stata fatta esplodere, e lo facevo per sette ore al giorno. Sono diventato forte, ma c'era sempre polvere, polvere, polvere.

Alcune miniere erano più pericolose di altre e noi tutti sapevamo quali erano. In una miniera sicura non vedi quasi mai le barelle sottoterra. In una pericolosa, invece, le barelle ci sono spesso, e vedi uomini portati su nelle gabbie, in lacrime per il dolore, o, peggio ancora, silenziosi sotto le pesanti coperte rosse. Sapevamo tutti che l'unica maniera per sopravvivere era entrare in una squadra dove gli uomini avevano quello che tutti chiamavano l'*intuito per la roccia*. Questo è qualcosa che ogni buon minatore possedeva perché doveva essere in grado di vedere cosa faceva la roccia – cosa sentiva – e sapere quando erano necessari nuovi sostegni. Se uno o due uomini di una squadra non lo sapevano capire, allora non importava quanto fossero bravi gli altri. La roccia franava e seppelliva tutti i minatori, quelli bravi e quelli cattivi.

C'era un'altra cosa che influiva sulle probabilità di sopravvivenza, e cioè che tipo di minatore bianco avevi in squadra. I minatori bianchi erano i responsabili, ma molti di loro avevano ben poco da fare. Se la squadra era buona, allora il caposquadra sapeva esattamente cosa fare e come farlo. Il minatore bianco fingeva di dare ordini, ma sapeva che in realtà era il caposquadra a far eseguire il lavoro. Ma un minatore bianco stupido – e di quelli ce n'erano molti – forzava troppo la sua squadra. Urlava e colpiva gli uomini se pensava che non lavorassero abbastanza velocemente e questo poteva essere molto pericoloso. Però quando la roccia franava il minatore bianco non era mai lì, ma sempre indietro nella galleria, insieme con gli altri minatori bianchi, in attesa che gli dicessimo che il lavoro era stato svolto.

Non era insolito che un minatore bianco picchiasse i suoi uomini se s'infuriava. Senza volerlo, i capiturno chiudevano sempre un occhio e lasciavano correre. Però a noi non era permesso reagire, a prescindere da quanto erano ingiuste le percosse. Se colpivi un minatore bianco eri finito. La polizia mineraria ti aspettava in cima al pozzo e potevi passare un anno o due in prigione.

Ci tenevano separati, perché è così che lavoravano, quegli uomini bianchi. Gli swazi erano tutti in un gruppo, gli zulu in un altro e i malawi in un altro ancora. E così via. Ognuno stava con la sua gente e doveva ubbidire al caposquadra. Se non lo facevi e il caposquadra diceva che creavi guai, ti spedivano a casa o ordinavano alla polizia di picchiarti finché non tornavi a essere ragionevole.

Avevamo tutti paura degli zulu, anche se io avevo un amico che era uno zulu gentile. Gli zulu pensavano di essere migliori di tutti noi e a volte ci chiamavano donne. Se c'era una zuffa, quasi sempre era colpa degli zulu o dei basotho, ma mai dei batswana. A noi non piaceva fare a botte. Una volta, un sabato sera, un motswana ubriaco è entrato per errore in un ostello di zulu. Loro l'hanno colpito con le sjambok, le fruste, e l'hanno abbandonato sulla strada affinché fosse investito. Fortunatamente la polizia l'ha visto e l'ha salvato, altrimenti sarebbe stato ucciso. Tutto questo solo perché era finito nell'ostello sbagliato.

Ho lavorato per anni in quelle miniere e ho risparmiato tutto il mio denaro. Altri uomini lo spendevano in donne di città, bevute e vestiti stravaganti. Io non ho comprato niente, nemmeno un grammofono. Spedivo i soldi a casa alla Standard Bank e poi li usavo per acquistare bestiame. Ogni anno compravo qualche mucca e la affidavo a mia cugina. Poi sono nati i vitelli e col tempo la mandria si è ingrandita.

Immagino che sarei rimasto in miniera se non avessi assistito a un fatto terribile. È successo dopo averci lavorato per quindici anni. Allora mi avevano dato una mansione molto migliore, come assistente di un addetto alle esplosioni. Non ci davano la patente di fochino perché quello era un compito che i bianchi tenevano per sé, ma mi avevano incaricato di trasportare gli esplosivi per uno di loro e di aiutarlo con le micce. Era un bell'incarico e mi piaceva l'uomo per cui lavoravo.

Una volta ha lasciato in una galleria la gavetta di latta in cui metteva i sandwich e mi ha chiesto di andare a prenderla. Così sono sceso in fondo al tunnel in cui lavorava e l'ho cercata. La galleria era illuminata da lampadine appese lungo il soffitto, perciò era abbastanza sicuro camminarci. Ma bisognava comunque stare attenti perché qui e là si aprivano grossi pozzi fatti esplodere nella roccia e profondi anche sessanta metri, simili a cave sotterranee che partivano dai lati della galleria principale e arrivavano al livello di estrazione più basso. Di tanto in tanto gli uomini cadevano in quei pozzi, ed era sempre colpa loro. Non guardavano dove mettevano i piedi o avanzavano in una galleria non illuminata con le batterie della lampada sull'elmetto quasi scariche. A volte qualcuno ci saltava dentro senza nessuna ragione, o perché era infelice e non aveva più voglia di vivere. Non si può mai dire; i cuori degli uomini che sono molto lontani dal loro Paese sono pieni di tristezze.

Girato l'angolo della galleria mi sono trovato in una camera rotonda in fondo alla quale si apriva un pozzo contrassegnato da un cartello di pericolo. Sull'imbocco, quattro minatori tenevano un uomo per le braccia e per le gambe. Mentre svoltavo l'angolo, lo hanno sollevato e buttato oltre il bordo, nell'oscurità. L'uomo ha urlato in lingua xhosa, e io ho sentito quello che ha detto. Ha detto qualcosa su un bambino, ma non ho capito tutte le parole perché non parlo bene quella lingua. Poi il silenzio.

Sono rimasto dov'ero. Gli uomini non mi avevano ancora visto, ma uno si è girato e si è messo a urlare in zulu. Poi hanno cominciato a correre verso di me. Mi sono voltato e sono scappato via. Sapevo che, se mi avessero preso, sarei finito nel pozzo come la loro vittima. Quella era una corsa che non potevo perdere.

Gli sono sfuggito, ma quegli uomini mi avevano visto e mi avrebbero ucciso. Avevo assistito a un omicidio, ero un testimone e perciò non potevo più restare in miniera.

Ho parlato col fochino. Lui era un brav'uomo e mi ha ascoltato con attenzione quando gli ho detto che dovevo andarmene. Non potevo parlare a nessun altro bianco come a lui, e lui ha capito.

Tuttavia, ha cercato di convincermi a rivolgermi alla polizia.

«Di' quello che hai visto», ha detto in afrikaans. «Racconta tutto. Loro cattureranno questi zulu e li impiccheranno.»

«Non so chi sono quegli uomini. Mi prenderanno prima loro. Torno a casa, al mio paese.»

Lui mi ha guardato e ha annuito. Poi mi ha preso la mano e l'ha stretta. Era la prima volta che un bianco lo faceva. Perciò l'ho chiamato «fratello mio», ed era la prima volta che lo dicevo a un uomo bianco.

«Torna a casa da tua moglie», ha detto. «Se un uomo sta lontano troppo a lungo, la moglie comincia a creargli dei problemi. Credimi. Torna a casa e falle fare altri bambini.»

Così, nel 1960 ho lasciato la miniera, in segreto, come un ladro, e sono tornato nel Botswana. Non posso dire com'era gonfio di felicità il mio cuore quando ho attraversato il confine per rientrare in Botswana lasciandomi per sempre alle spalle il Sudafrica. In quel posto avevo la sensazione di poter morire ogni giorno. Il pericolo e il dolore aleggiano sopra Johannesburg come una nuvola e non avrei mai potuto essere felice lì. In Botswana era diverso. Non c'erano poliziotti coi cani; non c'erano *totsis*, delinquenti armati di coltelli pronti a derubarti; non ti svegliavi ogni mattina al lamento di una sirena che ti incitava a scendere nel calore della terra. Non c'era tutta quella massa di uomini, provenienti da luoghi distanti, desiderosi di tornare a casa, di trovarsi in qualsiasi altro posto. Ero uscito da una prigione – una grande, gemente prigione, alla luce del sole.

Quando quella volta sono tornato a casa, e sono sceso dal bus a Mochudi, e ho visto il *kopje*,* la capanna del capo e le capre, mi sono fermato e sono scoppiato a piangere. Un uomo si è avvicinato – uno che non conoscevo – e mettendomi una mano sulla spalla mi ha chiesto se ero appena tornato dalle miniere. Gli ho risposto che era così e lui si è limitato ad annuire e non ha tolto la mano finché non ho smesso di piangere. Poi ha sorriso e si è allontanato. Aveva visto arrivare mia moglie e non voleva interferire col ritorno a casa di un marito.

Avevo preso moglie tre anni prima, anche se ci eravamo visti molto poco dopo il matrimonio. Tornavo da Johannesburg una volta all'anno, per un mese, e quella era tutta la vita che avevamo passato insieme. Dopo il mio ultimo viaggio, lei era rimasta incinta e la mia bambina era nata mentre ero ancora via. Stavo per vederla. Mia moglie l'aveva portata per farmela conoscere non appena sceso dall'autobus. Se ne stava lì in piedi, con la piccola tra le braccia, una bambina che per me era più preziosa di tutto l'oro estratto da quelle miniere a Johannesburg. Era la mia primogenita, la mia unica figlia, la mia bambina, la mia Precious Ramotswe.

Precious assomigliava a sua madre, una donna bella corpulenta. Giocava nel cortile davanti casa e rideva quando la prendevo in braccio. Avevo una mucca che dava del buon latte, e la tenevo vicina per Precious. Le davano anche un sacco di melassa, e uova ogni giorno. Mia moglie le spalmava la vasellina sulla pelle e la strofinava fino a renderla lucente. Dicevano che era la bambina più bella del Bechuanaland e le donne arrivavano da chilometri di distanza per vederla e tenerla in braccio.

Poi mia moglie, la madre di Precious, è morta. Allora vivevamo appena fuori Mochudi e da casa nostra lei andava spesso a far visita a una sua zia che abitava oltre la ferrovia, vicino a Francistown Road. Le portava da mangiare, perché la zia era troppo vecchia per badare a se stessa e aveva accanto solo un

* Collinetta. (*N.d.T.*)

figlio ammalato di *sufuba*, di malaria, e che non poteva camminare molto.

Non so come successe. Alcuni dicono che si stava scatenando una tempesta, che tuonava e che lei deve essere corsa via senza guardare dove andava. Comunque si trovava sulle rotaie quando il treno proveniente da Bulawayo l'ha investita. Il macchinista era molto dispiaciuto, ma diceva di non averla vista, il che probabilmente era vero.

Mia cugina è venuta a prendersi cura di Precious. Le cuciva i vestiti, la accompagnava a scuola e ci preparava da mangiare. Io ero un uomo triste e pensavo: *non ti resta più niente in questa vita se non Precious e il tuo bestiame.* Nel mio dolore, andavo al pascolo per vedere come stavano le mie bestie e per pagare i mandriani. In quel periodo possedevo più capi e ho pensato addirittura di comprare un negozio. Ma ho deciso di aspettare e di lasciare che fosse Precious ad acquistarlo una volta che fossi morto. Inoltre, la polvere di miniera mi aveva rovinato i polmoni e non potevo più camminare velocemente o sollevare pesi.

Un giorno stavo tornando dal pascolo ed ero arrivato alla strada maestra che va da Francistown a Gaborone. Era una giornata torrida e mi ero seduto sotto un albero sul ciglio della strada ad aspettare l'autobus che sarebbe passato più tardi, diretto a Gaborone. Per il caldo mi sono appisolato e sono stato svegliato dal rumore di un'auto che si avvicinava.

Era una grossa macchina, una vettura americana, penso, con un uomo seduto dietro. L'autista è sceso e mi ha parlato in setswana, anche se il numero di targa dell'auto era quello del Sudafrica. Mi ha detto che c'era una perdita nel radiatore e se sapevo dove potevano trovare un po' d'acqua. Per fortuna, lungo il sentiero che portava al pascolo c'era un abbeveratoio per il bestiame, così ho accompagnato l'autista a riempirne una latta.

Quando siamo tornati per versare l'acqua nel radiatore, l'uomo che sedeva sul sedile di dietro era smontato e aspettava in piedi, fissandomi. Ha sorriso, per dimostrarmi che mi era grato per l'aiuto, e io ho ricambiato il sorriso. Poi mi sono reso conto di sapere chi era quell'uomo, e cioè quello che gestiva tutte quelle miniere di Johannesburg: uno degli uomini di Mr. Oppenheimer.

Mi sono avvicinato e gli ho spiegato che ero Ramotswe, che avevo lavorato nelle sue miniere e che mi dispiaceva di essermene dovuto andare prima del previsto, ma che era successo per circostanze che non dipendevano da me.

Lui ha riso e ha detto che era un bene che avessi lavorato in miniera per così tanti anni. Mi ha detto che potevo tornare indietro con la sua auto e che mi avrebbe accompagnato a Mochudi.

Così sono rientrato a Mochudi in automobile e quell'uomo importante è venuto in casa mia. Ha visto Precious e ha commentato che era una bellissima bambina. Poi, dopo avere bevuto un po' di tè, ha guardato l'orologio.

«Ora devo andare», ha detto. «Devo tornare a Johannesburg.»

Io ho detto che sua moglie si sarebbe infuriata se non fosse tornato in tempo per mangiare quello che gli aveva cucinato. Lui ha risposto che era probabile.

Siamo usciti insieme. L'uomo di Mr. Oppenheimer ha infilato la mano in tasca e ne ha estratto un portafoglio. Mentre lo apriva io mi sono girato. Non volevo dei soldi da lui, ma lui ha insistito. Ha detto che ero stato uno degli operai di Mr. Oppenheimer e che a Mr. Oppenheimer piaceva badare ai suoi operai. Poi mi ha dato duecento rand e io ho detto che li avrei usati per comprare un toro, visto che ne avevo appena perso uno.

Lui sembrava compiaciuto. Gi ho detto di andare in pace e lui ha replicato che io dovevo stare in pace. Così ci siamo lasciati e non ho mai più visto il mio amico, anche se lui è sempre qui, nel mio cuore.

3

Alcune lezioni sui ragazzi e sulle capre

Obed Ramotswe sistemò la cugina in una stanza sul retro della casetta che aveva costruito per sé sul margine del villaggio quando era tornato dalle miniere. In origine l'aveva pensata come un ripostiglio in cui tenere le sue scatole di latta, le coperte di ricambio e le scorte della paraffina che usava per cucinare, ma per quelle cose c'era posto altrove. Con l'aggiunta di un letto, di un piccolo armadio e di una mano di bianco alle pareti, la stanza fu subito adattata al nuovo uso. Dal punto di vista della cugina era un lusso inimmaginabile. Dopo l'allontanamento del marito, avvenuto sei anni prima, era tornata a vivere con la madre e con la nonna ed era stata costretta a dormire in un locale che aveva soltanto tre pareti, una delle quali non arrivava nemmeno al tetto. Le due donne la trattavano con un certo disprezzo: essendo entrambe all'antica pensavano che se una donna viene lasciata dal marito quasi sempre se lo merita. Naturalmente l'avevano accolta, ma a far loro aprire la porta di casa era stato più il dovere che l'affetto.

Il marito l'aveva lasciata perché era sterile, un destino quasi inevitabile per una donna senza figli. Lei aveva speso il poco denaro che possedeva in consulti di guaritori tradizionali, uno dei quali le aveva promesso che avrebbe concepito dopo qualche mese delle sue cure. Le aveva somministrato una serie di erbe e di cortecce polverizzate e quando quei rimedi si erano rivelati inutili era passato agli incantesimi. Varie sue pozioni le avevano fatto male alla salute e una l'aveva quasi uccisa, il che non stupiva, dati gli ingredienti usati, ma la sterilità non guariva e lei sapeva che il marito stava perdendo la pazienza. Poco dopo essersene andato, le aveva scritto da Lobatse informandola – con orgoglio – che la sua nuova moglie era incinta. Poi, un anno e mezzo dopo, le aveva spedito una breve lettera con una fotografia del figlio. Non le aveva mandato del denaro e quella era stata l'ultima volta che lei aveva avuto sue notizie.

Lì, nella sua camera con tutte e quattro le solide pareti imbiancate e con Precious in braccio, la sua felicità era completa. Permetteva alla piccola, che ormai aveva quattro anni, di dormire nel suo letto. Di notte restava a lungo sveglia ad ascoltare il respiro della bambina. Le accarezzava la pelle, le stringeva la manina tra le dita e si meravigliava della perfezione del suo corpo. Durante il sonnellino pomeridiano di Precious, nelle ore più calde, le sedeva accanto lavorando ai ferri, cucendo minuscoli giacchette e calzini di colore rosso acceso o di un bell'azzurro vivace e allontanava le mosche dal suo viso.

Anche Obed era contento. Ogni settimana passava alla cugina i soldi per il cibo e il mantenimento della casa e ogni mese le dava un extra per lei. Lei gestiva bene le risorse e avanzava sempre un po' di denaro che poi adoperava per comprare qualcosa a Precious. Lui non ebbe mai motivo di rimproverarla o di criticare il modo in cui allevava la figlia. Era tutto perfetto.

La cugina ci teneva che Precious fosse intelligente. Lei stessa aveva studiato ben poco, ma si era sforzata d'imparare a leggere, aveva insistito e a quel punto percepiva la possibilità di un cambiamento. C'era un partito politico, finalmente, cui le donne potevano iscriversi, anche se alcuni uomini brontolavano temendo che creasse solo guai. Le donne cominciavano a parlare tra di loro del destino che le aspettava. Nessuna sfidava apertamente gli uomini, ma quando confabulavano tra di loro non mancavano sussurri e occhiate d'intesa. Lei pensò alla sua vita; al fatto di avere sposato presto un uomo che aveva appena conosciuto e alla vergogna dell'impossibilità di partorire. Ricordò gli anni vissuti nella stanza con tre pareti e le mansioni che le avevano imposto, senza che la pagassero. Un giorno, forse, le donne avrebbero fatto sentire la loro voce e detto cosa c'era di sbagliato. Ma per farlo dovevano saper leggere.

Iniziò insegnando a Precious a contare. Contavano le capre e le mucche. Contavano i ragazzi che giocavano nella polvere. Contavano gli alberi, assegnando a ognuno una denominazione: uno contorto; uno senza foglie; uno dove ai bruchi del mopane piace nascondersi; uno dove non si posano gli uccelli. Poi chiedeva: «Se tagliamo a pezzi quello che sembra un vecchio, quanti alberi rimangono?» Faceva in modo che Precious ricordasse elenchi di cose – i nomi dei membri della famiglia, i nomi delle bestie possedute dal nonno, i nomi dei capi. A volte sedevano fuori dal vicino negozio, lo Small Upright General Dealer, e aspettavano che un'auto o un camion passassero sobbalzando sulla strada piena di buche. La cugina leggeva ad alta voce il numero della targa e Precious doveva ricordarlo quando il giorno dopo, o anche nei giorni seguenti, lei le chiedeva di ripeterlo. Non mancavano i giochi per sviluppare la memoria durante i quali la cugina riempiva un cestino di oggetti familiari e ne toglieva uno senza farlo vedere a Precious.

«Che cosa manca dal cestino?» le domandava.

«Un vecchio nocciolo di marula, tutto ruvido e rosicchiato.»

«E cos'altro?»

«Niente.»

Non sbagliava mai quella bambina che osservava tutti e tutto coi suoi grandi occhi dallo sguardo solenne. E così, senza che nessuno l'avesse mai voluto, nella sua mente fiorirono la curiosità e la consapevolezza.

Quando a sei anni andò a scuola, Precious conosceva l'alfabeto, contava da uno a duecento ed era in grado di recitare l'intero primo capitolo del Libro della Genesi nella traduzione in setswana. Inoltre aveva imparato alcune parole in inglese e poteva declamare tutte e quattro le strofe di una poesia in lingua che parlava di navi e di mare. L'insegnante ne rimase impressionata e si complimentò con la cugina per il lavoro che aveva svolto sulla bambina. Questa fu la prima lode che lei avesse mai ricevuto per tutto ciò che aveva fatto fino a quel momento. Obed l'aveva ringraziata, e l'aveva fatto spesso e con generosità, ma non gli era mai venuto in mente di elogiarla perché, a suo modo di vedere, lei stava soltanto facendo il suo dovere di donna e in questo non vi era nulla di speciale.

«Siamo quelle che per prime hanno arato la terra quando Modise (Dio) la creò», recitava un antico poema setswana. «Noi siamo quelle che preparano il cibo. Noi siamo quelle che badano agli uomini quando sono ancora bambini, quando sono giovanotti e quando sono vecchi e in procinto di morire. Noi ci siamo sempre. Ma siamo solo donne, e nessuno ci vede.»

Alcune lezioni sui ragazzi

La signora Ramotswe pensava: *Dio ci ha messi su questa terra. Allora, all'inizio, eravamo tutti africani perché l'uomo è nato in Kenya, come il dottor Leakey e suo padre hanno dimostrato. Perciò, a pensarci bene, siamo tutti fratelli e sorelle anche se ovunque si guardi che cosa si vede? Lotte, combattimenti, liti. Ricchi che ammazzano poveri; poveri che uccidono ricchi. Ovunque, tranne che in Botswana. Questo grazie a Sir Seretse Khama, un brav'uomo che ha inventato il Botswana e l'ha reso un buon posto.* A volte lei lo piangeva ancora, quando lo pensava nella fase finale della malattia con tutti quegli intelligenti dottori di Londra che dicevano al Governo: «Ci dispiace, ma non possiamo curare il vostro Presidente».

Il problema era che la gente sembrava non capire la differenza tra giusto e sbagliato. Le persone avevano bisogno che glielo ricordassero, perché senza un aiuto esterno non se ne sarebbero preoccupate. Avrebbero optato per quello che era meglio per loro, e detto che era la cosa giusta da fare. Ecco come ragionava la maggior parte della gente.

Precious Ramotswe aveva imparato a distinguere il bene dal male alla scuola di catechismo. La cugina ce l'aveva portata a sei anni, e lei ci era andata ogni domenica, senza saltarne una, fino agli undici anni. Un tempo abbastanza lungo per imparare tutto su ciò che era giusto e su quello che era sbagliato, anche se era perplessa – e continuava a esserlo – di fronte a certi aspetti contrastanti della religione. Non riusciva a credere che il Signore avesse camminato sull'acqua – semplicemente non si può fare – e non aveva creduto nemmeno alla storia di sfamare cinquemila persone, altra cosa impossibile. Quelle erano bugie, ne era sicura, e la bugia più grossa era che il Signore non aveva nessun papà su questa terra. Non era vero perché perfino i bambini sanno che c'è bisogno di un padre per fare un figlio, una regola che vale per il bestiame, il pollame e le persone. Ma il giusto e lo sbagliato, quella era un'altra faccenda e lei non aveva trovato difficoltà nel capire che era sbagliato mentire, e rubare e uccidere.

Se la gente aveva bisogno di direttive chiare, nessuno meglio di *Mma* Mothibi era in grado di fornirle, visto che aveva diretto la scuola domenicale per oltre dodici anni. Era una donna bassa, quasi rotonda, che parlava con voce eccezionalmente profonda. Insegnava gli inni ai bambini, sia in setswana che in inglese, e poiché loro imparavano a cantare da lei, i bambini del coro cantavano tutti un'ottava sotto chiunque altro, come se fossero rane.

I bambini, con addosso i loro vestiti migliori, sedevano in file sul fondo della chiesa quando il servizio era finito e seguivano gli insegnamenti della signora Mothibi. Lei gli leggeva la Bibbia, gli faceva ripetere all'infinito i Dieci comandamenti e gli raccontava le storie religiose tratte da un libricino azzurro che diceva provenire da Londra e che non era disponibile altrove nel paese.

«Le regole per essere buoni sono queste», intonava. «Un ragazzo si deve alzare sempre presto e recitare le sue preghiere. Poi deve lustrarsi le scarpe e aiutare la madre a preparare la colazione per la famiglia, se fa colazione. Alcune persone non fanno colazione perché sono povere. Poi deve andare a scuola e fare tutto quello che dice la maestra. In questa maniera imparerà a essere un bravo cristiano che poi, quando il Signore lo chiamerà a sé, andrà in Paradiso. Per le ragazze, le regole sono le stesse, ma loro devono stare anche attente ai ragazzi ed essere pronte a dire loro che sono cristiane. Alcuni ragazzi questo non lo capiscono... »

Sì, pensò Precious Ramotswe. *Alcuni ragazzi non lo capiscono*, e persino lì, in quella scuola domenicale, c'era un ragazzo, tale Josiah, che era malvagio sebbene avesse solo nove anni. Lui insisteva a sedersi vicino a Precious durante le lezioni, anche se lei cercava di evitarlo. La guardava sempre e le sorrideva con fare incoraggiante, sebbene lei avesse due anni più di lui. Tentava anche di fare in modo che la sua gamba toccasse quella di lei, il che la faceva arrabbiare e cambiare di posto, allontanandosi da lui.

Ma peggio di tutto, si sbottonava la patta, indicava quella cosa che hanno i ragazzi e si aspettava che lei lo guardasse. Questo a lei non piaceva, perché non era una cosa da scuola domenicale. E poi cosa c'era di tanto particolare? Tutti i ragazzi avevano quell'affare.

Alla fine ne parlò alla signora Mothibi, che la ascoltò con serietà.

« Ragazzi, uomini », disse. « Sono tutti uguali. Pensano che sia qualcosa di speciale e ne sono tutti così orgogliosi. Ma non sanno quant'è ridicolo. »

Disse a Precious di avvertirla se succedeva di nuovo. Lei doveva solo alzare un po' la mano e la signora Mothibi l'avrebbe vista. Quello sarebbe stato il segnale.

Accadde la settimana seguente. Mentre la signora Mothibi era in fondo alla classe a guardare i libri di testo che i ragazzi avevano deposto davanti a loro, Josiah si slacciò un bottone e sussurrò a Precious di guardare in basso. Lei tenne gli occhi sul suo libro e alzò appena la mano. Lui non la vide, ma la signora Mothibi sì. La maestra scivolò alle spalle del ragazzo e sollevò in aria la Bibbia. Poi la calò con forza sulla sua testa producendo un tonfo che fece sobbalzare tutti i bambini.

Josiah parve accartocciarsi sotto il colpo. *Mma* Mothibi gli si parò davanti e indicò la patta sbottonata. Poi sollevò ancora la

Bibbia e lo colpì di nuovo in cima alla testa, persino più violentemente di prima.

Quella fu l'ultima volta che Josiah infastidì Precious Ramotswe, o qualche altra ragazza, per la verità. Da parte sua, Precious imparò una lezione importante su come trattare gli uomini, una lezione che ricordò per molti anni e che in seguito si dimostrò alquanto utile, come tutte le altre lezioni della scuola domenicale.

La partenza della cugina

La cugina si occupò di Precious per i primi otto anni della sua vita. Avrebbe potuto rimanere per sempre – e Obed ne sarebbe stato contento – perché lei gli teneva la casa, non si lamentava mai e non gli chiedeva mai del denaro. Ma Obed riconobbe, quando giunse il momento, che per questioni di orgoglio la cugina poteva desiderare di risposarsi, nonostante quello che era successo l'ultima volta. Perciò fu pronto a darle la sua benedizione quando lei annunciò che frequentava un uomo, che lui le aveva chiesto di sposarlo e che lei aveva accettato.

«Potrei prendere Precious con me», propose. «Ormai è come se fosse mia figlia. Però, ci sei tu...»

«Sì», confermò Obed. «Ci sono io. Vorresti anche me?»

La cugina scoppiò a ridere. «Il mio nuovo marito è un uomo ricco, ma penso voglia sposare solo una persona.»

Obed si occupò dei preparativi della cerimonia, perché essendo il parente più prossimo della cugina spettava a lui farlo. Lo fece senza esitare, comunque, visto tutto quello che lei aveva fatto per lui. Dispose la macellazione di due vacche e ordinò birra sufficiente per duecento persone. Poi, dando il braccio alla cugina, entrò in chiesa e vide il nuovo marito e i suoi famigliari, e altri lontani cugini, i loro amici e gli abitanti del villaggio, invitati e no, che salutavano e guardavano.

Dopo la cerimonia nuziale tornarono a casa dove, sotto tendoni di tela agganciati alle piante di acacia, erano state disposte alcune sedie prese in prestito. Gli anziani si sedettero mentre i giovani girovagavano parlando tra loro e annusavano nell'aria il profumo della carne che sfrigolava sul fuoco. Poi mangiarono e Obed tenne un discorso di ringraziamento per la cugina e il nuovo marito, che replicò dicendosi grato a Obed per essersi curato così bene di quella donna.

Il nuovo marito possedeva due autobus, il che ne faceva un uomo facoltoso. Uno di essi, il Molepole Special Express, era stato riservato per il matrimonio e addobbato per l'occasione con un telo azzurro. A bordo dell'altro la coppia partì subito dopo la festa, col marito al volante e la sposina seduta dietro di lui. Le donne lanciarono urla e ululati d'entusiasmo e l'autobus si allontanò in un tripudio di felicità.

Misero su casa a una decina di chilometri a sud di Gaborone, in un edificio di mattoni cotti al sole appositamente costruito dal fratello dello sposo. La casa aveva il tetto rosso e i muri bianchi e un recinto, in stile tradizionale, con un cortile cintato sul davanti. Dietro c'era una piccola baracca per un domestico con una latrina in lamiera galvanizzata adiacente. La cugina disponeva di una cucina con una scintillante batteria di pentole nuove e due fornelli oltre che di un grosso, moderno frigorifero sudafricano funzionante a paraffina che ronzava tutto il giorno e teneva ben freschi i cibi al suo interno. Ogni sera, il marito rientrava a casa con l'incasso degli autobus e lei lo aiutava a contare i soldi. La cugina si rivelò un'eccellente contabile e ben presto cominciò a occuparsi con successo di quella parte dell'attività del marito.

Rese felice il suo nuovo marito anche in altri modi. Da ragazzo era stato morso da uno sciacallo e gli erano rimaste sul viso delle cicatrici a causa delle pessime suture che un giovane dottore dello Scottish Missionary Hospital di Molepole gli aveva praticato. Nessuna donna gli aveva mai detto prima che era affascinante, e lui nemmeno sperava che accadesse, essendo più abituato a suscitare al massimo un moto di simpatia. La cugina, invece, gli disse che era l'uomo più bello che avesse incontrato, nonché il più virile. E non era semplice adulazione – lei diceva la verità, la sua verità, e il cuore del marito si riempì del calore che proviene da un complimento ben indirizzato.

«So che senti la mia mancanza, *scrisse la cugina a Precious.* Ma so anche che desideri la mia felicità. Ora sono molto felice. Ho un marito davvero gentile che mi ha comprato dei bellissimi vestiti e mi fa contenta ogni giorno. Un giorno verrai a stare qui da noi e potremo contare di nuovo gli alberi e cantare insieme gli inni, come facevamo sempre. Ora devi badare a tuo padre, sei abbastanza grande per farlo, perché anche lui è un buon uomo. Voglio che tu sia felice e ogni notte prego che questo avvenga. Dio, abbi cura di Precious Ramotswe. Dio, veglia su di lei stanotte e sempre. Amen.»

Capre

Da ragazza, Precious Ramotswe amava disegnare, un'attività che la cugina aveva incoraggiato fin da quando era piccola. Per il suo decimo compleanno le aveva regalato un blocco da disegno e una serie di matite colorate e il talento di Precious si era ben presto rivelato. Obed Ramotswe andava orgoglioso della sua bravura nel riempire le pagine bianche dell'album con scene della vita quotidiana di Mochudi. C'era uno schizzo che ritraeva lo stagno davanti all'ospedale – tutto perfettamente riconoscibile – e il ritratto della capoinfermiera che guardava una scimmia. Su un'altra pagina, ecco il disegno del negozio, dello Small Upright General Dealer, con davanti quelli che potevano sembrare sacchi di granturco o persone accovacciate a terra – non si capiva bene – ma erano schizzi eccellenti e lui ne aveva già appesi diversi alle pareti del soggiorno di casa, in alto, vicino al soffitto, dove ronzavano le mosche.

Le sue insegnanti sapevano della sua abilità e le dissero che un giorno forse sarebbe diventata una grande artista e che i suoi disegni sarebbero stati pubblicati sulla copertina del calendario del Botswana. Questo la incoraggiò a fare uno schizzo dopo l'altro. Capre, mucche, colline, zucche, case; gli spunti per l'occhio dell'artista erano così tanti intorno a Mochudi che non rischiava di rimanere senza.

La scuola venne a sapere di un concorso artistico per bambini. Il museo di Gaborone aveva chiesto a tutte le scuole del Paese di far pervenire il disegno di uno degli alunni sul tema «La vita nel Botswana odierno». Naturalmente non ci furono dubbi su chi scegliere come candidata e a Precious fu chiesto di disegnare qualcosa di speciale – prendendosi tutto il tempo necessario – da spedire poi a Gaborone per la partecipazione di Mochudi.

Si mise al lavoro un sabato, uscendo presto col suo album da disegno e rientrando qualche ora dopo per terminare i dettagli a casa. Era un disegno molto bello, pensò, e la sua insegnante ne fu entusiasta quando glielo mostrò il lunedì seguente.

«Con questo Mochudi vincerà il premio», disse. «Tutti ne saranno orgogliosi.»

Il disegno venne messo con cautela tra due fogli di cartone e spedito, come raccomandata, al museo. Seguirono cinque settimane di silenzio, durante le quali tutti dimenticarono il concorso. Se ne ricordarono soltanto quando il direttore ricevette la lettera che, raggiante, lesse poi a Precious.

«Hai vinto il primo premio», la informò. «Andrai a Gaborone con la tua insegnante, me e tuo padre per ricevere il premio dal ministro dell'Istruzione in persona durante una cerimonia speciale.»

Era troppo per lei, che scoppiò a piangere, ma subito si rasserenò e le fu permesso di uscire prima da scuola per correre a dare la notizia al papà.

Fecero il viaggio a bordo dell'autocarro del direttore, arrivando con molto anticipo alla cerimonia, e passarono varie ore seduti nel cortile del museo, in attesa che si aprissero le porte. Ma alla fine entrarono e furono raggiunti da altre persone, insegnanti, giornalisti, membri della Legislatura. Poi arrivò il ministro a bordo di una vettura nera e gli ospiti deposero i bicchieri di succo d'arancio e inghiottirono quel che restava dei loro sandwich.

Lei vide il suo disegno appeso bene in evidenza a un pannello divisorio, con appuntato sotto un bigliettino. Insieme con la maestra andò a vedere che cos'era e, col cuore che le batteva forte in petto, lesse il suo nome scritto con precisione a macchina: PRECIOUS RAMOTSWE (10) (SCUOLA ELEMENTARE DI MOCHUDI). E al di sotto, sempre scritto a macchina, il titolo che lo stesso museo aveva scelto: MUCCHE IN PROSSIMITÀ DELLA DIGA.

S'irrigidì, improvvisamente atterrita. Non era vero. Aveva disegnato delle capre, ma loro le avevano scambiate per mucche! Riceveva un premio per un disegno di mucche, ma con l'inganno.

«Che cosa c'è che non va?» le domandò suo padre. «Dovresti essere lusingata. Perché quell'espressione triste?»

Lei non riusciva a dire nulla. Era sul punto di diventare una criminale, un'imbrogliona. Non poteva accettare un premio per il disegno di alcune mucche perché non se lo meritava.

Ma ormai il ministro le stava accanto, pronto a tenere il suo discorso. Lo guardò e lui le sorrise con calore.

«Sei una bravissima artista», disse. «Mochudi deve essere fiera di te.»

Lei abbassò lo sguardo sulla punta delle scarpe. Doveva confessare.

«Quelle nel disegno non sono mucche», disse. «Ho disegnato delle capre. Non potete darmi un premio per un errore.»

Il ministro si accigliò e guardò l'etichetta. Poi tornò a rivolgersi a lei. «Sono loro ad avere sbagliato. Anch'io penso che siano capre. Per me non sono mucche.»

Si schiarì la voce e il direttore del museo chiese il silenzio. «Questo pregevole disegno di capre», disse il ministro, «dimostra quanto siano dotati i ragazzi di questo Paese. Questa giovane signorina diventerà una brava cittadina e forse una famosa artista. Merita pienamente il premio che mi accingo a consegnarle. »

Precious prese il pacco incartato che lui le porgeva, sentì la mano dell'uomo posarsi sulla sua spalla e lui sussurrare: « Sei la bambina più sincera che abbia mai conosciuto. Hai fatto bene ».

Poi la cerimonia si concluse e poco dopo tornarono tutti a Mochudi a bordo dello sgangherato furgone del direttore: il ritorno di un'eroina, di una premiata artista.

4

Vivere con la cugina e il marito della cugina

A sedici anni, *Mma* Ramotswe lasciò la scuola («la più brava della scuola», dichiarò il direttore. «Una delle migliori del Botswana»). Il padre aveva voluto che proseguisse negli studi per ottenere il Cambridge School Certificate e magari un titolo di studio superiore, ma lei era annoiata di Mochudi. E si era stancata anche di lavorare all'Upright Small General Dealer, dove ogni sabato faceva l'inventario e passava ore spuntando articoli su elenchi di merce pieni di orecchie. Desiderava andare altrove. Desiderava cominciare a vivere la sua vita.

«Puoi andare da mia cugina», le propose il padre. «Vive in un posto diverso e penso che scoprirai che in quella casa succedono un sacco di cose.»

Dirlo gli costò molta fatica. Avrebbe voluto trattenerla, affinché si occupasse di lui, ma sapeva che sarebbe stato egoistico pretendere che la vita della figlia s'imperniasse sulla sua. Lei voleva assaporare la libertà; voleva sentire di essere padrona della propria vita. E naturalmente, in fondo, lui temeva che pensasse al matrimonio. Lo sapeva che in breve sarebbero comparsi degli uomini desiderosi di sposarla.

Era chiaro che lui non si sarebbe mai opposto. Ma se l'uomo che la chiedeva fosse stato un prepotente, un beone o un donnaiolo? Tutto era possibile. C'erano molti uomini così che aspettavano solo di accalappiare una ragazza carina per poi rovinarle la vita. Costoro erano come sanguisughe: succhiavano via la bontà dal cuore di una donna fino a prosciugarlo e a consumare tutto il suo amore. Il che richiedeva tempi lunghi, lo sapeva, perché le donne sembravano disporre di notevoli riserve di bontà nei loro animi.

E se uno di quegli uomini chiedeva in moglie Precious, che cosa poteva fare lui, suo padre?

Poteva avvertirla dei rischi, ma chi vuole essere messo in guardia sulla persona che ama? L'aveva già visto accadere molto spesso: l'amore era una forma di cecità che faceva chiudere gli occhi davanti ai difetti più evidenti. Si poteva amare un assassino e semplicemente convincersi che l'amato non avrebbe schiacciato nemmeno una mosca, figurarsi ammazzare qualcuno. Non avrebbe avuto alcun senso cercare di dissuaderla.

A casa della cugina sarebbe stata al sicuro come in nessun altro posto, pur restando esposta alle attenzioni maschili. Per lo meno la cugina avrebbe tenuto d'occhio la nipote e il marito avrebbe potuto allontanare i pretendenti meno adatti. Ormai lui era un uomo ricco, proprietario di più di cinque autobus, e dunque autorevole come tutte le persone facoltose. Poteva persino mandare qualcuno dei suoi giovani dipendenti a farle i bagagli.

La cugina accolse con piacere Precious in casa. Decorò una stanza per lei, appendendo nuove tende di una pesante stoffa gialla acquistata quando si era recata a fare spese all'OK Bazaars di Johannesburg. Poi riempì di abiti una cassettiera di vimini e vi appoggiò sopra una foto incorniciata del Papa. Il pavimento era coperto da una semplice stuoia rossa. Era una camera luminosa e confortevole.

Precious si adattò rapidamente alla nuova routine. Le fu affidato un incarico nell'ufficio della società di autotrasporto, dove aggiungeva le fatture e verificava i dati sui registri degli autisti. Era molto veloce nel suo lavoro e il marito della cugina notò che sbrigava il doppio delle pratiche rispetto agli altri due impiegati più anziani messi insieme. Nei momenti più tranquilli, loro se ne stavano seduti alla scrivania, a chiacchierare, spostando di quando in quando le fatture da una parte all'altra o alzandosi per mettere a scaldare il tè.

Grazie alla memoria, per Precious era facile ricordare come eseguire compiti nuovi e applicare le sue conoscenze. Le veniva anche spontaneo dare suggerimenti, e di rado passava una settimana in cui non avanzasse una qualche proposta su come aumentare l'efficienza dell'ufficio.

«Tu lavori troppo», si lamentò uno dei colleghi. «Tenti di rubarci il posto.»

Precious lanciò loro uno sguardo assente. Si era sempre impegnata al massimo, in tutto ciò che faceva, e proprio non capiva perché qualcuno dovesse comportarsi diversamente. Come facevano quelli a starsene lì seduti alle loro scrivanie, com'era loro abitudine, a fissare il vuoto mentre potevano aggiornare i conti o controllare i biglietti staccati dagli autisti?

Lei verificava di persona, spesso senza che glielo chiedessero, e sebbene di solito i conti quadrassero a volte trovava qualche piccola discrepanza. Erano dovute ai resti inesatti, le spiegò la cugina. Era facile che succedesse su un autobus affollato, e finché la differenza non era significativa, il fatto veniva ignorato. Ma Precious scoprì dell'altro. Trovò una discrepanza di poco più di duemila pula nelle fatture del carburante e lo fece presente al marito della cugina.

«Ne sei certa?» domandò lui. «Come possono mancare duemila pula?»

«Saranno stati rubati?» azzardò Precious.

Il marito della cugina scosse il capo. Si reputava un datore di lavoro modello – un paternalista, sì, ma non era quello che volevano i dipendenti? Non poteva credere che qualcuno dei suoi stipendiati lo defraudasse. Come osavano, quando lui era così magnanimo e si prodigava tanto per loro?

Precious gli mostrò come il denaro era stato sottratto e insieme ricostruirono com'era passato dal conto giusto a un altro, per poi svanire del tutto. Solo uno degli impiegati aveva accesso a quei fondi, perciò doveva essere stato lui; non c'erano altre spiegazioni. Non assistette al confronto, ma lo ascoltò dalla stanza accanto. L'impiegato, indignato, urlò che non era vero. Seguì un momento di silenzio, poi lo sbattere di una porta.

Quello fu il suo primo caso. L'inizio della carriera della signora Ramotswe.

Lavorò per quattro anni nell'ufficio degli autobus. La cugina e il marito, abituati alla sua presenza, cominciarono a chiamarla la loro figlia. A lei non dispiaceva: erano la sua gente, gli voleva bene. Voleva bene alla cugina, anche se lei la trattava ancora come una bambina e la riprendeva in pubblico. Voleva bene anche al marito della cugina, con quella sua faccia triste e deturpata e le sue grosse mani da meccanico. Amava la casa, e camera sua, con le tendine gialle. Si era costruita una vita piacevole.

Ogni fine settimana raggiungeva Mochudi a bordo di uno degli autobus del marito della cugina, per far visita al padre. Lui l'aspettava davanti a casa, seduto sulla sua sedia, e lei s'inchinava davanti a lui, secondo tradizione, e batteva le mani.

Poi mangiavano insieme, seduti all'ombra della veranda a lato della casa. Lei gli raccontava della settimana di lavoro in ufficio e lui assorbiva ogni dettaglio, chiedendole nomi che poi collegava in elaborate genealogie. Tutti erano imparentati con tutti in un modo o nell'altro; era impossibile considerare qualcuno un parente troppo alla lontana.

Era lo stesso col bestiame. Anche i bovini avevano le loro famiglie e quando lei aveva finito di parlare, lui attaccava con le notizie sul bestiame. Pur recandosi di rado al pascolo, suo padre riceveva settimanalmente notizie che lo riguardavano e controllava l'andamento della mandria attraverso i resoconti dei mandriani. Era in grado di capire il bestiame, possedeva la straordinaria capacità di cogliere nei vitelli tratti che sarebbero poi sbocciati con la maturità. A prima vista, riusciva a stabilire se valeva la pena acquistare e allevare un vitello che sembrava gracile, e dunque poco costoso. E scommetteva sul suo giudizio, acquistava quegli animali e li trasformava in magnifiche, grasse bestie da latte (se le piogge erano abbondanti).

Diceva che le persone erano come le bestie che possedevano. Bestie magre e pietose avevano proprietari altrettanto pietosi.

Bestie fiacche – quelle che vagavano senza meta – avevano proprietari le cui vite non avevano nessuno scopo. E i disonesti, affermava, possedevano capi sleali – bestie che rubavano il foraggio ai loro simili o che cercavano d'introdursi nelle mandrie altrui.

Obed Ramotswe era un giudice severo – sia degli uomini che del bestiame – e lei si trovò a domandarsi: che cosa avrebbe detto quando avesse saputo di Note Mokoti?

Aveva conosciuto Note Mokoti sul bus mentre tornava da Mochudi. Lui proveniva da Francistown e le sedeva di fronte, con la custodia della tromba appoggiata sul sedile di fianco. Lei non poté fare a meno di notarlo con quella camicia rossa e i calzoni a strisce bianche e blu; né di ammirare gli zigomi alti e le sopracciglia arcuate. Aveva un viso orgoglioso, quello di un uomo avvezzo a essere guardato e apprezzato, e lei abbassò immediatamente lo sguardo. Non voleva dargli l'idea che lo stesse guardando, anche se non la smetteva di sbirciarlo dal suo posto. Chi era quell'uomo? Un musicista, con accanto il suo strumento; forse un intelligentone dell'Università?

L'autobus si fermò a Gaborone prima di dirigersi a sud, sulla strada per Lobatse. Lei rimase immobile al suo posto e lo vide prepararsi a scendere. Lui si alzò, raddrizzò la piega dei calzoni, poi si voltò e guardò l'interno del bus. Lei sentì il cuore balzarle in gola: l'aveva guardata. No, non era così, guardava fuori dal finestrino.

All'improvviso, senza riflettere, balzò in piedi e prese il bagaglio dalla rastrelliera. Sarebbe scesa, non perché avesse qualcosa da fare a Gaborone, ma perché voleva vedere cosa faceva quell'uomo. Lui scese dal torpedone e lei si affrettò a seguirlo, borbottando una rapida spiegazione al conducente, uno dei dipendenti del cugino. In mezzo alla gente, alla luce del tardo pomeriggio, con addosso l'odore della polvere e del sudore degli altri passeggeri, si guardò intorno e lo vide. Aveva acquistato una pannocchia arrosto da un venditore ambulante e la stava mangiando, una fila di chicchi dopo l'altra. Provò di nuovo quella sconvolgente sensazione e s'immobilizzò dove si trovava, come una straniera incerta su dove andare.

Lui la guardava, e lei si voltò arrossendo. Si era accorto che lo fissava? Forse. Lo sbirciò di nuovo, lanciando una rapida occhiata nella sua direzione, e questa volta lui le sorrise e arcuò le sopracciglia. Poi, gettata via la pannocchia, raccolse la custodia della tromba e s'incamminò verso di lei. Raggelata, incapace di muovere un passo, era ipnotizzata come una preda davanti a un serpente.

« L'ho notata sull'autobus », disse lui. « Pensavo di averla già vista prima. Ma non è così. »

Lei abbassò lo sguardo sul terreno.

Lui sorrise. Non incuteva paura, pensò, e perse in parte la propria goffaggine.

« In questo Paese ci s'incontra tutti, una volta o l'altra », replicò. « Non ci sono stranieri. »

Lui annuì. « Questo è vero. » Calò il silenzio. Poi lui indicò la custodia ai suoi piedi. « È una tromba. Sa, sono un musicista. » Lei guardò la borsa. Sopra c'era un'etichetta: la figura di un uomo che suonava la chitarra. « Le piace la musica? » domandò lui. « Il jazz? *Quella* musica? »

Lei alzò lo sguardo e vide che lui le stava ancora sorridendo.

« Sì. La musica mi piace. »

« Io faccio parte di una band », spiegò lui. « Suoniamo al bar del President Hotel. Potrebbe venire a sentirci. Ci sto andando proprio ora. »

Camminarono fino al bar, che distava solo circa dieci minuti dalla fermata dell'autobus. Lui le portò una bibita e la fece sedere a un tavolo sul fondo, un tavolo con una sola sedia, come a scoraggiare altri avventori. Poi cominciò a suonare e lei lo ascoltò, sopraffatta dalla fluida, scivolosa melodia e orgogliosa di conoscere quell'uomo, di essere sua ospite. Il drink era strano e amaro; lei non amava il sapore dell'alcol, ma nei bar si beveva e non facendolo era preoccupata di sembrare fuori posto o troppo giovane agli occhi degli altri clienti.

Poi, durante un intervallo, lui la raggiunse, con la fronte imperlata di sudore per lo sforzo di suonare.

«Oggi non vado bene», dichiarò. «Ci sono giorni in cui suoni alla grande, altri che proprio non ce la fai.»

«Secondo me è stato bravo. Ha suonato bene.»

«Non credo proprio. So fare di meglio. A volte è come se la tromba mi parlasse. E allora so che non devo fare niente.»

Lei si accorse che la gente li guardava e che un paio di donne la fissavano con occhio critico. Avrebbero voluto essere al suo posto, ci poteva scommettere. Volevano essere insieme con Note.

Dopo aver lasciato il bar, lui la accompagnò all'ultimo autobus e rimase lì ad aspettare e a salutare finché non fu partito. Lei ricambiò il saluto agitando la mano e chiuse gli occhi. Aveva un ragazzo ora, un jazzista, e lo avrebbe rivisto, su sua richiesta, la sera del venerdì successivo, quando si sarebbero esibiti al barbecue all'aperto del Gaborone Club. I componenti della band, le disse, portavano sempre le loro ragazze, e lei avrebbe incontrato gente interessante, di qualità, persone che normalmente non avrebbe mai avuto occasione di conoscere.

E fu lì che Note Mokoti si dichiarò a Precious Ramotswe e lei accettò la sua proposta di matrimonio in maniera curiosa, senza dire nulla. La band aveva finito di esibirsi e loro due sedevano nell'oscurità, lontani dal vociare degli altri clienti. Lui disse: «Voglio sposarmi al più presto e voglio sposare te. Sei una bella ragazza e staremo bene insieme per tutta la vita». Incerta, Precious non replicò e il silenzio fu preso per un assenso. «Ne parlerò a tuo padre», proseguì Note. «Spero che non sia uno all'antica che per darti in sposa vuole un mucchio di capi di bestiame.» Così era, ma lei non lo specificò. Non aveva ancora accettato, pensava, ma forse ormai era troppo tardi per rifiutare. Poi Note aggiunse: «Ora che stai per diventare mia sposa, ti devo insegnare a cosa servono le mogli». Lei non aprì bocca. Succedeva così, immaginava. Gli uomini erano proprio come le avevano detto le sue compagne di scuola, quelle facili, naturalmente. Lui la cinse con un braccio e la fece adagiare sull'erba soffice. Erano al buio, lontani da tutti, raggiunti solo dalle grida e dalle risate dei clienti del bar. Lui le prese la mano e se l'appoggiò sullo stomaco, dove lei la lasciò, non sapendo cosa fare. Poi cominciò a baciarla, sul collo, sulla guancia, sulle labbra e lei percepì il battito del suo cuore, il suo respiro affannato. Lui mormorò: «Le ragazze devono imparare a farlo. Qualcuno te l'ha già insegnato?» Lei scosse la testa. Non l'aveva ancora imparato e a quel punto temeva che fosse troppo tardi. Non avrebbe saputo cosa fare. «Ne sono felice», commentò lui. «Ho capito subito che eri vergine, il che è un gran bene per un uomo. Ma ora le cose cambieranno. Adesso, stasera.»

Le fece male. Lei gli chiese di fermarsi, ma lui le spinse indietro la testa e la schiaffeggiò su una guancia. Subito dopo la baciò sul punto in cui l'aveva colpita, dicendole di non averlo fatto apposta. Continuava a spingersi contro di lei, a graffiarla con le unghie, anche sulla schiena. Poi le venne sopra e le fece di nuovo male e la colpì sulla schiena con la cintura.

Lei balzò in piedi e raccolse i vestiti sgualciti. Temeva, a differenza di lui, che qualcuno potesse uscire dal locale e vederli.

Si rivestì e mentre indossava la camicetta cominciò a piangere, silenziosamente, al pensiero del padre, che avrebbe visto l'indomani sulla sua veranda, che le avrebbe raccontato delle sue bestie, e che non avrebbe mai immaginato quello che le era successo quella sera.

Note Mokoti gli fece visita tre settimane dopo, da solo, e chiese in sposa Precious. Obed disse che avrebbe parlato con la figlia, e così fece la prima volta che lei andò a trovarlo. Seduto sulla sua sedia, sollevò lo sguardo su di lei e le disse che non doveva sposare nessuno se non lo desiderava davvero. Quei giorni erano passati, da molto tempo. E non doveva nemmeno sposarsi a ogni costo; ormai una donna poteva scegliere di starsene da sola – erano sempre più numerose a pensarla così.

A quel punto lei avrebbe potuto rifiutare e pronunciare quel no che il padre sognava di sentirle dire. Ma lei la pensava diversamente. Viveva per incontrare Note Mokoti. Desiderava sposarlo. Lui non era un brav'uomo, ne era certa, ma forse poteva cambiarlo. E poi, alla fin fine, rimanevano quei tenebrosi momenti di contatto fisico, quegli istanti di piacere che lui le strappava, che erano come una droga. Le piaceva. Si vergognava anche solo a pensarci, ma le piaceva quello che lui le faceva, l'umiliazione, l'urgenza. Voleva stare con lui, voleva essere posseduta da lui. Era come una bibita amara che ti spinge a berne ancora. E poi, la sensazione di essere incinta. Era troppo presto per dirlo, ma lei sapeva che il figlio di Note Mokoti era dentro di lei, un minuscolo uccellino svolazzante nel profondo del suo corpo.

Si sposarono un sabato pomeriggio, alle tre in punto, nella chiesa di Mochudi, col bestiame riunito sotto gli alberi, perché era fine ottobre e il caldo era al suo massimo. Il paesaggio quell'anno era arido perché la precedente stagione delle piogge era stata pessima. Tutto era riarso e avvizzito: l'erba ormai scarseggiava e le bestie erano pelle e ossa. Era un periodo fiacco.

Li sposò il pastore della Chiesa Riformata, ansimando nella sua tonaca nera e asciugandosi la fronte con un grande fazzoletto rosso.

Il reverendo disse: « Vi sposate qui sotto lo sguardo di Dio. Dio vi assegna determinati doveri. Dio si prende cura di noi e ci protegge in questo mondo crudele. Dio ama i suoi figli, ma noi dobbiamo ricordarci di quei doveri. Lui ce lo chiede. Giovanotto, capisci quello che sto dicendo? »

Note sorrise. « Lo capisco. »

Poi il pastore si rivolse a Precious. « E tu, lo capisci? »

Lei sollevò lo sguardo sul viso del reverendo – il volto dell'amico di suo padre. Sapeva che suo padre gli aveva parlato del matrimonio e di come questo lo rendesse infelice, ma lui aveva spiegato di non potere intervenire. Il suo tono era gentile quando le strinse leggermente la mano per posarla in quella di Note.

Mentre lo faceva, il bambino dentro di lei si mosse e lei sobbalzò per via di quello scatto repentino quanto deciso.

Dopo due giorni a Mochudi, durante i quali furono ospiti a casa di un cugino di Note, caricarono i loro averi sul retro di un furgone e si spostarono a Gaborone. Note aveva trovato un posto dove stare – due locali e una cucina a casa di qualcuno nei pressi di Tlokweng. Era un lusso avere due locali: uno era la loro camera da letto, dotata di un materasso matrimoniale e di un vecchio armadio; l'altro fungeva da soggiorno e sala da pranzo, con un tavolo, due sedie e una credenza. Le tende gialle che Precious aveva in casa della cugina furono appese in questa stanza e la resero allegra e luminosa.

Note vi teneva la tromba e la sua collezione di nastri. Si esercitava per venti minuti alla volta e poi, mentre faceva riposare le labbra, ascoltava un nastro e ne seguiva il ritmo con la chitarra. Sapeva tutto sulla musica della comunità – l'origine, chi cantava cosa, chi suonava quale strumento con chi. Aveva anche ascoltato i grandi: Hugh Masekela alla tromba, Dollar Brand al piano, il cantante Spokes Machobane. Li aveva ascoltati di persona a Johannesburg e conosceva a memoria tutte le loro incisioni.

Lei lo guardava estrarre la tromba dalla custodia e applicarle il bocchino. Lo osservava sollevarla per portarla alle labbra e poi, all'improvviso, da quella minuscola coppa di metallo premuta contro la sua carne, ecco il suono esplodere come un glorioso, brillante coltello che fendeva l'aria. E la stanzetta ne riecheggiava mentre le mosche, destate dal loro torpore, ronzavano tutto in tondo, come a cavalcare quelle note turbinanti.

Lei lo accompagnava ai bar, e lì lui era gentile con lei, ma sembrava farsi prendere dal suo ambiente e lei sentiva di non essere benvoluta. Lì c'era gente che pensava soltanto alla musica, che parlava all'infinito solo di musica, musica e musica. Ma cosa c'era tanto da dire sulla musica? Nemmeno quella gente la voleva tra i piedi, pensava, perciò smise di andare insieme con lui nei bar e se ne rimase a casa.

Quella sera lui tornò casa tardi, con l'alito che sapeva di birra. Era un odore acido, come il latte rancido, e lei girò la testa dall'altra parte quando lui la fece stendere sul letto e le tolse i vestiti.

« Hai bevuto molta birra. Devi aver passato una bella serata. »

Lui la guardò, con lo sguardo appannato.

« Bevo quanto mi pare. Sei una di quelle donne che resta a casa a lamentarsi? È questo che sei? »

« No. Volevo solo dire che ti sei divertito. »

Ma l'irritazione di lui non diminuì e lui aggiunse: « Mi costringi a punirti, donna. Sei tu che lo vuoi ».

Lei urlò, cercò di lottare, di spingerlo via, ma lui era troppo forte per lei.

« Non fare del male al bambino. »

« Il bambino! Perché parli di questo bambino? Non è mio. Io non sono il padre di nessun bambino. »

Ancora mani maschili, ma questa volta dentro sottili guanti di gomma che le rendevano pallide e incomplete, come quelle di un uomo bianco.

« Sente male qui? No? E qui? » Lei scosse la testa. « Credo che il bambino stia bene. Ma questi lividi qui in alto? Il dolore è solo esterno o è più profondo? »

« È solo superficiale. »

« Capisco. Dovrò metterle dei punti in tutta questa zona perché la pelle è malamente lacerata. Ci spruzzerò sopra un antidolorifico, ma forse è meglio se non guarda mentre la suturo. Alcuni sostengono che gli uomini non sanno cucire, però le assicuro che i medici sono piuttosto bravi a farlo! » Lei chiuse gli occhi e udì un suono sibilante. Poi uno spruzzo gelido sulla pelle, seguito da una sensazione d'insensibilità mentre il medico chiudeva la ferita. « È stato suo marito, vero? » Lei aprì gli occhi. Il dottore aveva finito di suturare e passato qualcosa all'infermiera. Mentre si sfilava i guanti, la fissava. « Quante altre volte è successo? C'è qualcuno che si prende cura di lei? »

« Non so. Non saprei. »

«Suppongo che tornerà da lui.» Lei aprì bocca per rispondere, ma lui la prevenne. «Certo che sì. È sempre la stessa storia. Le donne tornano sempre.» Silenzio. Il dottore sospirò. «Probabilmente ci rivedremo ancora, anche se spero di no. Stia attenta.»

Lei tornò il giorno seguente, col viso avvolto in una sciarpa per nascondere lividi e tagli. Braccia e stomaco le dolevano mentre lui le suturava con precisione le ferite. All'ospedale le avevano dato alcune pillole e lei ne aveva presa una poco prima di salire sull'autobus. Il dolore sembrava essere diminuito, e ne ingoiò una seconda strada facendo.

La porta di casa era aperta. Entrò col cuore che le batteva forte in petto e vide cos'era accaduto. La stanza era vuota, a parte i mobili. Lui aveva preso i suoi nastri, il loro baule nuovo di metallo e persino le tende gialle. In camera da letto aveva squarciato il materasso con un coltello e con tutto quel kapok in giro sembrava che ci avessero tosato degli animali.

Sedette sul letto ed era ancora lì quando la vicina venne a dirle che avrebbe trovato qualcuno per riportarla in camion a Mochudi, da Obed, da suo padre.

E lì rimase, a badare al padre, per i successivi quattordici anni. Lui morì subito dopo il suo trentaquattresimo compleanno e fu quello il momento in cui Precious Ramotswe, ormai orfana, reduce da un matrimonio da incubo e madre, per soli cinque, incantevoli giorni, divenne la prima detective privata in gonnella del Botswana.

5

Che cosa occorre per aprire un'agenzia investigativa

La signora Ramotswe pensava che non sarebbe stato facile aprire un'agenzia investigativa. La gente faceva spesso l'errore di credere che avviare un'attività fosse semplice e poi scopriva che c'erano problemi nascosti e richieste impreviste d'ogni sorta. Aveva sentito di persone che avevano messo in piedi attività durate quattro o cinque settimane prima di trovarsi a corto di denaro o di merce in magazzino, se non di entrambi. Insomma, era sempre più difficile del previsto.

Si recò dall'avvocato di Pilane che le aveva fatto avere i soldi del padre. Era stato lui a organizzare la vendita del bestiame, ottenendone un ottimo prezzo.

« Ho un bel gruzzolo da darle », le disse. « La mandria di suo padre è diventata sempre più grande. »

Lei prese l'assegno e la documentazione che lui le porgeva. Una somma superiore a quanto avrebbe mai sperato di ricavare. Eppure era lì – tutto quel denaro riscuotibile di persona da Precious Ramotswe presso la Barclays Bank del Botswana.

« Con quello può acquistare una casa », suggerì il legale. « E un'attività. »

« Infatti comprerò entrambe le cose. »

L'avvocato sembrò incuriosirsi. « Che tipo di attività? Un negozio? Sa, potrei consigliarla in merito. »

« Un'agenzia investigativa. »

Il legale non batté ciglio.

« In vendita non ce ne sono. Nemmeno una. »

La signora Ramotswe annuì. « Lo so. Vorrà dire che partirò da zero. »

L'avvocato sussultò sentendo quelle parole. « In affari è facile perdere denaro», sentenziò. «Soprattutto se non sai nulla di quello che stai facendo.» La fissò severamente. «Soprattutto in quel caso. E comunque, le donne possono fare le investigatrici? Crede che possano?»

«Perché no?» replicò la signora Ramotswe. Aveva sentito dire che gli avvocati non erano benvoluti, e a quel punto pensava di sapere il perché. Quell'uomo era così sicuro di sé, così assolutamente convinto. Che cosa gli importava di quello che voleva fare lei? I soldi erano i suoi, e anche il futuro. E come osava parlare in quel modo delle donne quando nemmeno si accorgeva di avere la cerniera mezza abbassata?! Avrebbe dovuto dirglielo? «Le donne sono le sole a sapere cosa sta succedendo», replicò tranquilla. «Loro sì che hanno gli occhi per vedere. Mai sentito parlare di Agatha Christie?»

Il legale parve colto alla sprovvista. «Agatha Christie? Certo che la conosco. Sì, è vero. Una donna vede più di quanto veda un uomo. Questo è risaputo.»

«Dunque», aggiunse la signora Ramotswe, «quando la gente vedrà un cartello su cui è scritto Ladies' Detective Agency n. 1, che cosa penserà? Penserà che le signore che la dirigono sanno quello che succede. Che sono quelle giuste.»

L'avvocato si grattò il mento. «Forse.»

«Sì», concluse la signora Ramotswe. «Forse.» Poi aggiunse: «La cerniera, *Rra*. Forse non ha visto che...»

Trovò prima la casa, su un terreno d'angolo in Zebra Drive. Era costosa, ma decise di acquistarla in parte con un mutuo, in modo da riuscire a comprare anche i locali per l'attività. Scovarli fu più difficile, ma alla fine trovò un piccolo locale nei pressi di Kgale Hill, ai margini dell'abitato, dove aprire l'agenzia. Era un buon posto, perché la strada era frequentata ogni giorno da molte persone che avrebbero visto l'insegna: efficace quanto pubblicare un annuncio sul *Daily News* o sul *Botswana Guardian*. Ben presto tutti avrebbero saputo di lei.

L'edificio che acquistò in origine era stato un emporio, poi trasformato in una lavanderia a secco e infine in una bottiglieria. Per circa un anno era rimasto vuoto e occupato da abusivi che avevano acceso fuochi al suo interno, e in ogni stanza parte dell'intonaco dei muri era annerita e bruciacchiata. Il proprietario alla fine era rientrato da Francistown, aveva allontanato gli occupanti abusivi e messo sul mercato l'edificio dall'aspetto malconcio. C'erano stati un paio di possibili acquirenti che però l'avevano scartato per le sue pessime condizioni e il prezzo si era drasticamente abbassato. Quando la signora Ramotswe aveva offerto la cifra in contanti, il venditore non si era lasciato sfuggire l'occasione e in pochi giorni lei aveva avuto in mano l'atto di acquisto.

C'era molto da fare. Venne chiamato un muratore per sostituire l'intonaco danneggiato e riparare il tetto di lamiera e, sempre grazie al pagamento in contanti, il lavoro venne svolto nel giro di una settimana. Poi la signora Ramotswe pensò a imbiancarlo e in breve dipinse l'esterno in giallo ocra e l'interno di bianco. Acquistò delle fresche tendine gialle per le finestre e, in un insolito momento di stravaganza, spese una piccola fortuna per comprare due scrivanie e due sedie da ufficio nuove di zecca. Il suo amico, il signor JLB Matekoni, proprietario della Speedy Motors di Tlokweng Road, le diede una vecchia macchina da scrivere che non gli serviva più ma che funzionava ancora perfettamente e così l'ufficio era pronto per essere aperto – una volta trovata una segretaria.

Quella fu la cosa più facile di tutte. Una telefonata alla Scuola per segretarie del Botswana risolse il problema. Avevano giustappunto la candidata ideale, dissero. La signorina Makutsi, giovane vedova di un insegnante, aveva appena superato gli esami di segretaria-dattilografa con novantasette su cento e sarebbe stata la persona giusta – ne erano certi.

La signora Ramotswe la prese subito in simpatia. Era una donna sottile con un viso piuttosto lungo e capelli raccolti in treccine su cui aveva strofinato copiose quantità di henné. Indossava occhiali ovali dalla pesante montatura di plastica ed esibiva un sorriso fisso, ma all'apparenza sincero.

Aprirono l'ufficio un lunedì. La signora Ramotswe seduta

alla sua scrivania e la signorina Makutsi alla sua, dietro la macchina da scrivere. La signorina Makutsi guardò la signora Ramotswe rivolgendole un sorriso ancora più ampio del solito.

« Sono pronta a lavorare », dichiarò. « Sono pronta a cominciare. »

« Mmm », mormorò la signora Ramotswe. « Siamo ancora agli inizi. Abbiamo appena aperto. Dovremo prima aspettare l'arrivo di un cliente. »

Nel profondo del cuore, sapeva che non ci sarebbero stati clienti. L'intera idea era un orribile sbaglio. Nessuno voleva assumere un investigatore privato, e di certo nessuno avrebbe voluto assumere lei. Dopotutto, chi era? Soltanto Precious Ramotswe di Mochudi. Non era mai stata a Londra o in qualunque altro posto dove andavano i detective per scoprire come diventare investigatori privati. Lei non era mai stata nemmeno a Johannesburg. Cosa sarebbe successo se fosse entrato qualcuno dicendo « Naturalmente lei conosce Johannesburg »? Avrebbe dovuto mentire, o limitarsi a non dire nulla.

La signorina Makutsi la guardò, poi abbassò lo sguardo sulla tastiera della macchina da scrivere. Aprì un cassetto, sbirciò all'interno e lo richiuse. In quell'istante una gallina entrò nel locale dal cortile anteriore e becchettò qualcosa sul pavimento.

« Fuori », urlò la signorina Makutsi. « Non sono ammessi polli qui! »

Alle dieci la signorina Makutsi si alzò dalla sua scrivania e andò nel retro a preparare il tè. Le era stato chiesto di fare del tè rosso, il preferito dalla signora Ramotswe, e in breve fu di ritorno reggendo due tazze. In borsetta aveva una lattina di latte condensato. La prese e ne versò una piccola quantità in entrambe le tazze. Poi bevvero il loro tè guardando un ragazzino che sul bordo della strada lanciava dei sassi addosso a un cane scheletrico.

Alle undici presero un'altra tazza di tè e alle dodici la signora Ramotswe si alzò in piedi e annunciò che sarebbe uscita per andare al negozio ad acquistare un profumo. La signorina Makutsi doveva restare in ufficio, rispondere al telefono e accogliere eventuali clienti. La signora Ramotswe sorrideva mentre lo diceva. Non sarebbe arrivato nessun cliente, era chiaro, e a fine mese avrebbe chiuso l'ufficio. La signorina Makutsi si rendeva conto di quanto fosse rischioso il posto di lavoro che aveva ottenuto? Una donna diplomatasi con novantasette su cento meritava ben di più.

La signora Ramotswe si trovava davanti al bancone del negozio a guardare una bottiglia di profumo quando la signorina Makutsi entrò di corsa dalla porta.

« Signora Ramotswe », ansimò. « Un cliente. In ufficio c'è un cliente. È un caso importante. Un uomo scomparso. Venga subito. Non c'è tempo da perdere. »

Le mogli degli uomini scomparsi sono tutte uguali, pensò la signora Ramotswe. *Dapprima sono ansiose e convinte che sia accaduto qualcosa di terribile. Poi inizia a insinuarsi in loro il dubbio e si domandano se lui non sia scappato con un'altra donna (generalmente così è) e infine s'infuriano. Una volta arrabbiate, di solito non vogliono più riprenderselo, anche se lo trovano. Desiderano soltanto dirgliene quattro.*

La signora Malatsi si trovava nella seconda fase, valutò. Le era nato il sospetto che lui fosse andato da qualche parte a spassarsela, lasciando lei a casa, e quello cominciava a bruciarle. Forse c'erano pure debiti da pagare, anche se sembrava che in quanto a soldi stesse abbastanza bene.

« Forse dovrebbe dirmi qualcosa di più su suo marito », disse mentre la signora Malatsi sorseggiava la tazza di forte tè rosso preparatale dalla signorina Makutsi.

« Si chiama Peter Malatsi », spiegò la signora Malatsi. « Ha quarant'anni e ha – aveva – un negozio di mobili. L'attività va bene e lui la gestiva al meglio. Perciò non è scappato per sfuggire ai creditori. »

La signora Ramotswe annuì. « Ci deve essere un'altra ragione », cominciò, poi, cauta, aggiunse: « Sa come sono gli uomini, *Mma*. Magari un'altra donna? Pensa che... »

La signora Malatsi scosse vigorosamente il capo.

« Non credo », dichiarò. « Forse un anno fa sarebbe stato

possibile, ma poi si è fatto cristiano ed è entrato in una chiesa dove non fanno altro che cantare e marciare con addosso uniformi bianche. »

La signora Ramotswe annotò questi particolari. Chiesa. Canti. Religione male interpretata? Allettato da una predicatrice?

« Chi sono queste persone? » domandò. « Potrebbero avere sue notizie? »

La signora Malatsi si strinse nelle spalle. « Non ne sono certa », rispose vagamente irritata. « In effetti, non lo so. Un paio di volte mi ha chiesto di accompagnarlo, ma io ho sempre rifiutato. Così di solito ci andava da solo, la domenica. In effetti, è scomparso proprio una domenica. Pensavo che fosse uscito per andare in chiesa. »

La signora Ramotswe alzò gli occhi al soffitto. Non sarebbe stato un caso molto difficile. Peter Malatsi si era unito a un gruppo di cristiani, questo era chiaro. Non doveva far altro che scoprire quale e mettersi sulle sue tracce. Era la solita storia: sarebbe saltato fuori che c'era una fedele più giovane di lui, ne era certa.

Entro la fine del giorno dopo, la signora Ramotswe aveva redatto un elenco dei cinque gruppi cristiani che si adattavano alla descrizione. Nei due giorni seguenti rintracciò i leader di tre di essi e fu soddisfatta di sapere che nessuno di loro conosceva Peter Malatsi. Due su tre cercarono di convertirla; il terzo si limitò a chiederle una donazione e ricevette un biglietto da cinque pula.

Quando trovò il capo del quarto gruppo, il reverendo Shadrek Mapeli, capì che la ricerca era finita. Non appena menzionò il nome Malatsi il reverendo rabbrividì e si guardò con sospetto dietro le spalle.

« È della polizia? » domandò. « È un poliziotto? »

« Semmai una poliziotta », precisò lei.

« Ah! » esclamò lui afflitto. « Ahimé! »

« Voglio dire, non sono una poliziotta », si affrettò ad aggiungere lei. « Sono una detective privata. »

Il reverendo parve calmarsi leggermente.

«Chi la manda?»

«*Mma* Malatsi.»

«Oh», sussurrò il reverendo. «Ci ha detto che non aveva moglie.»

«Be', l'aveva», chiarì la signora Ramotswe. «E ora si domanda dove sia finito.»

«È morto», spiegò il reverendo. «Ha raggiunto il Signore.»

La signora Ramotswe capì che le stava dicendo la verità e che l'indagine si era effettivamente conclusa. Non restava che scoprire *come* fosse morto.

«Deve spiegarmi tutto», disse. «Non rivelerò a nessuno il suo nome, se così preferisce. Mi racconti solo com'è successo.»

Raggiunsero il fiume a bordo del furgoncino bianco della signora Ramotswe. Era la stagione delle piogge e c'erano state diverse tempeste che avevano reso quasi impraticabile la pista. Ma alla fine arrivarono alla riva del fiume e parcheggiarono il veicolo sotto un albero.

«In questo luogo celebriamo i battesimi», spiegò il reverendo indicando una pozza nelle acque rigonfie del fiume. «Io stavo qui in piedi e lì è dove sono entrati in acqua i peccatori.»

«Quanti erano?» s'informò la signora Ramotswe.

«In tutto erano sei, compreso Peter. Sono entrati insieme mentre io mi preparavo a seguirli coi fedeli.»

«E?» incalzò la signora Ramotswe. «Poi cos'è accaduto?»

«I peccatori erano immersi nell'acqua pressappoco fino a qui». Il reverendo si toccò la parte superiore del torace. «Io mi sono girato per dire al mio gregge di cominciare a cantare, ma quando mi sono voltato di nuovo ho notato qualcosa di sbagliato. In acqua c'erano solo cinque peccatori.»

«Uno era sparito?»

«Sì», confermò il reverendo rabbrividendo. «Dio aveva accolto uno di loro nel suo grembo.»

La signora Ramotswe scrutò l'acqua. Non era un grosso fiume e per la maggior parte dell'anno si riduceva a poche pozze stagnanti. Ma con piogge frequenti, come in quella stagione, si trasformava in un vero e proprio torrente. Una persona che non sapeva nuotare poteva facilmente essere trascinata via dalla corrente, rifletté, e in quel caso il corpo sarebbe di certo emerso più a valle. C'era un sacco di gente che, per un motivo o per l'altro, andava su e giù per il fiume e che avrebbe dovuto notare la presenza di un cadavere. La polizia sarebbe stata avvertita e sul giornale sarebbe apparsa la notizia di un corpo non identificato trovato nel fiume Notwane. I giornalisti erano sempre alla ricerca di storie del genere. Non si sarebbero lasciati sfuggire quella opportunità.

Ci rimuginò per un momento. Esisteva un'altra spiegazione, che la fece rabbrividire. Ma prima di verificarla doveva capire perché il reverendo non ne avesse fatto parola con nessuno.

«Non ha avvertito la polizia», disse cercando che la sua non sembrasse una vera e propria accusa. «Come mai?»

Il reverendo abbassò lo sguardo a terra, un comportamento che, secondo l'esperienza della signora Ramotswe, indicava una persona che si sentiva profondamente dispiaciuta. Uno spudorato impenitente, ormai l'aveva scoperto, alzava sempre gli occhi al cielo.

«So che avrei dovuto dirlo. Dio mi punirà per questo. Ma temevo che avrebbero incolpato me per l'incidente del povero Peter e pensavo che mi avrebbero trascinato in tribunale. Se avessi dovuto pagare un risarcimento, la Chiesa sarebbe fallita e l'opera di Dio sarebbe stata interrotta.» Fece una pausa. «Capisce perché ho tenuto nascosto l'accaduto e chiesto al mio gregge di non dire nulla?»

La signora Ramotswe annuì e sfiorò con la mano il braccio del reverendo.

«Secondo me non ha fatto niente di male», disse. «Dio desidera che lei continui a lavorare e non è arrabbiato con lei, ne sono certa. Non è stata colpa sua.»

Il reverendo la guardò in volto e le sorrise.

«Le sue sono parole davvero gentili, sorella. Grazie.»

Quel pomeriggio la signora Ramotswe chiese al vicino se poteva prendere in prestito uno dei suoi cani. Lui ne aveva cinque, e lei li detestava tutti per il loro incessante abbaiare. Quei cani abbaiavano al mattino, neanche fossero galli, e alla sera, al sorgere della luna in cielo. Abbaiavano ai corvi, alle umbrette, ai passanti e a volte soltanto perché avevano troppo caldo.

«Mi serve un cane che mi aiuti in uno dei miei casi», spiegò. «Glielo riporterò sano e salvo.»

Il vicino fu lusingato dalla richiesta.

«Le darò questo», disse. «È il più vecchio e ha un fiuto infallibile. Diventerà un bravo cane poliziotto.»

La signora Ramotswe prese il cane con circospezione. Era un animale grosso, dal pelo giallastro, che emanava un fetore insolito quanto disgustoso. Quella sera, non appena tramontato il sole, lo caricò sul retro del furgoncino legandolo a una maniglia con un pezzo di corda. Poi imboccò la pista che conduceva al fiume, coi fari che nell'oscurità individuavano le sagome degli arbusti spinosi e dei formicai. Stranamente, era felice di quella compagnia canina, per sgradevole che fosse.

Giunta alla pozza nel fiume tolse dal furgone uno spesso paletto e lo piantò nel soffice terreno in prossimità della riva. Poi andò a prendere il cane, lo condusse alla pozza e lo legò al paletto. Dalla borsa che si era portata dietro estrasse un grosso osso e lo piazzò davanti al naso del cane giallo. L'animale grugnì di piacere e si accucciò a rosicchiare il dono.

La signora Ramotswe si sistemò a breve distanza, con una coperta avvolta intorno alle gambe per difendersi dalle zanzare e col suo vecchio fucile appoggiato sulle ginocchia. Sapeva che forse avrebbe dovuto attendere a lungo e sperava di non appisolarsi. Se si fosse addormentata, comunque, il cane l'avrebbe svegliata al momento giusto.

Passarono due ore. Le zanzare erano un tormento e la pelle le prudeva, ma si trattava di lavoro e lei non si lamentava mai mentre lavorava. Poi, all'improvviso, il cane si mise a ringhiare. La signora Ramotswe strizzò gli occhi nell'oscurità. Riusciva appena a vedere la sagoma del cane, ritto sulle zampe e girato verso l'acqua. L'animale ringhiò ancora, poi abbaiò una sola volta. Dopo di che tornò il silenzio. La signora Ramotswe si tolse la coperta dalle gambe e afferrò la potente torcia che aveva al fianco. *È stata un'attesa solo un po' più lunga del previsto*, pensò.

Dalla riva le giunse all'orecchio un rumore: era arrivato il momento di accendere la torcia. Il fascio di luce illuminò la testa di un grosso coccodrillo che spuntava dall'acqua e fissava il cane tremante di paura.

Il coccodrillo non era assolutamente disturbato dalla luce, che forse aveva scambiato per quella della luna. Gli occhi erano fissi sul cane mentre avanzava verso la sua preda. La signora Ramotswe appoggiò il calcio del fucile alla spalla e inquadrò nel mirino il fianco del rettile. Poi tirò il grilletto.

Quando la pallottola lo colpì, il coccodrillo scattò verso l'alto compiendo una vera e propria capriola e atterrò sulla schiena, mezzo fuori dall'acqua. Per qualche istante si contorse, poi s'immobilizzò. Era stato un colpo magistrale.

La signora Ramotswe si accorse di tremare quando depose l'arma. Il padre le aveva insegnato a sparare, e lei se la cavava bene, ma non le piaceva uccidere gli animali, soprattutto i coccodrilli. Erano creature sfortunate, ma era qualcosa che andava fatto. E comunque, che cosa ci faceva lì quell'animale? Non ci dovevano essere coccodrilli nel fiume Notwane. Quello doveva avere vagato per chilometri sulla terraferma o essere finito lì con la piena del Limpopo. Povero coccodrillo – quella era la fine della sua avventura.

Prese un coltello e con quello tagliò per il lungo il ventre della creatura. La pelle era morbida e lo stomaco venne subito alla luce rivelando il suo contenuto. Al suo interno vide alcuni ciottoli, che il coccodrillo usava per digerire il cibo, e svariati pezzi di pesce putrefatto. Ma a interessarla maggiormente rispetto a quegli avanzi furono i bracciali e gli anelli e l'orologio da polso non digeriti che trovò all'interno. Erano corrosi e un paio addirittura incrostati, ma spiccavano nel contenuto dello stomaco, ognuno di essi prova evidente dei sinistri appetiti dell'animale.

« È di suo marito questo? » domandò alla signora Malatsi porgendole l'orologio da polso che aveva estratto dallo stomaco del coccodrillo.

La signora Malatsi prese l'orologio e lo osservò. La signora Ramotswe storse la bocca: odiava quei momenti, quando non aveva altra scelta se non quella di dare brutte notizie.

Ma la signora Malatsi dimostrò una calma straordinaria. « Ecco, almeno so che è col Signore », disse. « E questo è molto meglio che saperlo tra le braccia di un'altra donna, no? »

La signora Ramotswe annuì. « Credo di sì », concordò.

« Lei è stata sposata, *Mma*? » domandò la signora Malatsi. « Sa cosa significa essere sposata a un uomo? »

La signora Ramotswe si voltò a guardare fuori dalla finestra, oltre l'albero di acacia, la collina cosparsa di massi.

« Ho avuto un marito », rispose. « Una volta l'avevo. Suonava la tromba. Mi rendeva infelice e ora sono contenta di non averne più uno. » S'interruppe brevemente. « Mi scuso. Non intendevo essere così dura. Lei ha perso suo marito e deve essere molto dispiaciuta. »

« Un po' », ammise la signora Malatsi. « Ma ho tante cose da fare. »

6
Il ragazzo

Il ragazzo aveva undici anni, ed era piccolo per la sua età. Avevano tentato in ogni modo di farlo crescere, ma lui se la prendeva con comodo e ora, vedendolo, gli avresti dato otto o nove anni anziché undici. Non che a lui interessasse in alcun modo. Il padre gli aveva detto: «Anch'io da bambino ero basso. Ora sono un uomo alto. Succederà anche a te. Aspetta e vedrai».

Ma segretamente i genitori temevano che in lui ci fosse qualcosa che non andava; magari che la colonna vertebrale fosse storta e che questo gli impedisse di crescere in altezza. A soli quattro anni era caduto da un albero – cercava di prendere le uova da un nido di uccelli – ed era rimasto immobile sul terreno per svariati minuti, incapace di respirare, finché la nonna, urlante, non l'aveva raggiunto attraversando di corsa il campo di meloni, l'aveva preso in braccio e portato a casa, con un uovo schiacciato ancora stretto tra le dita. Lui si era ristabilito – o almeno così pensavano all'epoca – ma sembrava che camminasse in maniera diversa. Lo avevano portato in una clinica, dove un'infermiera gli aveva guardato gli occhi e dentro la bocca concludendo che era in buona salute.

«I ragazzi cadono sempre. Ma raramente si rompono qualcosa.»

L'infermiera aveva appoggiato le mani sulle spalle del bambino e gli aveva fatto ruotare il busto.

«Vedete. Non c'è niente che non vada. Niente. Se si fosse rotto qualche osso, si sarebbe lamentato.»

Ma anni dopo, vedendo che non cresceva, la madre ricordò

la caduta e si rimproverò per aver dato retta a quella infermiera che era brava solo a fare test per la bilharzia e i vermi intestinali.

Il ragazzo era più curioso degli altri bambini. Amava cercare pietre nella terra rossastra e renderle lucide con lo sputo. Ne trovò anche alcune belle – una blu scuro e una con una sfumatura rosso-rame, simile al cielo al crepuscolo. Le teneva ai piedi del paglericcio su cui dormiva e con esse imparò a contare. Gli altri bambini imparavano a contare sommando le mucche, ma quel ragazzo sembrava non amare il bestiame, e questa era un'altra particolarità che lo rendeva strano.

Grazie alla sua curiosità, che lo spingeva a vagabondare nella boscaglia alla ricerca di chissà che, i genitori alla fine si abituarono a non vederlo per ore. Del resto non correva nessun pericolo, a meno che non fosse tanto sfortunato da calpestare una vipera del deserto o un cobra. Ma non successe mai e all'improvviso lui ricompariva nel recinto del bestiame o dietro le capre, stringendo tra le mani ciò che di strano aveva trovato: la penna di un avvoltoio, un millepiedi *tshongololo* rinsecchito, il cranio di un serpente sbiancato dal sole.

Quel giorno era fuori di nuovo, a percorrere uno dei sentieri che s'intersecavano sul terreno polveroso. Aveva trovato qualcosa che lo interessava in maniera particolare – gli escrementi freschi di un serpente – e seguiva le tracce del rettile per vederlo coi suoi occhi. Sapeva di cosa si trattava perché lo sterco conteneva delle palle di pelo, indizio certo che era stato prodotto da un rettile. Era la pelliccia di una procavia delle rocce, l'aveva capito dal colore e perché sapeva che quei roditori erano una squisitezza per i serpenti più grossi. Se trovava la biscia, poteva ucciderla con una roccia e scuoiarla in modo da usare la pelle per ricavarne una bella cintura per sé e per il padre.

Ma stava scendendo l'oscurità e avrebbe dovuto rinunciare. Non sarebbe mai riuscito a vedere il serpente in una notte senza luna, perciò abbandonò l'inseguimento e tagliò per la boscaglia in direzione della pista sterrata che tornava, oltre il letto asciutto del fiume, fino al villaggio.

Trovò subito la strada e si sedette un momento sul bordo, affondando i piedi nella soffice sabbia bianca. Aveva fame e sapeva che quella sera nella farinata d'avena avrebbe trovato anche qualche pezzetto di carne perché aveva visto la nonna preparare lo stufato. Lei gli dava sempre più di quanto gli toccasse – una razione grande quasi come quella del padre – e questo mandava in bestia le sue due sorelle.

« Anche a noi piace la carne. A noi ragazze piace eccome. »

Ma non riuscivano a persuadere la nonna.

Si alzò e s'incamminò sulla pista. Ormai era quasi buio: alberi e arbusti erano indistinte sagome nere che si fondevano l'una nell'altra. Un uccello notturno, attirato dagli stridii degli insetti, cantava chissà dove. Sentì una piccola puntura sul braccio destro: una zanzara che schiacciò con una manata.

All'improvviso sul fogliame di un albero davanti a lui scorse una striscia di luce giallastra. La luce brillò per poi affievolirsi e il ragazzo si voltò. Sulla pista alle sue spalle scorse un furgone. Non poteva essere un'auto perché la sabbia era troppo alta e soffice per sostenerla.

Si fermò sul ciglio e aspettò. Le luci ormai erano quasi su di lui: quelle di un furgone, anzi un pick-up, che si avvicinava sobbalzando sulle buche della sterrata. Si portò una mano sopra gli occhi per ripararli.

« Buonasera, giovanotto », fu il saluto tradizionale che gli rivolsero dall'abitacolo.

Sorridendo, lui ricambiò il saluto. All'interno riusciva a vedere due uomini, uno giovane al volante e uno più vecchio sul sedile accanto. Sapeva che erano stranieri anche se non li vedeva in viso. C'era qualcosa di strano nel modo in cui l'uomo parlava in setswana. La sua era una parlata diversa da quella di un locale. Una voce insolita che diventava più alta alla fine delle parole.

« Vai a caccia di animali selvatici? Vuoi cacciare un leopardo di notte? »

Lui scosse il capo. « No. Sto solo tornando a casa. »

« Perché un leopardo potrebbe cacciare te prima che tu cacci lui! »

Il ragazzo rise. « Ha ragione, *Rra*! Stasera non mi piacerebbe proprio incontrare un leopardo. »

« Allora ti accompagniamo a casa noi. È lontana? »

« No. Non è lontana. È proprio lì avanti. Da quella parte. »

Il guidatore aprì la portiera e scese, lasciando il motore acceso, per permettere al bambino di scivolare sul sedile. Poi risalì, chiuse la portiera e ingranò la marcia. Il ragazzo sollevò i piedi: c'era un animale sul pavimento dei veicolo – un cane, forse, o una capra – e lui ne aveva toccato il naso umido.

Sbirciò l'uomo alla sua sinistra, il più vecchio. Sarebbe stato scortese fissarlo ed era difficile vedere qualcosa al buio. Tuttavia notò che c'era qualcosa di sbagliato sia nel labbro che negli occhi. Distolse lo sguardo. Un bambino non deve mai fissare in quel modo un adulto. Ma da dove arrivavano quei due? Che cosa stavano facendo lì?

« Ecco, quella è la casa di mio padre. Laggiù, vedete. Quelle luci. »

« Le vediamo, sì. »

« Da qui posso continuare a piedi. Se si ferma, vado a piedi. C'è un sentiero. »

« Ma noi non ci fermiamo. Devi fare una cosa per noi. Ci puoi aiutare. »

« I miei mi aspettano. Saranno in pensiero. »

« C'è sempre qualcuno che aspetta qualcun altro. Sempre. » All'improvviso si sentiva spaventato. Si voltò a guardare l'uomo al volante. Il giovanotto gli sorrise. « Non avere paura. Resta lì seduto. Questa sera andremo da qualche altra parte. »

« Dove mi state portando, *Rra*? Perché mi portate via? »

L'uomo più anziano allungò una mano e la posò sulla spalla del bambino.

« Nessuno ti farà del male. A casa ci puoi tornare dopo. Loro non staranno in pensiero. Siamo brave persone, sai. Proprio brave. Ascolta, mentre siamo in viaggio ti racconterò una storia che ti terrà tranquillo e ti farà felice.»

C'erano dei giovani mandriani che badavano alla mandria del loro ricco zio. Com'era ricco quell'uomo! Aveva più mucche di chiunque altro in questa zona del Botswana e le sue bestie erano grandi, grandi così, anzi più grandi.

Questi ragazzi un giorno scoprirono che sul margine esterno della mandria era apparso un vitello. Era un vitello strano, dal mantello di molti colori, diverso da tutti quelli che avevano visto fino a quel momento. E caspita! Com'erano contenti che fosse comparso!

Quel vitello era molto diverso anche per un altro motivo: poteva cantare una canzone bovina che i mandriani sentivano ogni volta che si avvicinavano. Non afferravano le parole che il vitello diceva, ma capivano che l'argomento riguardava le mucche.

I mandriani volevano bene a quel vitello e proprio per questo non si accorgevano che alcune delle altre mucche si allontanavano. Se ne accorsero solo quando due animali ormai erano spariti.

Arrivò lo zio. Un uomo alto alto con in mano un bastone che sgridò i ragazzi e picchiò il vitello dicendo che i vitelli strani non portano mai fortuna.

Così il vitello morì, ma prima di morire sussurrò qualcosa ai mandriani che questa volta riuscirono a capire quello che diceva. Era un animale molto speciale e quando i mandriani raccontarono allo zio quello che il vitello aveva detto lui cadde in ginocchio e si disperò.

Vedi, il vitello era suo fratello che molto tempo prima era stato divorato da un leone ed era ritornato. Dunque quell'uomo aveva ucciso suo fratello e da allora non è mai più stato felice. Era triste, molto triste.

Il ragazzo guardava in faccia l'uomo mentre gli raccontava la storia. Se fino a quel momento non aveva idea di cosa sarebbe successo, ormai l'aveva capito.

Sapeva cosa stava per accadere.

«Tienilo fermo! Bloccagli le braccia! Se non lo tieni mi manderà fuori strada!»

«Ci sto provando. Ma si divincola come un diavolo.»

«Tu tienilo fermo che io fermo il furgone.»

7

La signorina Makutsi si occupa della posta

Il successo della sua prima indagine rincuorò la signora Ramotswe. Nel frattempo aveva ordinato, e ricevuto, un manuale per investigatori privati e lo stava leggendo capitolo dopo capitolo, prendendo numerosi appunti. Nel suo primo caso non aveva commesso errori, pensò. Aveva scoperto le informazioni disponibili semplicemente scovando e ascoltando le fonti più probabili. Non c'era voluto molto. A patto di essere metodici, era difficile sbagliare.

Poi aveva avuto il sospetto che nel fiume ci fosse un coccodrillo e aveva seguito il suo istinto. Anche in questo caso, il manuale la riteneva una prassi del tutto accettabile. «Mai trascurare le intuizioni», consigliava. «L'intuito è un'altra forma di conoscenza.» Alla signora Ramotswe la frase era piaciuta e l'aveva riportata alla signorina Makutsi. La segretaria l'aveva ascoltata con attenzione, poi l'aveva scritta a macchina e aveva consegnato il foglio alla signora Ramotswe.

La signorina Makutsi era una compagnia piacevole e sapeva battere a macchina molto bene. Aveva dattiloscritto un rapporto dettatole dalla signora Ramotswe sul caso Malatsi e preparato la fattura da spedire alla cliente. Ma a parte questo in realtà non aveva fatto niente altro e la signora Ramotswe si domandava se per svolgere la sua attività avesse davvero bisogno di una segretaria.

Eppure era così. Quale agenzia investigativa privata non ha una segretaria? Senza avrebbe fatto ridere perfino i polli, e i clienti – se mai ne fossero arrivati altri, eventualità di cui dubitava – si sarebbero tirati indietro.

Naturalmente spettava alla signorina Makutsi aprire la posta.

Nei primi tre giorni non ne ricevettero. Il quarto giorno arrivò un catalogo e un'imposta patrimoniale, il quinto una lettera indirizzata al precedente proprietario.

Poi, all'inizio della seconda settimana, aprì una busta piena di ditate e lesse ad alta voce alla signora Ramotswe la missiva che conteneva:

«Cara *Mma* Ramotswe,

sul giornale ho letto di lei e dell'apertura di questa grande, nuova agenzia qui in città. Sono molto orgoglioso per il Botswana che nel nostro Paese ci sia una persona come lei.

Sono il maestro di una piccola scuola del villaggio di Katsana, a una trentina di chilometri da Gaborone, che è vicino al posto dove sono nato. Molti anni fa ho frequentato la Scuola per insegnanti e mi sono diplomato con lode. Mia moglie e io abbiamo due figlie e un figlio di undici anni. Il bambino cui mi riferisco è scomparso e da due mesi non abbiamo sue notizie.

Ci siamo rivolti alla polizia, che ha eseguito molte ricerche e fatto domande a destra e a sinistra. Nessuno sa niente di nostro figlio. Ho preso un permesso di lavoro e ho ispezionato di persona la zona intorno al nostro villaggio. Non molto lontano ci sono *kopje*, rocce e caverne. Sono entrato in ogni grotta, mi sono calato in ogni fenditura, ma senza trovare traccia di mio figlio.

Era un bambino cui piaceva girovagare, perché nutriva un grande interesse per la natura. Collezionava sempre minerali e cose così. Conosceva bene la boscaglia e non avrebbe mai corso un rischio per stupidità. Da queste parti non ci sono più leopardi e siamo troppo lontani dal Kalahari perché arrivino dei leoni.

Sono stato ovunque, ho urlato e urlato il suo nome, ma non mi ha mai risposto. L'ho cercato in ogni fattoria e nel villaggio vicino e ho chiesto di scandagliare i corsi d'acqua. Ma di lui non c'è traccia.

Come fa un ragazzo a svanire così dalla faccia della Terra? Se non fossi cristiano direi che qualche spirito maligno l'ha portato via. Ma so che cose del genere in realtà non succedono.

Non sono un uomo ricco. Non posso permettermi di pagare un detective privato, ma le chiedo, *Mma*, in nome di Gesù Cristo, di darmi un piccolo aiuto. Per favore, mentre indaga su altri casi e parla con chi può sapere qualcosa, domandi se qualcuno ha sentito parlare di un ragazzo che si chiama Thobiso, che ha undici anni e quattro mesi e che è figlio del maestro di Katsana. Chieda solo questo e se viene a sapere qualcosa, la prego di scrivere due righe al sottoscritto, il maestro.

In nome di Dio, Ernes Molai Pakotati, Dip. Scol.»

La signorina Makutsi smise di leggere e guardò la signora Ramotswe all'altro capo della stanza. Per un momento, nessuna delle due aprì bocca. Poi fu la signora Ramotswe a rompere il silenzio.

«Lei ne sa qualcosa?» domandò. «Ha mai sentito parlare della scomparsa di un bambino?»

La signorina Makutsi aggrottò le sopracciglia. «Mi pare di sì. Credo di aver letto qualcosa sul giornale a proposito della ricerca di un ragazzo. Se non erro, ipotizzavano che fosse scappato di casa per qualche motivo.»

La signora Ramotswe si alzò e andò a prendere la lettera dalla segretaria. La tenne in mano come se fosse stata una prova da esibire in tribunale, con circospezione, quasi temesse di rovinarla. Aveva l'impressione che quello scritto – tracciato su semplice foglio di carta, leggerissimo di per sé – fosse appesantito dal dolore.

«Suppongo di non poter far molto», commentò laconica. «Naturalmente, terrò gli occhi aperti. Questo lo posso assicurare a questo povero padre, ma che altro posso fare? Lui conoscerà la foresta intorno a Katsana. Conoscerà gli abitanti. No, per lui non potrò fare gran che.»

La signorina Makutsi sembrava sollevata. «No», confermò. «Non possiamo aiutare quel poveretto.»

La signora Ramotswe dettò una lettera che la signorina Makutsi batté diligentemente a macchina prima d'infilarla in una busta, applicarvi all'esterno un francobollo e deporla nel vassoio rosso della posta in uscita che la signora Ramotswe si era procurata al Botswana Book Centre. Era la seconda lettera che veniva spedita dalla Ladies' Detective Agency n. 1, la prima era stata la fattura di duecentocinquanta pula per la signora Malatsi – fattura sulla quale la signorina Makutsi aveva scritto a macchina: «Il suo povero marito – la soluzione del mistero della sua morte».

Quella sera, nella casa di Zebra Drive, la signora Ramotswe si preparò per cena un po' di stufato con contorno di zucca. Le piaceva stare in cucina a mescolare il cibo nella pentola e a pensare agli avvenimenti della giornata sorseggiando una grossa tazza di tè tenuta in equilibrio sul fornello. Quel giorno erano accadute diverse cose, a parte l'arrivo della lettera. Si era presentato un uomo con una richiesta di recupero crediti che lei, con riluttanza, aveva accettato di aiutare. Non era sicura che fosse un compito adatto a una detective privata – il manuale non ne faceva cenno – ma l'uomo insisteva e lei trovò difficile rifiutare. Poi c'era stata la visita di una donna preoccupata per il marito.

«Torna a casa con addosso del profumo», aveva spiegato. «E tutto sorridente. Perché mai un uomo dovrebbe rincasare tutto profumato e sorridente?»

«Forse frequenta un'altra donna», aveva azzardato la signora Ramotswe.

La donna l'aveva guardata sbigottita.

«Crede che farebbe una cosa del genere? Mio marito?»

Dopo avere discusso dell'eventualità, avevano stabilito che la donna avrebbe affrontato l'argomento col marito.

«È possibile che ci sia un'altra spiegazione», aveva aggiunto con fare rassicurante la signora Ramotswe.

«E quale?»

«Ecco...»

«Oggigiorno molti uomini indossano il profumo», era intervenuta la signorina Makutsi. «Così facendo pensano di avere un buon odore. Si sa come puzzano gli uomini.»

La cliente si era voltata sulla sedia per fissare la signorina Makutsi.

«Mio marito non puzza», aveva dichiarato. «È un uomo molto pulito.»

La signora Ramotswe aveva lanciato alla signorina Makutsi un'occhiata d'avvertimento. Doveva ricordarsi di dirle di non intervenire quando lei parlava coi clienti.

Ma qualunque altra cosa era accaduta quel giorno, il suo pensiero tornava continuamente alla lettera dell'insegnante e alla vicenda del bambino scomparso. Chissà com'era agitato quel poveretto, e com'era in pena anche la madre. Lui non accennava alla madre, ma doveva pur essercene una, o almeno una nonna. Chissà quali pensieri tormentavano le loro menti mentre le ore passavano senza avere notizie del ragazzo che proprio in quel momento poteva essere in pericolo, magari bloccato in un vecchio pozzo minerario, troppo rauco per farsi sentire dai soccorritori che battevano il terreno sopra di lui. O magari rapito – portato via nottetempo da qualcuno. Quale cuore malvagio poteva fare una cosa simile a un bambino innocente? Chi poteva resistere al suo pianto mentre supplicava di essere riportato a casa? Che simili infamie potessero succedere proprio lì, nel Botswana, la faceva tremare di paura.

Cominciò a chiedersi se quello, alla fin fine, fosse un lavoro adatto a lei. Era lodevole pensare di poter aiutare gli altri a risolvere le loro difficoltà, ma queste rischiavano di spezzarle il cuore. Quello della signora Malatsi era stato un caso singolare. Si era aspettata che la signora Malatsi rimanesse sconvolta nell'avere la prova che il marito era stato divorato da un coccodrillo, invece lei non si era turbata per nulla. Cosa aveva detto? *Ma ho tante cose da fare*. Che frase straordinariamente insensibile da dire quando si ha appena perso il marito. Lo apprezzava così poco?

La signora Ramotswe indugiò, col cucchiaio infilato a metà nello stufato che sobbolliva. Quando le persone erano tanto imperturbabili, la signora Christie si aspettava che il lettore sospettasse qualcosa. Che cosa avrebbe pensato la signora Christie vedendo la gelida reazione della signora Malatsi, in pratica la sua totale indifferenza? Si sarebbe detta: *questa donna ha ammazzato il marito! Ecco perché non la turba la notizia della sua morte. Sapeva fin da subito che era defunto!*

Ma allora il coccodrillo, il battesimo e gli altri peccatori? No, doveva essere innocente. Forse lo voleva morto, e poi la sua preghiera era stata esaudita dal coccodrillo. In questo caso, agli occhi di Dio sei un assassino? Dio sa se desideri la morte di qualcuno perché per lui non esistono segreti. Questo lo sapevano tutti.

Smise di rimuginare. Era giunto il momento di togliere la zucca dalla pentola e mangiarla. In ultima analisi, i grandi problemi della vita si risolvevano così. Pensi e ripensi senza arrivare a una soluzione, ma alla fine devi mangiare la zucca che stai cucinando. Questo ti riporta coi piedi per terra. Questo ti dà la motivazione per andare avanti. La zucca.

8

Una conversazione col signor JLB Matekoni

I libri contabili la dicevano tutta. Alla fine del suo primo mese di attività, la Ladies' Detective Agency era decisamente in perdita. C'erano stati tre clienti paganti, due che avevano chiesto un consiglio, l'avevano ricevuto e poi si erano rifiutati di pagare. La signora Malatsi aveva saldato la fattura di duecentocinquanta pula; Happy Bapetsi aveva versato duecento pula per lo smascheramento del suo falso padre e un commerciante del luogo aveva sborsato cento pula per scoprire chi utilizzava il suo telefono per fare interurbane non autorizzate a Francistown. In tutto facevano cinquecentocinquanta pula, ma la signorina Makutsi prendeva uno stipendio mensile di cinquecentoottanta pula. Questo significava una perdita di trenta pula, senza tener conto delle spese generali, come il pieno di benzina del furgoncino bianco e la bolletta dell'elettricità dell'ufficio.

Naturalmente ci voleva del tempo per consolidare un'attività – questo la signora Ramotswe lo capiva – ma quanto poteva andare avanti essendo in perdita? Disponeva di una certa somma di denaro rimastale dalla vendita della proprietà del padre, ma non poteva continuare all'infinito con quella. Avrebbe dovuto dar retta al suo papà. Lui avrebbe voluto che acquistasse una macelleria, un'attività molto più sicura. Com'è che si diceva? Un investimento *blue-chip*. Ma cosa c'era di eccitante?

Pensò al signor JLB Matekoni, proprietario dell'officina Speedy Motors di Tlokweng Road. Quella sì era un'attività redditizia. I clienti non mancavano, perché tutti sapevano che abile meccanico fosse il proprietario. La differenza tra loro due era che lui sapeva cosa stava facendo, mentre lei no.

La signora Ramotswe conosceva da anni il signor JLB Matekoni. Lui era originario di Mochudi e suo zio era stato un caro amico di suo padre. Il signor JLB Matekoni aveva quarantacinque anni – dieci più della signora Ramotswe, ma si considerava suo coetaneo e spesso, quando faceva qualche osservazione sul mondo, diceva: «Per le persone della nostra età...»

Era un uomo tranquillo e lei si domandava perché non si fossero mai sposati. Non era affascinante, ma aveva un viso sereno e rassicurante. Era il genere di marito che ogni donna avrebbe voluto avere per casa. Uno che sapeva aggiustare le cose, che di sera non usciva e che forse avrebbe anche sbrigato qualche faccenda domestica – un impegno che pochissimi uomini si sognerebbero di assumersi.

Ma lui era rimasto single e viveva da solo in una grande casa vicino al vecchio campo di volo. A volte, passando al volante del furgoncino, lo vedeva seduto sulla veranda – il signor JLB Matekoni solo soletto, accomodato su una sedia, a fissare gli alberi del giardino. A che cosa pensava un uomo così? Se ne stava lì seduto a riflettere su come sarebbe stato piacevole avere una moglie e dei bambini che correvano in giardino, o invece pensava all'officina e alle auto che aveva riparato? Impossibile stabilirlo.

A lei piaceva fargli visita in officina e parlare con lui nel suo ufficio macchiato di grasso, zeppo di quietanze e ordini di pezzi di ricambio. Le piaceva guardare i calendari appesi alla parete, con quelle fotografie così crude che sembravano essere le preferite dagli uomini. Le piaceva bere il tè da una delle sue tazze con l'esterno pieno di ditate di grasso mentre i suoi due apprendisti sollevavano le auto sul ponte idraulico per trafficare sotto il telaio.

Il signor JLB Matekoni gradiva quei momenti. Insieme parlavano di Mochudi, di politica o semplicemente delle novità del giorno. Lui le diceva chi aveva problemi con l'auto, che tipo di guasto era, chi aveva fatto il pieno quel giorno e dove gli aveva detto di essere diretto.

In quell'occasione specifica, tuttavia, parlarono di finanze e dei problemi legati alla gestione di un'attività commerciale.

«Quello che incide maggiormente è il costo del personale», dichiarò il signor JLB Matekoni. «Vedi quei due giovani seminascosti sotto quella macchina? Non hai idea di quanto mi costino. Il salario, le tasse, l'assicurazione nel caso che l'auto gli cada sulla testa. Una spesa si aggiunge all'altra e alla fine della giornata a me rimangono in tasca soltanto un paio di pula. Mai molto di più.»

«Ma almeno non sei in perdita», obiettò la signora Ramotswe. «Nel mio primo mese di attività io sono già sotto di trenta pula. E sono sicura che le cose peggioreranno.»

Il signor JLB Matekoni sospirò. «I dipendenti costano», disse. «Quella tua segretaria – quella con quei grossi occhiali. È lì che finirà il tuo denaro.»

La signora Ramotswe annuì. «Lo so», ammise. «Ma se hai un ufficio una segretaria ci vuole. Se non avessi una segretaria e dovessi rimanere chiusa lì tutto il giorno, non potrei venire qui a chiacchierare con te. E nemmeno andare a fare spese.»

Il signor JLB Matekoni prese la sua tazza. «Allora ti servono clienti migliori», sentenziò. «Hai bisogno di un paio di casi importanti. Ti ci vuole un riccone che ti affidi un caso.»

«Un riccone?»

«Certo. Qualcuno come... come il signor Patel, tanto per fare un esempio.»

«Ma perché il signor Patel dovrebbe aver bisogno di una detective privata?»

«I ricchi hanno i loro problemi», disse il signor JLB Matekoni. «Non si sa mai.» S'immersero nel silenzio, a osservare i due giovani meccanici togliere una ruota dall'automobile su cui stavano lavorando. «Come sono stupidi quei ragazzi», commentò il signor JLB Matekoni. «Non c'era nessuna necessità di smontarla.»

«Pensavo», cominciò la signora Ramotswe. «L'altro giorno ho ricevuto una lettera che mi ha reso molto triste, tanto che mi sono chiesta se dopotutto dovevo proprio fare l'investigatrice.»

Gli raccontò della lettera sul ragazzo scomparso e gli spiegò che si era sentita incapace di aiutare il padre. «Sentivo di non potere fare nulla per lui», disse. «Non so fare miracoli. Però mi è dispiaciuto molto per quel poverino. Lui pensa che il figlio sia caduto in una buca o sia stato aggredito da qualche animale feroce. Come può un padre sopportare questo pensiero?»

Il signor JLB Matekoni sbuffò. «L'ho saputo dal giornale», disse. «Ho letto di quella ricerca, e ho capito fin da subito che era senza speranza.»

«Perché?» domandò la signora Ramotswe.

Per un istante, il signor JLB Matekoni non parlò. La signora Ramotswe fissava lui e un punto oltre lui, fuori dalla finestra, e in particolare l'albero di acacia. Le minuscole foglie grigio-verdi, simili a steli d'erba, erano chiuse su loro stesse per difendersi dalla calura e tra le fronde scorgeva il cielo vuoto, talmente spento da sembrare bianco e insieme con questo avvertiva l'odore della polvere.

«Perché il bambino è morto», spiegò il signor Matekoni tracciando col dito in aria un disegno immaginario. «Non l'ha preso nessun animale, o almeno, nessun animale che conosciamo. Forse un *santawana* o un *thokolosi*. Oh, sì, qualche spirito, semmai.»

La signora Ramotswe non commentò. S'immedesimava nel padre – nel padre del bambino morto – e per un istante ricordò quello spaventoso pomeriggio nell'ospedale di Mochudi, quando l'infermiera le si era avvicinata sistemandosi la divisa e lei si era accorta che stava piangendo. Perdere un figlio a quel modo era qualcosa che metteva fine al tuo mondo. Non potevi più tornare indietro a com'era prima. Le stelle si spegnevano. La luna scompariva. Gli uccelli smettevano di cantare.

«Perché sostieni che è morto», chiese. «Potrebbe essersi perso e...»

Il signor JLB Matekoni scosse il capo. «No», insistette. «L'hanno rapito per usarlo in riti di stregoneria. Ormai è morto.»

Lei appoggiò la tazza vuota sul tavolo. Fuori, nell'officina, una chiave inglese cadde a terra con un forte tonfo metallico.

Lei guardò l'amico. Quello era un argomento di cui non si

parlava. Un argomento che avrebbe atterrito anche il cuore più risoluto. Quello era il grande tabù.

Il signor JLB Matekoni sorrise. «Andiamo, signora Ramotswe, sai anche tu come funziona. Non ci piace parlarne, no? È la cosa di cui noi africani ci vergogniamo di più. Sappiamo cosa succede, ma facciamo finta di non saperlo. Ma sappiamo tutti che fine fanno i bambini che scompaiono. Lo sappiamo.»

Lei lo guardò. Diceva la verità, poiché era un uomo sincero, un brav'uomo. Era probabile che avesse ragione – a prescindere da quanto sarebbe stato preferibile pensare a una spiegazione diversa, innocente, per la sorte toccata a un bambino scomparso, l'ipotesi più probabile era esattamente quella prospettata dal signor JLB Matekoni. Il ragazzo era stato rapito da uno stregone e ucciso a scopi magici. Proprio lì, nel Botswana, alla fine del Ventesimo secolo, sotto quella orgogliosa bandiera, al centro di tutto ciò che aveva reso il Botswana un Paese moderno, era successo: quel cuore oscuro aveva preso a battere come un tamburo. Il bambino era stato ucciso perché qualcuno, una persona potente, aveva commissionato a uno stregone una medicina che lo rendesse più forte.

Lei abbassò lo sguardo.

«Potresti avere ragione», disse. «Quel povero bambino...»

«Certo che ho ragione», la interruppe il signor JLB Matekoni. «Perché pensi che quel poveretto ti abbia scritto quella lettera? Il fatto è che la polizia non muoverà un dito per scoprire come e dov'è successo. Perché hanno paura. Hanno tutti paura, proprio come me e come quei due ragazzi che sono sotto l'auto. Siamo spaventati, signora Ramotswe. Temiamo per le nostre vite. Ognuno di noi – forse perfino tu.»

La signora Ramotswe quella sera si coricò alle dieci, mezz'ora più tardi del solito. A volte le piaceva starsene a letto con la lampada del comodino accesa, a leggere una rivista. Ormai era stanca e la rivista continuava a scivolarle di mano, vincendo i suoi sforzi per restare sveglia.

Spense la luce e recitò le preghiere, sussurrandone le parole anche se in casa non c'era nessuno che poteva sentirla. La preghiera era sempre la stessa, per l'anima del padre, Obed, per il Botswana e per la pioggia che avrebbe reso ricchi i raccolti e grasso il bestiame, e per il suo bambino, ormai al sicuro tra le braccia di Gesù.

Alle prime luci dell'alba si svegliò in preda al terrore, col cuore che batteva all'impazzata e la bocca secca. Si tirò su a sedere e premette l'interruttore della luce, ma non accadde nulla. Scostò il lenzuolo – col caldo che faceva la coperta era superflua – e scivolò fuori dal letto.

Non funzionava nemmeno la luce in corridoio e neppure quella in cucina, ma la luna disegnava ombre e forme sul pavimento. Guardò fuori dalla finestra, nella notte. Buio ovunque: un black out generale.

Aprì la porta sul retro e uscì in cortile a piedi nudi. L'intera cittadina era immersa nell'oscurità, gli alberi trasformati in vaghe sagome scure, in macchie nere.

« Signora Ramotswe! »

Si bloccò dov'era, impietrita dal terrore. Nel cortile c'era qualcuno che la spiava. Qualcuno aveva sussurrato il suo nome.

Aprì la bocca per parlare, ma non le uscì nemmeno un suono. E comunque, parlare sarebbe stato pericoloso. Così tornò indietro, lentamente, passo dopo passo, verso la porta della cucina. Una volta dentro, si chiuse la porta alle spalle e fece scattare la serratura. Quando schiacciò l'interruttore la cucina s'inondò di luce. L'elettricità era tornata. Il frigorifero ricominciò a ronzare e l'orologio del forno prese a lampeggiare: 3.04; 3.04.

9

Il fidanzato

Tre erano le residenze eccezionali dello Stato, e la signora Ramotswe provava una certa soddisfazione per essere stata invitata in due di esse. La più famosa era Mokolodi, una eterogenea costruzione simile a un castello eretta al centro della selva a sud di Gaborone. Questa dimora, dotata di portineria sui cui cancelli in ferro erano riprodotti dei buceri, era l'edificio più grandioso del Paese, più maestoso di Phakadi House, a nord, che per i gusti della signora Ramotswe era forse troppo vicina alle lagune dalle acque luride. Per contro, tuttavia, quelle pozze attiravano una grande varietà di volatili, e dalla veranda di Phakadi era possibile ammirare il volo dei fenicotteri che planavano sulle acque verde scuro. Il che però non era possibile se il vento soffiava nella direzione sbagliata, come spesso avveniva.

Della terza dimora si poteva soltanto sospettare che fosse di gran classe perché solamente pochissime persone avevano avuto modo di entrarvi e l'intera Gaborone doveva basarsi su quello che della stessa si vedeva dall'esterno – il che non era molto, poiché la costruzione era circondata da un alto muro bianco – o sui racconti di chi era stato convocato lì per qualche scopo particolare. Racconti che concordavano tutti sull'assoluta opulenza dell'interno.

« È come Buckingham Palace », dichiarò una donna che era stata chiamata per allestire dei bouquet floreali per qualche festa di famiglia. « Solo un po' più bella. Penso che la Regina viva più semplicemente delle persone che abitano lì. »

Le persone in questione erano i famigliari del signor Paliwalar Sundigar Patel, il proprietario di otto negozi – cinque dei quali a Gaborone e tre a Francistown – di un hotel a Orapa e di un grande emporio d'abbigliamento a Lobatse. Era uno degli uomini più facoltosi del Paese, se non il più ricco; ma tra gli abitanti del Botswana ciò contava poco perché i suoi denari non erano stati usati per acquistare bestiame e i soldi non investiti in bestiame, lo sapevano tutti, in ultima analisi non valevano nulla.

Il signor Paliwalar Patel era arrivato in Botswana nel 1967, all'età di venticinque anni. All'epoca non aveva granché in tasca, ma suo padre, un commerciante di una zona remota dello Zululand, gli aveva anticipato il capitale per acquistare il suo primo negozio nell'African Mall. L'attività aveva avuto un grande successo: il signor Patel comprava le merci praticamente per nulla da negozianti in difficoltà economiche e le vendeva ricavandone un profitto minimo. Il commercio aveva prosperato e i negozi erano aumentati uno dopo l'altro, ma tutti gestiti con la stessa filosofia commerciale. Compiuti cinquant'anni lui aveva smesso di espandere il suo impero e si era concentrato sul miglioramento e sull'istruzione dei suoi famigliari.

Aveva quattro figli – un maschio, Wallace, due gemelle, Sandri e Pali, e una figlia più piccola, di nome Nandira. Wallace era stato mandato in un costoso collegio dello Zimbabwe, al fine di soddisfare l'ambizione del signor Patel di farne un gentleman. Lì aveva imparato a giocare a cricket e a essere spietato. Grazie a una generosa donazione del signor Patel era stato ammesso in un istituto odontoiatrico ed era poi tornato a Durban, dove aveva avviato uno studio di odontoiatria cosmetica. A un certo punto si era abbreviato il nome – «per praticità» – diventando il signor Wallace Pate BDS (Natal).

Il signor Patel aveva protestato per la modifica. «Posso chiederti perché adesso ti fai chiamare signor Wallace Pate BDS* (Natal)? Perché? Ti vergogni o cosa? Pensi che io sia soltanto un signor Paliwalar Patel BA** (Fallito) o qualcosa del genere?»

* Diplomato in chirurgia dentale. (*N.d.T.*)

** Diplomato in lettere. (*N.d.T.*)

Il figlio aveva cercato di placare il padre.

«I nomi brevi sono più facili da ricordare, padre. Pate, Patel – sono la stessa cosa. Dunque, perché avere una lettera in più alla fine? La modernità predilige la concisione. E oggigiorno bisogna essere moderni. Tutto è moderno, perfino i nomi.»

Per le gemelle non aveva avuto simili pretese. Entrambe erano state rispedite nel Natal per conoscere i mariti, cosa che avevano fatto secondo le aspettative del padre. Entrambi i generi lavoravano nell'azienda di famiglia e dimostravano di cavarsela bene coi numeri e di comprendere alla perfezione l'importanza di ottenere alti margini di profitto.

Poi c'era Nandira, che all'epoca aveva sedici anni e frequentava la Maru-a-Pula School di Gaborone, l'istituto scolastico migliore e più costoso del Paese. Diligente e scrupolosa, otteneva sempre ottimi voti e ci si aspettava che facesse un buon matrimonio a tempo debito, probabilmente in occasione del suo ventesimo compleanno, che secondo il signor Patel era il momento giusto di maritarsi per una ragazza.

L'intera famiglia, compresi i generi, i nonni e vari cugini alla lontana viveva nella dimora di Patel sita in prossimità del vecchio Botswana Defence Force Club. L'appezzamento ospitava diversi edifici, vecchie case in stile coloniale dotate di ampie verande e zanzariere, ma il signor Patel le aveva abbattute tutte e costruito *ex novo* la sua nuova residenza. In realtà si trattava di più edifici uniti tra loro a formare una dimora diffusa.

«Noi indiani amiamo vivere tutti insieme», aveva spiegato il signor Patel all'architetto. «Così siamo in grado di vedere cosa succede nella nostra famiglia, capisce?»

L'architetto, cui era stata data carta bianca, aveva progettato una magione in cui aveva indugiato in fantasie architettoniche d'ogni tipo che clienti più esigenti e meno facoltosi gli avevano bocciato fino a quel momento. Con suo grande stupore, il signor Patel accettava tutto e l'edificio una volta terminato era risultato di suo gusto. Era ammobiliato in quello che si poteva definire come rococò di Delhi, con un grande impiego di dorature e tendaggi, costosi ritratti di santoni indù e cervi di montagna che sembravano seguirti con lo sguardo mentre ti muovevi nei vari locali.

Quando si erano sposate con una sfarzosa cerimonia a Durban cui furono invitati oltre millecinquecento ospiti, le gemelle avevano ricevuto ognuna un alloggio, poiché la casa era stata considerevolmente ampliata a tale scopo. A entrambi i generi era stata concessa una Mercedes Benz rossa con le iniziali di ognuno impresse sulla portiera dell'autista. Il dono aveva richiesto che anche il garage di Patel venisse ampliato in modo da ospitare quattro Mercedes Benz: quella del signor Patel, quella della signora Patel (guidata da un autista) e quelle dei due generi.

Al matrimonio a Durban un cugino più vecchio di lui gli aveva detto: « Vedi, uomo, noi indiani dobbiamo stare attenti. Non dovresti sbandierare in giro i tuoi soldi. Agli africani questo non piace, e non appena ne hanno l'occasione ce li prendono. Guarda cos'è successo in Uganda. Ascolta cosa dicono alcune di quelle teste calde nello Zimbabwe. Immagina cosa ci farebbero gli zulù se ne avessero l'occasione. Dobbiamo essere discreti ».

Il signor Patel aveva scosso il capo. « In Botswana è diverso. Lì non c'è nessun pericolo, te lo dico io. È gente equilibrata. Dovresti vederli, con tutti i loro diamanti. I diamanti danno stabilità a un posto, credimi. »

Il cugino era parso ignorarlo. « L'Africa è così », aveva continuato. « Fila tutto liscio finché un giorno ti svegli e scopri che ti hanno tagliato la gola. Fai attenzione. »

Il signor Patel aveva preso l'avvertimento alla lettera e innalzato il muro di cinta di casa sua in modo che dalle finestre nessuno potesse vedere il lusso che regnava all'interno. E se continuavano a usare le loro grosse automobili, ebbene, visto che in città ne circolavano un mucchio, non c'era ragione perché ad attirare l'attenzione fossero proprio le loro.

La signora Ramotswe fu lieta di ricevere la telefonata del signor Patel che la invitava a trascorrere da lui una sera di suo gradimento. Stabilirono di vedersi quella sera stessa e lei passò da casa per indossare un abito più formale prima di presentarsi ai cancelli della dimora di Patel. Ma prima di uscire telefonò al signor JLB Matekoni.

«Dicevi che dovevo trovare un cliente facoltoso», disse. «Ora ce l'ho: il signor Patel.»

Il signor JLB Matekoni rimase senza fiato. «È un uomo molto ricco», commentò. «Possiede quattro Mercedes Benz. Tre sono a posto, ma una aveva la trasmissione che funzionava male. Era un problema di accoppiamento, uno dei peggiori mai visti e ho passato giorni a tentare di farmi arrivare una nuova barra...»

Il cancello di casa Patel non si poteva aprire con una semplice spinta, e nemmeno ci si poteva fermare davanti con l'auto e suonare il clacson, come si faceva normalmente. A casa Patel suonavi un campanello sul muro e una voce acuta fuoriusciva da un piccolo altoparlante sopra la tua testa.

«Sì. Casa Patel. Cosa desidera?»

«Sono la signora Ramotswe», si presentò lei. «La detective privata...»

«La cosa? Come dice?»

Prima che potesse rispondere, un suono gracchiante accompagnò l'apertura del cancello. Per darsi un tono, la signora Ramotswe aveva lasciato il furgoncino bianco dietro l'angolo, perciò varcò il portone a piedi. Una volta dentro, si trovò in un cortile trasformato da teli ombreggianti in una macchia di lussureggiante vegetazione. Sul lato opposto si apriva l'ingresso della residenza vera e propria, un'entrata maestosa fiancheggiata da alte colonne bianche e grandi fioriere. Il signor Patel, in attesa davanti alla porta spalancata, la salutò agitando il bastone da passeggio.

Naturalmente lei aveva già visto in precedenza il suo ospite e sapeva che aveva una gamba artificiale, ma non l'aveva mai incontrato così da vicino e non si aspettava che fosse tanto basso. La signora Ramotswe non era alta – essendo stata benedetta più da un giro vita generoso che dall'altezza – ma il signor Patel fu costretto ad alzare lo sguardo per guardarla negli occhi quando le strinse la mano e con un gesto la invitò a entrare.

« È mai stata qui prima? » domandò, pur sapendo che era la prima volta che metteva piede lì. « È intervenuta a qualcuna delle mie feste? »

Anche quella era una bugia, e lei lo sapeva. Il signor Patel non dava mai feste, e le venne spontaneo domandarsi come mai fingesse di farlo.

« No », rispose. « Non mi ha mai invitata. »

« Oh, cara », replicò lui sorridendo sotto i baffi. « In tal caso ho commesso un terribile sbaglio. »

La precedette nell'ingresso, un locale di forma allungata con un pavimento di lucente marmo bianco e nero. La stanza era zeppa di accessori d'ottone – costosi e perfettamente lucidati – e l'effetto complessivo era di grande sfarzo. « Andiamo nel mio studio », disse lui. « È il mio rifugio privato dove non è ammesso nessuno dei miei famigliari. Loro sanno che non devono disturbarmi, nemmeno se va a fuoco la casa. » Lo studio era un'altra grande stanza dominata da un'imponente scrivania con sopra tre telefoni e un elaborato calamaio con portapenne incorporato. La signora Ramotswe osservò il portapenne, formato da svariati ripiani in vetro sostenuti da minuscole zanne d'elefante intagliate nell'avorio. « Si sieda, la prego », disse il signor Patel indicando una poltrona in pelle bianca. « Io c'impiego un po' perché mi manca una gamba. Capisce, sono sempre alla ricerca di una protesi migliore. Questa è italiana e mi è costata un occhio della testa, ma sospetto che se ne trovino di migliori. Magari in America. » La signora Ramotswe sprofondò nella poltrona e guardò il padrone di casa. « Andrò dritto al punto », annunciò il signor Patel. « Non ha senso battere la boscaglia per cacciare tutti i conigli, no? Non lo pensa anche lei? » Fece una pausa, in attesa di una conferma da parte della signora Ramotswe. Lei annuì muovendo appena la testa. « Sono un padre di famiglia, signora Ramotswe », disse. « Tutti i miei famigliari vivono felicemente in questa casa, tranne mio figlio, che fa il dentista a Durban. Forse avrà sentito parlare di lui. Ora si fa chiamare Pate.»

«So chi è», ammise la signora Ramotswe. «Si parla molto di lui, perfino qui.»

Il signor Patel s'illuminò. «Be', lei è gentile ed è piacevole sentirselo dire. Ma per me sono importanti anche gli altri miei figli. Tra loro non faccio distinzioni. Per me sono tutti uguali. Uguali uguali.»

«È il modo migliore di comportarsi», commentò la signora Ramotswe. «Favorendone uno, nascono sempre dei dissapori.»

«Lo può dire forte, oh sì», concordò il signor Patel. «I ragazzi notano se i genitori danno due dolci a uno e uno solo a un altro. Sanno contare, proprio come noi adulti.» La signora Ramotswe annuì di nuovo, domandandosi dove volesse andare a parare il padrone di casa con quella conversazione. «Ora», disse il signor Patel, «le mie figlie maggiori, le gemelle, sono felicemente sposate con due bravi ragazzi e vivono sotto questo stesso tetto. Va tutto alla perfezione. Resta solo una bambina, la mia piccola Nandira. Lei ha sedici anni e frequenta la Maru-a-Pula. A scuola va molto bene, ma...» S'interruppe e fissò la signora Ramotswe strizzando gli occhi. «Sa come sono gli adolescenti, no? Sa come sono oggi, con tutta questa modernità.»

La signora Ramotswe si strinse nelle spalle. «Spesso sono una grande preoccupazione per i genitori. Ne ho visti alcuni piangere lacrime amare a causa dei figli adolescenti.»

All'improvviso il signor Patel sollevò il bastone da passeggio e lo abbassò con forza sulla gamba artificiale come per accentuare il suo pensiero, producendo un suono sorprendentemente sordo e metallico.

«È questo che mi preoccupa», disse con veemenza. «Sta succedendo proprio questo. E non deve accadere. Non nella mia famiglia.»

«A cosa si riferisce?» domandò la signora Ramotswe. «Agli adolescenti?»

«Ai ragazzi», precisò in tono amaro il signor Patel. «La mia Nandira frequenta un ragazzo in segreto. Lei lo nega, ma io so che c'è un ragazzo. E questo non è ammissibile, a prescindere da quello che sostengono le persone che si definiscono di vedute moderne. In questa famiglia – in questa casa, non è tollerabile. »

Mentre il signor Patel parlava, la porta dello studio, che lui aveva chiuso alle loro spalle quando vi erano entrati, si aprì e una donna avanzò nel locale. Era una donna del luogo che salutò la signora Ramotswe in setswana prima di offrirle un vassoio su cui poggiavano diversi bicchieri di succo di frutta. La signora Ramotswe ne scelse uno di guaiava e la ringraziò. Il signor Patel prese una spremuta d'arancia e fece un cenno impaziente col bastone alla domestica perché lasciasse la stanza, poi aspettò che se ne fosse andata prima di continuare il discorso.

« Ne ho parlato con lei », spiegò. « Gliel'ho detto chiaro e tondo. Le ho detto di non badare a quello che fanno le sue coetanee – sono affari dei loro genitori, non miei. Ma ho chiarito che non deve andare in giro in compagnia di ragazzi né frequentarli dopo la scuola. Non ci sono ma. »

Diede un colpetto alla gamba artificiale col bastone e lanciò un'occhiata speranzosa alla signora Ramotswe.

Lei si schiarì la voce. « Vuole che faccia qualcosa in proposito? » domandò. « È per questo che mi ha chiesto di venire qui stasera? »

Il signor Patel annuì. « Precisamente. Voglio che scopra chi è questo ragazzo, dopo di che voglio parlargli. »

La signora Ramotswe fissò il signor Patel. Aveva la più pallida idea, si chiese, di come si comportavano i giovani di quei tempi, e soprattutto in una scuola come la Maru-a-Pula, dove c'erano tutti quei ragazzi stranieri, provenienti persino dall'ambasciata americana e da altri posti del genere? Aveva sentito parlare di padri indiani che cercavano di organizzare matrimoni, ma in realtà non si era mai imbattuta in un simile comportamento. Ed eccola lì col signor Patel che dava per scontato che lei fosse d'accordo, che la pensasse esattamente come lui.

« Non sarebbe meglio parlarle? » propose cauta. « Se le chiede chi è questo giovanotto, magari glielo dirà. »

Il signor Patel afferrò il bastone e tamburellò sulla gamba metallica.

« Niente affatto », disse con voce divenuta stridula. « Niente affatto. Glielo chiedo da tre, no, da quattro settimane, ma lei non mi risponde. Fa la muta, quella impertinente. »

Stando seduta, la signora Ramotswe abbassò lo sguardo sui propri piedi, consapevole delle occhiate ansiose che il padrone di casa le lanciava. Per principio, nella sua vita professionale si era imposta di non rifiutare mai nessun caso, a meno che le chiedessero di andare contro la legge. Era una regola che sembrava funzionare; aveva già scoperto che le sue idee circa una richiesta d'aiuto, su ciò che era giusto e sbagliato, erano cambiate una volta acquisita una maggiore conoscenza di tutti i fattori coinvolti. Poteva essere lo stesso col signor Patel; ma anche in caso contrario, aveva sufficienti buoni motivi per rifiutare? Chi era lei per biasimare un ansioso padre indiano quando in realtà sapeva ben poco di come vivevano quelle persone? Naturalmente provava una simpatia istintiva per la ragazza; che terribile destino avere un padre come quello, intenzionato a tenerla chiusa in una sorta di gabbia dorata. Il suo papà non l'aveva mai ostacolata in nessun modo; si fidava di lei e lei, per contro, non gli aveva mai nascosto nulla – tranne forse la verità su Note.

Alzò gli occhi. Il signor Patel la scrutava coi suoi occhi scuri, mentre la punta del bastone picchiettava pressoché impercettibilmente il pavimento.

« Lo scoprirò », disse. « Anche se devo dire che questo genere di cose non mi piace per nulla. Non mi va l'idea di sorvegliare una ragazzina. »

« Ma i bambini vanno sorvegliati! » protestò il signor Patel. « Se i genitori non tengono d'occhio i figli, che cosa succede? Me lo dica lei! »

« Viene un momento in cui devono vivere la loro vita », spiegò la signora Ramotswe. « Dobbiamo lasciarli andare. »

« Sciocchezze! » urlò il signor Patel. « Stupidaggini moderne. Mio padre mi picchiava ancora quando avevo ventidue anni! Sì, mi ha bastonato perché ho commesso un errore in negozio. E me lo meritavo. Altro che queste sciocchezze del giorno d'oggi. »

La signora Ramotswe si alzò in piedi.

« Sono una donna moderna », dichiarò, « pertanto forse la pensiamo diversamente. Ma questo non c'entra nulla. Ho accettato di fare quello che mi ha chiesto. Ora non deve fare altro che mostrarmi una fotografia di questa ragazza in modo da sapere chi dovrò sorvegliare. »

Il signor Patel si alzò in piedi a fatica, raddrizzando con le mani la gamba artificiale.

« La fotografia non serve », disse. « Posso farle vedere la ragazza in carne e ossa. Può guardarla di persona. »

La signora Ramotswe sollevò le mani in gesto di protesta. « In questo caso mi vedrebbe anche lei. Io devo passare inosservata. »

« Ah! » esclamò il signor Patel. « Ottima obiezione. Voi detective siete uomini davvero astuti. »

« Donne », puntualizzò la signora Ramotswe.

Il signor Patel la guardò dubbioso, ma non disse nulla. Non aveva tempo per le idee moderne.

Mentre usciva, la signora Ramotswe pensò: *lui ha quattro figli, io nessuno. Quest'uomo non è un buon padre, perché ama troppo i suoi figli. Vuole possederli. Bisogna lasciarli andare. Bisogna lasciarli andare.*

E pensò al momento in cui, senza neppure il sostegno di Note, defilatosi con una scusa, lei aveva deposto il minuscolo corpicino del loro figlio prematuro, così fragile, così leggero, nella terra e aveva sollevato lo sguardo al cielo, desiderosa di dire qualcosa a Dio, ma senza riuscirvi perché la gola era serrata dai singhiozzi e non ne usciva nulla, nemmeno una parola.

La signora Ramotswe aveva l'impressione che quello sarebbe stato un caso piuttosto facile. Controllare qualcuno in genere era impegnativo, perché dovevi stargli addosso tutto il tempo per sapere cosa faceva. A volte si traduceva in lunghe attese davanti a casa o all'ufficio, senza far nulla se non aspettare che si facesse vivo. Ma Nandira sarebbe stata a scuola per la maggior parte della giornata, perciò la signora Ramotswe avrebbe potuto fare altre cose fino alle tre del pomeriggio, orario del termine delle lezioni. A quel punto l'avrebbe seguita e avrebbe visto dove andava.

Poi le venne in mente che pedinare una ragazzina poteva rivelarsi problematico. Una cosa era seguire qualcuno al volante di un'auto – sarebbe bastato stargli dietro alla guida del furgoncino bianco. Ma se il soggetto che dovevi sorvegliare andava in bicicletta – come la maggior parte dei ragazzi nel tragitto da scuola a casa – sarebbe sembrato strano vedere il furgone procedere per la strada a passo d'uomo. Se tornava a casa a piedi, anche la signora Ramotswe doveva imitarla, mantenendosi a ragionevole distanza. Poteva persino farsi prestare dal vicino uno di quegli orrendi cani gialli e fingere di portarlo a spasso.

Il giorno dopo il colloquio col signor Patel, la signora Ramotswe posteggiò il furgoncino bianco nel parcheggio antistante la scuola poco prima che suonasse l'ultima campanella della giornata. Gli alunni uscirono alla spicciolata e soltanto intorno alle tre e venti Nandira varcò l'uscita stringendo la cartella in una mano e un libro nell'altra. Era sola, e la signora Ramotswe ebbe modo di guardarla per bene dalla cabina del furgoncino. Era una ragazza attraente, in realtà ormai una giovane donna; una di quelle sedicenni che di anni sembravano averne diciannove se non addirittura venti.

Percorse il vialetto e si fermò a parlare brevemente con un'altra ragazza che aspettava sotto un albero i genitori che dovevano passare a prenderla. Le due chiacchierarono per qualche minuto, poi Nandira oltrepassò i cancelli della scuola.

La signora Ramotswe attese qualche istante, quindi smontò dal furgone. Quando Nandira raggiunse la strada, cominciò lentamente a seguirla. C'era altra gente che andava e veniva, perciò era certa di non attirare l'attenzione. In un pomeriggio di fine inverno, era piacevole passeggiare per strada; di lì a un mese avrebbe fatto troppo caldo e allora sì che forse avrebbe dato nell'occhio.

Si tenne dietro alla ragazza sino in fondo alla via e oltre l'angolo. Si era resa conto che Nandira non intendeva tornare subito a casa, perché casa Patel si trovava nella direzione opposta a quella presa dalla ragazza. E non era diretta nemmeno in centro, il che significava che aveva un appuntamento in qualcuna delle abitazioni della zona. La signora Ramotswe provò un senso di soddisfazione. Non doveva fare altro che trovare la casa e poi sarebbe stato un gioco da ragazzi scoprire il nome del proprietario, e del ragazzo. Forse avrebbe potuto tornare dal signor Patel quella sera stessa per rivelargli la sua identità. Lui sarebbe rimasto impressionato e lei avrebbe ottenuto un facile guadagno.

Nandira svoltò un altro angolo. La signora Ramotswe indugiò qualche istante prima di seguirla. In quei casi era facile diventare troppo sicuri di sé e dovette ripassare a mente le regole del pedinamento. Il manuale su cui si basava, *Principi dell'indagine privata*, di Clovis Andersen, sottolineava la necessità di non avvicinarsi mai troppo al soggetto. « Mantenetevi a distanza », scriveva il signor Andersen, « anche se questo significa perdere di vista il soggetto di quando in quando. Potrete sempre ritrovarne le tracce in seguito. È preferibile perdere il contatto visivo per qualche minuto piuttosto che avere un confronto burrascoso col soggetto pedinato. »

La signora Ramotswe giudicò che fosse giunto il momento di girare l'angolo. Lo fece aspettandosi di scorgere Nandira a una certa distanza lungo la strada, invece non la vide per nulla – la strada era vuota, il contatto visivo, come lo definiva Clovis Andersen, si era interrotto. Si voltò a guardare nell'altra direzione. In lontananza vide solo un'auto che usciva dal vialetto davanti a casa, niente altro.

La signora Ramotswe era perplessa. Quella era una strada tranquilla, fiancheggiata su ambo i lati da due o tre case al massimo – per lo meno nella direzione presa da Nandira. Ma quegli edifici avevano tutti cancelli e vialetti d'accesso e tenuto conto che l'aveva persa di vista solo per un minuto, Nandira non avrebbe avuto il tempo di entrare in una di esse. La signora Ramotswe l'avrebbe vista sul passo carraio o varcare l'ingresso principale.

Se era entrata in una delle case, rifletté la signora Ramotswe, allora doveva essere una delle prime due, perché non sarebbe riuscita ad arrivare a quelle più lontane. Perciò la situazione non era così tragica come aveva pensato: doveva solo controllare la prima abitazione sul lato destro della strada e l'altra più vicina su quello sinistro.

Rimase ferma per un momento, poi decise come procedere. Tornò svelta al furgoncino e a bordo di questo rifece il percorso fatto mentre seguiva Nandira. Poi parcheggiò il veicolo davanti alla casa sulla destra, smontò e raggiunse la porta d'ingresso.

Quando bussò, un cane cominciò ad abbaiare furiosamente all'interno. La signora Ramotswe bussò di nuovo e da dentro si sentì qualcuno zittire l'animale: «Buono, Bison; buono. Ho sentito, ho sentito!» Una donna aprì la porta e le rivolse uno sguardo interrogativo. La signora Ramotswe capì subito che non era una motswana ma che proveniva dall'Africa Occidentale, dal Ghana a giudicare dalla carnagione e dall'abito. I ghanesi erano la popolazione prediletta dalla signora Ramotswe perché possedevano un meraviglioso senso dell'umorismo ed erano quasi sempre di buon umore.

«Buongiorno, *Mma*», esordì la signora Ramotswe. «Mi dispiace disturbarla, ma sto cercando Sipho.»

La donna si accigliò.

«Sipho? Non c'è nessun Sipho qui.»

La signora Ramotswe scosse la testa.

«Eppure pensavo che la casa fosse questa. Vede, insegno alla scuola secondaria e devo dare un messaggio a uno dei nostri quattro alunni più meritevoli. Ero convinta che abitasse qui.»

La donna sorrise. «Io ho due figlie», spiegò. «Ma nessun maschio. Magari ne avessi avuto uno, no?»

« Oh, cara », mormorò la signora Ramotswe con aria tormentata. « Allora dev'essere la casa di fronte? »

La donna scosse il capo. « Lì ci abita una famiglia ugandese », disse. « Hanno sì un bambino, ma ha solo sei o sette anni, credo. »

La signora Ramotswe si scusò e tornò sul vialetto d'accesso. Aveva perso le tracce di Nandira non appena aveva cominciato a seguirla e a quel punto si domandava se la ragazza non le fosse sfuggita deliberatamente. Era possibile che sapesse di essere pedinata? Le sembrava molto improbabile, e perciò se l'aveva persa era stato solo per pura sfortuna. L'indomani sarebbe stata attenta. Per una volta avrebbe ignorato le indicazioni di Clovis Andersen e sarebbe stata alle costole del soggetto.

Alle otto di sera ricevette una telefonata dal signor Patel.

« Ha già un rapporto da fornirmi? » le chiese. « Qualche informazione? » La signora Ramotswe gli comunicò che sfortunatamente non era stata in grado di scoprire dove andasse Nandira dopo la scuola, ma che sperava di riuscirci il giorno seguente. « Non va bene », commentò il signor Patel. « Non va affatto bene. Ecco, speravo di avere almeno qualche notizia da lei. Mia figlia è tornata a casa tre ore dopo la fine delle lezioni – tre ore – dicendo di essere stata a casa di un'amica. Io le ho domandato: quale amica? e lei mi ha risposto solo che non la conoscevo. Un'amica. Poi mia moglie ha notato un biglietto sul tavolo, un appunto che la nostra Nandira deve avere perso. C'era scritto: *Ci vediamo domani, Jack.* Allora, questo Jack chi sarebbe? Chi è questa persona? Secondo lei, è un nome da ragazza? »

« No », rispose la signora Ramotswe. « Sembra quello di un ragazzo. »

« Ecco! » esclamò il signor Patel con l'aria di chi fornisce una soluzione elusiva a un problema. « Credo sia questo il ragazzo. Quello che dobbiamo trovare. Jack chi? Dove vive? Questo genere d'informazioni – lei mi deve dire tutto su di lui. »

La signora Ramotswe si preparò una tazza di tè rosso e si coricò di buon'ora. Era stata una giornata insoddisfacente sotto più di un aspetto e l'esultante telefonata del signor Patel era stata la ciliegina sulla torta. Si sdraiò a letto, con la tazza di tè sul comodino e lesse il giornale finché le palpebre non diventarono pesanti e scivolò nel sonno.

Il pomeriggio seguente arrivò in ritardo al parcheggio della scuola. Cominciava a temere di avere perso di nuovo Nandira quando la vide uscire dall'istituto in compagnia di una ragazza. La signora Ramotswe seguì con lo sguardo le due compagne percorrere il vialetto e fermarsi al cancello. Sembravano immerse nella conversazione, in quel modo esclusivo che le adolescenti hanno di parlare tra loro e lei era certa che se solo avesse potuto sentire cosa si dicevano avrebbe trovato le risposte che cercava a più di una questione. Le ragazze parlavano dei loro fidanzati in maniera spigliata ma con aria da cospiratrici e poteva scommettere che era proprio quello l'argomento della conversazione in atto tra Nandira e l'amica.

All'improvviso un'automobile azzurra si fermò davanti alle due ragazze. La signora Ramotswe s'irrigidì vedendo il guidatore allungarsi sul sedile del passeggero e aprire la portiera anteriore. Nandira salì in auto mentre l'amica s'infilava sul sedile posteriore. La signora Ramotswe accese il motore del furgoncino bianco e uscì dal parcheggio della scuola proprio mentre la vettura azzurra ripartiva. La seguì a distanza di sicurezza, ma pronta ad avvicinarsi di più per evitare di perderla di vista. Non aveva nessuna intenzione di ripetere l'errore del giorno prima e vedere Nandira svanire nel nulla.

L'auto azzurra procedeva a velocità moderata e la signora Ramotswe non aveva difficoltà a seguirla. Oltrepassò il Sun Hotel e si diresse alla rotonda dello Stadio. Lì giunta svoltò verso il centro e superò l'ospedale e la Cattedrale Anglicana, in direzione del Centro commerciale. Shopping, pensò la signora Ramotswe. Andavano semplicemente a fare compere, o no? Aveva visto gli adolescenti incontrarsi dopo la scuola in posti come il Botswana Book Centre. Se non sbagliava, lo chiamavano «fare un giro»: si trovavano, chiacchieravano, scherzavano e facevano di tutto tranne che comprare qualcosa. Forse Nandira se la svignava per «fare un giro» con quel Jack.

L'auto azzurra entrò in un parcheggio in prossimità del President Hotel. La signora Ramotswe posteggiò varie vetture più oltre e osservò le due amiche smontare in compagnia di una donna, presumibilmente la madre dell'altra ragazza. La donna disse qualcosa alla figlia, la quale annuì, poi si staccò dalle due ragazze e si allontanò in direzione del negozio di computer.

Nandira e l'amica oltrepassarono l'ingresso del President Hotel e procedettero verso l'ufficio postale. La signora Ramotswe le seguì con indifferenza, fermandosi a guardare le camicette stampate a motivi africani che una dettagliante stava esponendo nella piazza.

«Ne compri una, *Mma*», la sollecitò la donna. «Sono delle ottime camicette. Non si rovinano. Guardi quella che indosso, l'avrò lavata dieci, venti volte e non si è mai stinta. Guardi.»

La signora Ramotswe guardò la camicetta della donna: i colori non si erano sbiaditi. Con la coda dell'occhio sbirciò le due ragazze, ferme davanti alla vetrina del negozio di scarpe. Ovunque fossero dirette, se la prendevano comoda.

«Non avrà la mia taglia», disse la signora Ramotswe. «Mi servirebbe una camicetta molto grande.»

La venditrice controllò i capi appesi sull'espositore, poi riportò lo sguardo sulla signora Ramotswe.

«Ha ragione», convenne. «È troppo grossa per portare queste camicette. Decisamente troppo grossa.»

La signora Ramotswe sorrise. «Comunque sono deliziose, *Mma*. Spero riesca a venderle a una signora meno corpulenta di me.»

Si allontanò. Le ragazze si erano stancate di guardare le scarpe e si dirigevano a passo lento verso il Book Centre. La signora Ramotswe aveva visto giusto: avevano intenzione di «fare un giro».

C'era pochissima gente nel Botswana Book Centre. Tre o quattro uomini stavano sfogliando le riviste nella sezione dei periodici e un paio di persone guardavano i libri. Le commesse erano piegate sui banconi, a spettegolare oziosamente, e perfino le mosche sembravano in letargo.

La signora Ramotswe notò le due ragazze in fondo al negozio, davanti allo scaffale delle pubblicazioni in setswana. Che cosa ci facevano lì? Anche se Nandira studiava il setswana a scuola, era improbabile che volesse acquistare uno dei libri di testo o dei commentari biblici che dominavano quella sezione. No, quelle due dovevano aspettare qualcuno.

La signora Ramotswe raggiunse di proposito il settore dei libri sull'Africa e ne prese uno riccamente illustrato dal titolo *I serpenti dell'Africa del Sud*. Osservò la fotografia di un rettile corto e marrone domandandosi se ne avesse mai visto uno. Anni prima, quando erano bambini, suo cugino era stato morso da un serpente simile a quello, ma non aveva riportato nessun danno. Era quello il rettile? Scorse la didascalia sotto la figura. Poteva benissimo essere lo stesso serpente, perché era descritto come un rettile non velenoso e per nulla aggressivo. Ma aveva attaccato il cugino, o era stato lui a molestarlo? I ragazzi attaccavano i serpenti. Li prendevano a sassate, sembravano incapaci di lasciarli stare. Ma non era certa che Putoke si fosse comportato a quel modo. Era successo molto tempo prima e non riusciva proprio a ricordarsene.

Tornò a guardare le ragazze, sempre ferme in fondo al negozio, intente a chiacchierare e a ridacchiare. *Qualche storia sui ragazzi*, pensò la signora Ramotswe. *Be', lasciamole pure ridere; capiranno fin troppo presto che l'argomento uomini nel suo complesso non è poi tanto divertente. Tra qualche anno*, rifletté la signora Ramotswe, *anziché ridere piangeranno*.

Riportò la sua attenzione su *I serpenti dell'Africa del Sud*. Oh, quello sì che era un serpente cattivo. *Caspita! Guarda la testa! Ohi! E quegli occhietti maligni!* La signora Ramotswe rabbrividì e lesse: «La fotografia ritrae un esemplare di mamba nero adulto di un metro e ottantasette centimetri di lunghezza. Come indicato nella cartina, questo serpente è diffuso in tutta la regione, anche se mostra una certa preferenza per l'aperta campagna. Differisce dal mamba verde per distribuzione, habitat e tossicità del veleno. È uno dei serpenti più pericolosi dell'Africa, superato sotto questo aspetto soltanto dalla vipera del Gabon, un rettile raro che vive nelle foreste di alcune zone dei distretti orientali dello Zimbabwe. I racconti di attacchi da parte di mamba neri sono spesso esagerati e sono quasi sicuramente prive di fondamento le storie di serpenti che aggrediscono e raggiungono uomini in sella a cavalli lanciati al galoppo. Il mamba raggiunge una considerevole velocità solo per brevissime distanze e non può certo competere con un cavallo. Spesso non sono vere nemmeno le storie di decessi pressoché istantanei, sebbene l'azione del veleno possa essere accelerata se la vittima del morso si lascia prendere dal panico, come spesso avviene quando ci si rende conto di essere stati morsi da un mamba. In un caso riportato come attendibile, un uomo di ventisei anni in buone condizioni fisiche è sopravvissuto al morso di un mamba sulla caviglia destra dopo averlo inavvertitamente calpestato nella boscaglia. Non avendo a disposizione un siero antiveleno, la vittima è riuscita a far defluire parte del veleno producendo dei profondi tagli lateralmente al morso (una modalità d'intervento oggi considerata inutile). L'uomo ha poi camminato per oltre quattro chilometri nella macchia alla ricerca di aiuto e dopo due ore è stato ricoverato in ospedale. Dopo la somministrazione dell'antiveleno, l'uomo è sopravvissuto senza riportare alcun danno. Se fosse stato morsicato da una vipera del deserto, in quel lasso di tempo la considerevole necrosi che ne sarebbe conseguita avrebbe potuto comportare l'amputazione dell'arto...»

La signora Ramotswe interruppe la lettura. *...Nel qual caso avrebbe avuto bisogno di una gamba artificiale! Il signor Patel! Nandira!* Sollevò di scatto lo sguardo. Il volume sui serpenti l'aveva assorbita a tal punto da non prestare più attenzione alle ragazze che ormai – dov'erano finite? – erano sparite. Se n'erano andate.

Si affrettò a rimettere a posto *I serpenti dell'Africa del Sud* nello scaffale e corse fuori sulla piazza. C'era più gente in giro, perché molti preferivano fare compere nel tardo pomeriggio per sfuggire alla calura. Si guardò intorno. Scorse alcuni adolescenti poco distante, ma erano tutti ragazzi. No, c'era anche una ragazza. Ma era Nandira? No, non era lei. Guardò nella direzione opposta, dove vide un uomo parcheggiare la bicicletta sotto un albero, una bici che, notò, aveva montata sopra un'antenna per auto. Perché mai quella stranezza?

S'incamminò in direzione del President Hotel. Forse le ragazze erano semplicemente tornate all'automobile per riunirsi alla madre, nel qual caso sarebbe stato tutto a posto. Ma quando raggiunse il parcheggio, vide l'automobile azzurra uscirne con a bordo solo la donna. Il che significava che le ragazze erano ancora lì da qualche parte nella piazza.

La signora Ramotswe tornò indietro e salì i gradini dell'ingresso del President Hotel per scandagliare meglio il luogo. Spostava lo sguardo – come raccomandato da Clovis Andersen – osservando ogni gruppetto di persone, scrutando ogni capannello di acquirenti davanti alle vetrine dei singoli negozi. Il suo sguardo fu attirato dalla donna che vendeva camicette. In mano aveva un pacchetto dal quale estrasse quello che sembrava un bruco del mopane.

« Bruchi del mopane? » domandò la signora Ramotswe.

La donna, sentendola, si girò a guardarla.

« Sì », confermò porgendo il pacchetto alla signora Ramotswe, la quale non esitò a prendere uno dei vermi secchi dell'albero farfalla e infilarselo in bocca. A quella squisitezza proprio non sapeva resistere.

« Di sicuro lei vede tutto quello che succede intorno, *Mma* », disse ingoiando il bruco. « Stando qui al suo posto. »

La donna rise. « Vedo tutti. Proprio tutti. »

« Ha per caso notato due ragazze uscire dal Book Centre? » domandò la signora Ramotswe. « Una ragazza indiana insieme con una africana. Quella indiana alta pressappoco così? »

La venditrice prese un altro bruco e se lo ficcò in bocca.

« Le ho viste, sì », confermò. « Sono arrivate fino al cinema.

Poi da qualche altra parte, ma non ho fatto caso a dov'erano dirette.»

La signora Ramotswe sorrise. «Dovrebbe fare la detective», disse.

«Come lei», replicò semplicemente la donna.

La signora Ramotswe rimase sorpresa da quel commento. In giro era piuttosto conosciuta, ma non si aspettava certo che una venditrice ambulante sapesse chi era e cosa faceva. Aprì la borsetta e ne estrasse una banconota da dieci pula che spinse nella mano della donna.

«La ringrazio», disse. «È un piccolo compenso per il suo aiuto. E spero che potrà aiutarmi ancora anche in futuro, se capiterà l'occasione.»

L'auspicio parve deliziare la donna.

«Posso dirle tutto quanto», dichiarò. «Sono gli occhi di questo posto. Questa mattina, per esempio, vuole sapere chi parlava con chi proprio lì? Lo sa? Rimarrebbe sorpresa se glielo dicessi.»

«Magari un'altra volta», replicò la signora Ramotswe. «Mi terrò in contatto.»

Sarebbe stato inutile cercare di scoprire dov'era Nandira in quel momento, mentre l'unica cosa sensata da fare era sfruttare le informazioni già in suo possesso. Perciò la signora Ramotswe andò al cinema e s'informò sull'orario dello spettacolo serale, cosa che, concluse, avevano fatto anche le due ragazze. Poi tornò al furgoncino bianco e rientrò in casa in modo da cenare presto per poi uscire di nuovo per recarsi al cinema. Non era un film che le interessava, ma era almeno un anno che non ne vedeva uno e doveva ammettere che la prospettiva l'allettava.

Il signor Patel telefonò poco prima che uscisse di casa.

«Mia figlia mi ha detto che va da un'amica a fare i compiti», annunciò in tono permaloso l'uomo. «Così mi sta mentendo ancora.»

«Sì», ammise la signora Ramotswe. «Temo sia così. Ma so dove va, e ci andrò anch'io, dunque non si preoccupi.»

« Va da questo Jack? » urlò il signor Patel. « S'incontra con questo ragazzo? »

« È probabile », disse la signora Ramotswe. « Ma non ha motivo di agitarsi così. Domani le fornirò un rapporto completo. »

« Domattina presto, per favore », pregò il signor Patel. « Io mi alzo sempre alle sei. Preciso preciso. »

Quando la signora Ramotswe arrivò, il cinema era poco affollato. Scelse un posto nella penultima fila, in fondo alla sala. Da lì godeva di una buona visuale della porta attraverso la quale tutti gli spettatori dovevano passare per entrare e anche se Nandira e Jack fossero arrivati quando le luci erano già spente, lei sarebbe riuscita a vederli.

La signora Ramotswe riconobbe alcuni dei presenti. Il suo macellaio arrivò poco dopo di lei e la moglie la salutò con un cenno della mano. Poi fu la volta di uno degli insegnanti della scuola e della donna che teneva il corso di aerobica al President Hotel. Infine arrivò anche il vescovo cattolico, da solo, che si mise a mangiare rumorosamente il popcorn seduto in prima fila.

Nandira si fece viva cinque minuti prima che iniziasse il primo tempo. Era da sola e si fermò un momento sulla soglia, per guardarsi intorno. La signora Ramotswe sentì su di sé lo sguardo della ragazza e abbassò gli occhi, come se cercasse qualcosa che le era caduta a terra. Dopo qualche istante alzò la testa, accorgendosi che la ragazza stava ancora fissandola. La signora Ramotswe tornò a guardare per terra e scorse un biglietto usato, che si affrettò a raccogliere chinandosi.

Nandira attraversò la sala, raggiunse la fila della signora Ramotswe, vi entrò e si fermò accanto a lei.

« Buonasera, *Mma* », salutò educatamente. « È libero questo posto? »

La signora Ramotswe sollevò lo sguardo, fingendosi sorpresa.

« Non c'è nessuno. Certo che è libero. »

Nandira si sedette.

« Non vedo l'ora di godermi questo film », disse. « È tanto che aspetto. »

« Bene. È bello gustarsi un film che si è sempre desiderato vedere. »

Cadde il silenzio. La ragazza continuava a guardarla, e la signora Ramotswe si sentiva a disagio. Che cosa avrebbe fatto Clovis Andersen in quella circostanza? Era certa che il manuale fornisse una indicazione in proposito, ma non ricordava assolutamente quale. In questo caso a starle alle calcagna era il soggetto che lei doveva pedinare, non il contrario.

« L'ho vista questo pomeriggio », disse Nandira. « L'ho vista alla Maru-a-Pula. »

« Ah, sì », ammise la signora Ramotswe. « Stavo aspettando qualcuno. »

« Poi l'ho rivista nel Book Centre », continuò Nandira. « Stava sfogliando un libro. »

« È vero », concesse la signora Ramotswe. « Avevo intenzione di acquistarne uno. »

« Poi ha chiesto di me a *Mma* Bapitse », aggiunse Nandira con calma. « Sa come sono i venditori ambulanti. È stata lei a dirmi che andava in giro a domandare di me. »

La signora Ramotswe prese l'appunto mentale di diffidare, in futuro, della signora Bapitse.

« Allora, perché mi sta pedinando? » domandò Nandira voltandosi in maniera da fissare negli occhi la signora Ramotswe.

La signora Ramotswe rifletté rapidamente. Non aveva senso negare l'evidenza, e forse poteva addirittura sfruttare a suo vantaggio quella difficile situazione. Perciò parlò a Nandira delle ansie del padre e di come lui l'aveva contattata.

« Vuole sapere se ti vedi con qualche ragazzo », spiegò. « È preoccupato. »

Nandira parve compiaciuta nell'apprenderlo.

« Be', visto che è in ansia, deve incolpare solo se stesso se esco con dei ragazzi. »

« Ed è così? Esci con molti ragazzi? »

Nandira esitò. Poi, con voce calma, disse: « No, non proprio ».

«E questo Jack?» incalzò la signora Ramotswe. «Chi sarebbe Jack?»

Per un istante sembrò che Nandira non intendesse rispondere. Ecco l'ennesimo adulto che cercava di spiare la sua vita privata. Eppure c'era qualcosa nella signora Ramotswe che la spingeva a fidarsi di lei. Forse poteva tornarle utile, forse...

«Jack non esiste», spiegò senza scomporsi. «Me lo sono inventato.»

«Perché?»

Nandira si strinse nelle spalle. «Volevo che loro – i miei famigliari – credessero che avevo un ragazzo», spiegò. «Volevo che pensassero che c'era qualcuno, uno scelto da me, non il ragazzo che secondo loro era giusto per me.» S'interruppe brevemente. «Riesce a capirlo?»

La signora Ramotswe rifletté per qualche istante. Le dispiaceva per quella povera ragazza superprotetta e s'immedesimò in lei pensando alle circostanze che l'avevano portata a fingere di avere un ragazzo.

«Sì», disse posando una mano sul braccio di Nandira. «Lo capisco.»

Nandira giocherellava col cinturino dell'orologio da polso.

«Glielo dirà?» domandò.

«Be', non ho molta scelta, no?» rispose la signora Ramotswe. «Non posso certo affermare di averti vista insieme con un ragazzo che si chiama Jack se in realtà lui non esiste.»

Nandira sospirò. «Suppongo di essermela cercata. È stata un'idea stupida.» S'interruppe. «Ma una volta capito che non è vero, non pensa che potrebbe concedermi un po' più di libertà? Non pensa che potrebbe lasciarmi vivere la mia vita senza dovergli raccontare come passo ogni singolo minuto?»

«Potrei tentare di convincerlo», disse la signora Ramotswe. «Non so se mi ascolterà, ma potrei tentare.»

«Per favore», supplicò Nandira. «Per favore, ci provi.»

La signora Ramotswe accompagnò Nandira a casa col suo furgoncino bianco, in un silenzio complice, e la lasciò al cancello che si apriva nell'alto muro bianco. La ragazza aspettò che il furgoncino si fosse allontanato, poi si voltò e suonò il campanello.

« Casa Patel. Desidera? »

« La libertà », mormorò lei col fiato corto e poi, a voce più alta, aggiunse: « Sono io, papà. Sono tornata ».

La signora Ramotswe chiamò il signor Patel il mattino dopo di buon'ora, come promesso. Gli spiegò che preferiva parlargli di persona anziché al telefono.

« Mi deve dare brutte notizie », replicò lui alzando la voce. « Mi deve dire qualcosa di brutto-brutto. Oh, mio Dio! Di cosa si tratta? »

La signora Ramotswe lo rassicurò dicendo che non erano brutte notizie ma lo trovò ansioso e agitato quando venne introdotta nel suo studio mezz'ora più tardi.

« Sono molto preoccupato », spiegò lui. « Lei non potrà mai capire le preoccupazioni di un padre. Per una madre è diverso. Un padre prova una preoccupazione tutta speciale. »

La signora Ramotswe gli rivolse un sorriso rassicurante.

« Le porto buone nuove », disse. « Non c'è nessun ragazzo. »

« E quel biglietto, allora? » obiettò lui. « Cosa mi dice di questo tale, di Jack? È solo un'invenzione? »

« Sì », si limitò a confermare la signora Ramotswe. « Sì, è così. » Il signor Patel sembrava perplesso. Sollevò il bastone da passeggio e picchiettò ripetutamente sulla gamba artificiale. Poi aprì bocca per parlare, ma non disse nulla. « Vede, Nandira si è inventata una sua vita sociale. Ha finto di avere un ragazzo per portare un briciolo di... di libertà nella propria esistenza. La cosa migliore che può fare è cercare d'ignorarlo. La lasci un po' più libera. Non pretenda di sapere da lei come passa ogni momento. Non ha nessun ragazzo e probabilmente non ne avrà alcuno per un po' di tempo. »

Il signor Patel depose il bastone sul pavimento. Poi chiuse gli occhi, come se stesse riflettendo.

« Perché dovrei farlo? » disse dopo un momento. « Perché dovrei accettare queste idee moderne? »

La signora Ramotswe aveva già pronta la risposta. « Perché se non lo fa, questo ragazzo immaginario potrebbe trasformarsi in uno reale. Ecco perché. »

La signora Ramotswe lo osservò lottare con quel consiglio. Poi, senza nessun preavviso, lui si alzò, barcollò un istante prima di trovare l'equilibrio, poi si voltò a guardarla.

« Lei è una donna molto intelligente », disse. « E penso che seguirò il suo consiglio. La lascerò vivere la sua vita e sono sicuro che tra due o tre anni concorderà con noi e mi permetterà di combina... di aiutarla a trovare l'uomo giusto da sposare. »

« Succederà di certo », disse la signora Ramotswe traendo un sospiro di sollievo.

« Sì », convenne caldamente il signor Patel. « E il merito sarà tutto suo! »

La signora Ramotswe pensò spesso a Nandira quando passava sotto l'alto muro bianco di casa Patel. Si aspettava di vederla, prima o poi, ora che sapeva che aspetto aveva, ma non successe mai, almeno non fino a un anno dopo, quando mentre beveva il suo caffè del sabato sulla veranda del President Hotel, si sentì battere leggermente sulla spalla. Si voltò sulla sedia e si trovò davanti Nandira insieme con un giovanotto. Il ragazzo, che doveva avere all'incirca diciotto anni, aveva un viso aperto e piacevole.

« Signora Ramotswe », la salutò Nandira in tono amichevole. « Mi sembrava che fosse lei. »

La signora Ramotswe strinse la mano che Nandira le porgeva. Il giovanotto le sorrise.

« Questo è il mio amico », aggiunse Nandira. « Non credo che lo conosca. »

Il ragazzo avanzò di un passo e le tese la mano.

« Mi chiamo Jack », si presentò.

10

La signora Ramotswe riflette sulla terra mentre si dirige a Francistown alla guida del suo furgoncino bianco

La signora Ramotswe partì prima dell'alba col suo furgoncino bianco percorrendo le vie ancora deserte di Gaborone, oltre le Birrerie Kalahari, oltre la Stazione di ricerca Dry Lands per poi imboccare la strada che conduceva a nord. Un uomo sbucò fuori dai cespugli a lato della strada e le fece segno di fermarsi. Ma lei non aveva nessuna intenzione di farlo mentre era ancora buio: chi mai chiederebbe un passaggio a quell'ora antelucana? L'uomo scomparve di nuovo nell'ombra e per un istante, nello specchietto retrovisore, lo vide sbuffare di disappunto. Poi, poco dopo la deviazione per Mochudi, il sole sorse all'orizzonte, alzandosi sulle vaste pianure che si estendevano fino al corso del Limpopo. All'improvviso era apparsa, sorridente sull'Africa, una palla rosso dorato che scivolava nel cielo, alzandosi a poco a poco, fluttuando leggera sopra l'orizzonte a disperdere gli ultimi residui della foschia mattutina.

Gli alberi di acacia si stagliavano nella vivida luce del mattino e su di essi, in volo, uccelli d'ogni tipo: upupe, turachi e minuscoli uccellini di cui non conosceva il nome. Qui e là il bestiame si ammassava davanti alle staccionate che fiancheggiavano la strada per chilometri. Le bestie sollevavano il capo e fissavano davanti a sé, o si muovevano lentamente scalzando i ciuffi d'erba secca radicati nel terreno indurito.

Era una terra arida. A breve distanza verso ovest iniziava il Kalahari, un territorio disabitato color ocra che si estendeva per un numero inimmaginabile di chilometri fino al sibilante vuoto del deserto del Namib. Se svoltava col suo furgoncino bianco in una delle piste che si dipartivano dalla strada principale, avrebbe potuto percorrere forse trenta, quaranta chilometri prima che le ruote cominciassero ad affondare nella sabbia e a girare inutilmente. La vegetazione sarebbe diventata più rada, più desertica. Le acacie si sarebbero assottigliate e sarebbero comparse delle creste di terra fine dalle quali sarebbe emersa in superficie la sabbia onnipresente rendendole smerlate. Zone prive di vegetazione si sarebbero alternate a distese di sparse rocce grigiastre, senza nessuna traccia di attività umana. Vivere in quel vasto, arido territorio interno, marrone e aspro, era il destino dei Botswana ed era proprio questo a renderli cauti e attenti nella loro agricoltura.

Stando lì di notte, all'aperto nel Kalahari, si sentivano i leoni. Perché lì, in quei paesaggi senza fine, i re dei felini c'erano ancora e nell'oscurità facevano sentire la loro presenza con sommessi grugniti e ringhi. C'era già stata da giovane, quando era andata con un amico a visitare un pascolo remoto, dentro il Kalahari, nella zona più lontana raggiungibile dal bestiame, e lì aveva avvertito l'assoluto isolamento di un luogo disabitato. Quello era un distillato del Botswana; l'essenza stessa del suo Paese.

Era la stagione delle piogge e la terra era ammantata di verde. La pioggia riusciva a trasformarla con estrema rapidità, e così aveva fatto: il terreno si era ricoperto di germogli di tenera erba appena spuntata, delle margherite namaqualand, dei viticci dei meloni tsama, delle aloe con spighe floreali rosse e gialle.

Alla sera avevano acceso un fuoco, appena fuori dalle primitive baracche che fungevano da rifugi, ma la luce del fuoco sembrava davvero minuscola sotto il grandioso, vuoto cielo notturno traboccante di costellazioni. Lei si era stretta all'amico, il quale le aveva detto di non avere paura, perché i leoni si tenevano alla larga dai fuochi, al pari degli esseri soprannaturali, i *tokoloshe* e altri demoni del genere.

Si era destata alle prime luci dell'alba, col fuoco quasi spento. Poteva scorgerne le braci tra i rami che formavano la parete della capanna. Da qualche parte, in lontananza, aveva risuonato un grugnito, ma lei non aveva avuto paura ed era uscita dal rifugio per stare sotto il cielo terso e riempirsi i polmoni di quell'aria secca e cristallina. E aveva pensato: *sono soltanto una minuscola persona qui in Africa, ma questo, per me come per chiunque altro, è il posto dove sedermi a terra e toccarla e sentirla mia*. Aveva aspettato che affiorasse un altro pensiero, ma non riuscendo a pensare a nulla, era strisciata nuovamente dentro la baracca, nel calore delle coperte stese sulla stuoia su cui aveva dormito.

In quel momento, alla guida del suo furgoncino bianco su quella strada ondulata, pensò che un giorno sarebbe potuta tornare nel Kalahari, in quegli spazi vuoti, in quei pascoli infiniti che le spezzavano il cuore.

11

Senso di colpa per un'auto di grossa cilindrata

Erano passati tre giorni dalla soddisfacente soluzione del caso Patel. La signora Ramotswe aveva presentato il conto di duemila pula, più le spese, che era stato saldato a stretto giro di posta. Era rimasta allibita. Non riusciva a capacitarsi che la somma fosse stata pagata senza protestare e la prontezza, e l'evidente contentezza, con cui il signor Patel aveva saldato la fattura le provocavano dolorosi attacchi di senso di colpa per l'esosità della sua richiesta.

Era curioso che alcune persone avessero un senso di colpa altamente sviluppato, pensava, che invece era del tutto assente in altre. Alcuni si maceravano per una svista o per avere commesso un piccolo sbaglio, mentre altri restavano impassibili a fronte di grossolani tradimenti o di comportamenti disonesti. La signora Pekwane rientrava nella prima categoria, pensò la signora Ramotswe. Note Mokoti nella seconda.

La signora Pekwane era sembrata ansiosa quando era entrata nell'ufficio della Ladies' Detective Agency n. 1. La signora Ramotswe le aveva offerto una tazza di tè rosso piuttosto forte, come faceva sempre coi clienti nervosi, e aveva atteso che fosse pronta a parlare. Quella donna era in agitazione per un uomo, pensò. I segni c'erano tutti. Di cosa si trattava? Di sicuro di qualche brutto comportamento maschile, ma di quale?

« Temo che mio marito abbia commesso una cosa spaventosa », spiegò alla fine la signora Pekwane. « Mi vergogno per lui. »

« Gli uomini commettono sempre cose terribili », disse la signora Ramotswe. « Tutte le mogli si preoccupano per i loro mariti. Lei non è la sola. »

La signora Pekwane sospirò. « Ma mio marito ha commesso

davvero qualcosa di terribile», incalzò lei. «Una cosa proprio orrenda.»

La signora Ramotswe s'irrigidì. Se *Rra* Pekwane aveva ucciso qualcuno doveva mettere subito in chiaro che bisognava chiedere l'intervento della polizia. Non si sarebbe mai sognata di aiutare qualcuno a nascondere un omicida.

«Che cos'è questa cosa così terribile?» domandò.

La signora Pekwane abbassò la voce. «Ha una macchina rubata.»

La signora Ramotswe si sentì sollevata. Il furto d'auto era un reato comune, quasi irrilevante, e chissà quante donne c'erano in città che guidavano le auto rubate dei loro mariti. Tuttavia, la signora Ramotswe non avrebbe mai potuto fare una cosa del genere e, a quanto sembrava, nemmeno la signora Pekwane.

«Gliel'ha detto lui che è rubata?» s'informò. «Ne è sicura?»

La signora Pekwane scosse la testa. «Ha detto che gliel'ha data un uomo. Che quest'uomo aveva due Mercedes Benz, ma che gliene serviva solo una.»

La signora Ramotswe scoppiò a ridere. «Ma gli uomini credono davvero di poterci prendere in giro così facilmente? Ci prendono per stupide?»

«Penso di sì», confermò la signora Pekwane.

La signora Ramotswe prese la penna e tracciò alcune righe sul suo blocco per appunti. Riguardando gli scarabocchi vide che aveva disegnato un'auto.

Sollevò lo sguardo sulla signora Pekwane. «Vuole che le dica cosa fare? È per questo che è venuta da me?»

La signora Pekwane parve meditare sulla domanda. «No», rispose infine. «Non è per questo. Ho già deciso cosa fare.»

«E cioè?»

«Voglio restituire l'auto. Voglio ridarla al proprietario.»

La signora Ramotswe si raddrizzò sulla sedia. «Allora intende andare alla polizia? Denunciare suo marito?»

«No, questo no. Desidero solamente restituire l'auto al legittimo proprietario senza che la polizia lo venga a sapere.

Voglio che sia il Signore a sapere che l'auto è tornata a chi appartiene.»

La signora Ramotswe fissò la sua cliente. Doveva ammettere che il suo era un desiderio del tutto ragionevole. Se l'auto fosse stata restituita al proprietario, la signora Pekwane avrebbe avuto la coscienza pulita e si sarebbe tenuta il marito. Dopo un'attenta riflessione, alla signora Ramotswe parve che quella fosse un'ottima maniera di affrontare una situazione difficile.

«Ma perché si è rivolta a me?» domandò. «Come posso aiutarla?»

La signora Pekwane non esitò a rispondere.

«Voglio che scopra chi è il proprietario di quell'auto», disse. «Poi voglio che la rubi a mio marito e la consegni al legittimo proprietario. Ecco cosa voglio da lei.»

Più tardi, quella sera, mentre tornava a casa al volante del suo furgoncino bianco, la signora Ramotswe pensò che non avrebbe mai dovuto accettare di aiutare la signora Pekwane. Tuttavia l'aveva fatto e ormai si era impegnata. Certo la faccenda era complessa – a meno che, naturalmente, non si fosse rivolta alla polizia, cosa che però non poteva fare. Poteva darsi che *Rra* Pekwane meritasse di finire in manette, ma la sua cliente non voleva che fosse incriminato e lei, prima di tutto, doveva essere leale nei suoi confronti. No, doveva escogitare un'altra soluzione.

Quella sera, dopo una cena a base di pollo e zucca, la signora Ramotswe telefonò al signor JLB Matekoni.

«Da dove arrivano le Mercedes Benz rubate?» gli chiese senza tanti preamboli.

«Da oltre confine», spiegò il signor JLB Matekoni. «Le rubano in Sudafrica, le portano qui, le riverniciano, cancellano il numero di serie originale del motore e le rivendono a buon mercato o le spediscono in Zambia. Per inciso, so chi se ne occupa. Lo sanno tutti.»

«Questo non mi interessa», spiegò la signora Ramotswe. «Mi serve sapere come si possono identificare dopo tutta questa trasformazione.»

Il signor JLB Matekoni non rispose subito. « Bisogna guardare nel punto giusto », disse poi. « Di solito c'è un altro numero di serie da qualche parte – sullo chassis o sotto il cofano. Solitamente si riesce a trovarlo, sapendosi muovere. »

« Tu sai dove cercare », disse la signora Ramotswe. « Mi puoi dare una mano? »

Il signor JLB Matekoni sospirò. Le auto rubate non gli piacevano. Preferiva non averci niente a che fare, ma quella richiesta proveniva dalla signora Ramotswe, perciò la risposta non poteva essere che una.

« Dimmi dove e quando. »

Entrarono nel giardino dei Pekwane la sera seguente, dopo essersi accordati con la signora Pekwane che aveva promesso che al momento prestabilito i cani sarebbero stati chiusi in casa e il marito sarebbe stato impegnato a gustare un piatto speciale appositamente preparato per lui. Perciò il signor JLB Matekoni non incontrò ostacoli nello strisciare sotto la Mercedes Benz parcheggiata in cortile e a illuminare l'interno della carrozzeria. La signora Ramotswe si offrì d'infilarsi lì sotto anche lei, ma il signor JLB dubitava che la sua corporatura *tradizionale* glielo permettesse e declinò l'offerta. Dieci minuti dopo, con un numero di serie trascritto su un foglio di carta, scivolarono fuori dal cortile dei Pekwane e s'incamminarono alla volta del furgoncino bianco posteggiato in fondo alla via.

« Sei sicuro che mi serva solo questo? » domandò la signora Ramotswe. « Da quello risaliranno al proprietario? »

« Sì », confermò il signor JLB Matekoni. « Con questo lo troveranno. »

Lo lasciò davanti al cancello di casa sua e lo salutò nel buio con un cenno della mano. Ben presto avrebbe avuto modo di ripagarlo, lo sapeva.

Quel fine settimana, la signora Ramotswe si spinse col suo furgoncino bianco oltre confine, fino a Mafikeng, e andò direttamente al Railway Café. Acquistò una copia del *Johannes-*

burg Star e prese posto a un tavolo accanto alla vetrina per leggere le notizie. Niente di buono, decise, perciò appoggiò il quotidiano sul tavolo e passò il tempo a osservare gli altri avventori.

« Signora Ramotswe! »

Sollevò lo sguardo. Era lui, proprio il vecchio Billy Pilani, ancor più invecchiato, ma perfettamente riconoscibile. Lo vedeva ancora seduto al suo posto, con la sua aria sognante, alla scuola statale di Mochudi.

Dopo avergli ordinato una tazza di caffè e una grossa ciambella, gli spiegò che cosa le serviva.

« Voglio che scopri chi è il proprietario di questa automobile », disse passandogli il foglio di carta con sopra il numero di serie scritto a mano dal signor JLB Matekoni. « Poi, quando l'avrai saputo, voglio che informi il proprietario, o l'assicurazione o chiunque sia il caso, che venendo a Gaborone troverà la sua auto pronta per essere presa in consegna in un luogo prestabilito. Questa persona non dovrà fare altro che portarsi dietro le targhe sudafricane originali per poi tornarsene a casa al volante della sua auto. »

Billy Pilani sembrava sorpreso.

« Tutto questo gratuitamente? » chiese. « Non c'è nulla da pagare? »

« Niente », confermò la signora Ramotswe. « Si tratta soltanto di restituire al legittimo proprietario ciò che gli appartiene. È un principio in cui credi anche tu, no, Billy? »

« Certo », si affrettò a riconoscere Billy Pilani. « Certo. »

« Un'altra cosa, Billy. In questa occasione, voglio che ti dimentichi di essere un poliziotto. Non dovrai arrestare nessuno. »

« Niente arresti? Nemmeno uno per reati minori? » domandò Billy chiaramente deluso.

« Nemmeno uno. »

Billy Pilani telefonò il giorno seguente.

« Ho ricavato le informazioni che ci servivano dal nostro elenco di veicoli rubati », disse. « Ho parlato con la società assicuratrice, che ha già rimborsato il furto e perciò sarebbe felice di riavere indietro l'auto. Manderanno i loro incaricati oltre confine a prenderla.»

«Bene», approvò la signora Ramotswe. «L'appuntamento è all'African Mall di Gaborone alle sette del mattino, martedì prossimo, e che portino le targhe.»

Una volta fissato l'incontro, alle cinque di quel martedì mattina, la signora Ramotswe strisciò nel cortile di casa Pekwane e, come previsto, trovò le chiavi della Mercedes Benz per terra sotto la finestra della camera da letto, dove la signora Pekwane le aveva gettate la sera prima. La padrona di casa le aveva assicurato che il marito aveva il sonno pesante e non si svegliava mai prima del segnale orario delle sei che Radio Botswana trasmetteva col suono dei campanacci delle mucche.

Lui non la sentì accendere il motore e portare l'auto in strada e in realtà si accorse della sparizione della Mercedes Benz soltanto intorno alle otto.

«Chiama la polizia!» urlò la signora Pekwane. «Svelto, chiama la polizia!»

L'esitazione del marito era evidente.

«Magari più tardi», replicò lui. «Intanto credo che la cercherò da solo.»

Lei lo guardò diritto negli occhi e per un istante lo vide sussultare. *È colpevole*, pensò. *Avevo ragione io. Chiaramente non può andare alla polizia e dire che la sua auto rubata gli è stata rubata.*

Quello stesso giorno incontrò la signora Ramotswe e la ringraziò.

«Mi ha fatto sentire molto meglio», disse. «Ora di notte posso dormire senza sentirmi in colpa per mio marito.»

«Ne sono felice», replicò la signora Ramotswe. «E forse lui ha anche imparato la lezione. Una lezione molto interessante.»

«Quale sarebbe?» volle sapere la signora Pekwane.

«Che il fulmine cade sempre due volte nello stesso posto», spiegò la signora Ramotswe. «Sebbene il proverbio sostenga il contrario.»

12

La casa della signora Ramotswe in Zebra Drive

La casa era stata costruita nel 1968, in occasione della lenta aggiunta di edifici residenziali a negozi e uffici governativi. Sorgeva su un angolo, il che non era sempre il massimo, perché a volte la gente si fermava lì, all'ombra delle sovrastanti acacie, e sputava nel suo giardino o gettava rifiuti al di là dello steccato. All'inizio, quando lei vedeva qualcuno farlo, gli urlava dietro dalla finestra, o gli tirava addosso il coperchio della pattumiera, ma quei maleducati sembravano non avere nessun ritegno e si limitavano a ridere. Così alla fine aveva desistito e il giovanotto che ogni tre giorni veniva a curarle il giardino non faceva altro che raccogliere l'immondizia e portarla via. Quello era l'unico problema della casa. Per il resto, la signora Ramotswe ne andava orgogliosa e ogni giorno rifletteva sulla fortuna di essere stata in grado di acquistarla all'epoca, poco prima che i prezzi aumentassero al punto che la gente onesta non poteva più permettersi di pagarli.

Il cortile era grande, quasi due terzi di un acro, e adeguatamente piantumato con alberi e cespugli. Gli alberi non erano nulla di speciale – per lo più acacie – ma garantivano una bella ombra e non morivano mai nemmeno nei periodi di siccità. Poi c'erano le buganvillee color porpora che erano state piantate in gran numero dai precedenti proprietari e che, al momento dell'arrivo della signora Ramotswe, avevano quasi preso il sopravvento. Per lasciare spazio a papaie e zucche, fu infatti costretta a potarle in modo drastico.

Sul davanti la casa aveva una veranda, il suo posto preferito, dove adorava sedersi al mattino, quando sorgeva il sole, o di sera, prima che uscissero le zanzare. L'aveva ampliata stendendo una rete ombreggiante sostenuta da grezzi pali di legno. La tenda filtrava la gran parte dei raggi solari e permetteva alle piante di crescere alla luce verdastra che creava. Lì coltivava colocasie e felci, che innaffiava quotidianamente e che creavano una lussureggiante macchia verde sopra il terriccio marrone.

Dietro la veranda si apriva il soggiorno, il locale più ampio della casa, con la grande finestra affacciata su quello che un tempo era stato un prato. Là c'era un caminetto, sproporzionato per le dimensioni della stanza, ma pur sempre motivo d'orgoglio per la signora Ramotswe. Sulla mensola aveva sistemato la porcellana cui teneva di più, la tazza da tè Regina Elisabetta II e il piatto commemorativo con l'immagine di Sir Seretse Khama, Presidente, *Kgosi* del popolo bangwato, Statista. Lui le sorrideva dal piatto e lei aveva l'impressione che la benedicesse, come se la conoscesse. E altrettanto faceva la Regina, perché anche lei amava, e capiva, il Botswana.

Ma il posto d'onore spettava alla fotografia del papà, scattata poco prima del suo sessantesimo compleanno. Indossava il completo acquistato a Bulawayo quando era andato a far visita alla cugina, e sorrideva, sebbene lei sapesse che all'epoca non stava affatto bene. La signora Ramotswe era una realista che abitava nel presente ma che si concedeva pensieri nostalgici e una certa indulgenza verso se stessa: immaginava di vedere il padre entrare dalla porta, salutarla, sorriderle di nuovo e infine dirle: «La mia Precious! Come sei stata brava! Sono fiero di te!» Immaginava anche di portarlo in giro per Gaborone a bordo del suo furgoncino bianco per mostrargli i progressi che erano stati fatti, sorridendo per l'orgoglio che lui avrebbe provato. Ma non si permetteva di farlo troppo spesso, perché alla fine scoppiava sempre a piangere per tutto ciò che era stato e per tutto l'amore che sentiva dentro di sé.

La cucina era allegra. Il pavimento rosso di cemento, impermeabilizzato e lucidato, era lustrato a specchio da Rose, che da cinque anni era la domestica della signora Ramotswe. Rose aveva cinque figli, nati da padri differenti, che vivevano con lei a Tlokweng. Faceva le pulizie per la signora Ramotswe, lavorava a maglia per una cooperativa e tirava su i figli col poco denaro che racimolava. Il figlio più grande faceva il falegname e passava qualche soldo alla madre, il che era un aiuto, ma i fratelli più piccoli erano sempre a corto di scarpe e calzoni nuovi e uno di loro, avendo problemi respiratori, aveva bisogno di un inalatore. Ma Rose continuava a cantare ed era così che, di mattina, la signora Ramotswe capiva che era arrivata, grazie ai frammenti delle canzoni provenienti dalla cucina.

13

Perché non mi sposi?

Felicità? La signora Ramotswe era molto felice. Con l'agenzia investigativa e la casa in Zebra Drive aveva praticamente tutto, e ne era consapevole. Era anche conscia di come le cose fossero cambiate. Quando era sposata con Note Mokoti provava una profonda, opprimente sensazione d'infelicità che la seguiva come un'ombra scura. Un'impressione che ormai era scomparsa.

Se avesse dato retta al padre, se avesse ascoltato il marito della cugina, non avrebbe mai sposato Note e si sarebbe evitata anni e anni di dolore. Ma era successo, perché lei aveva la testa dura, come tutti i ventenni, che credono di poter capire tutto e invece sbagliano. *Il mondo è pieno di vecchi ventenni*, pensò, *tutti quanti ciechi*.

Obed Ramotswe non aveva mai stimato Note, e gliel'aveva detto senza mezzi termini. Ma lei aveva replicato piangendo e sostenendo che lui era l'unico uomo che sarebbe stata in grado di trovare e che l'avrebbe resa felice.

« Non lo farà », aveva detto Obed. « Quest'uomo ti ferirà. Ti sfrutterà in tutti i modi. Pensa solo a se stesso e a soddisfare i suoi bisogni. Lo so perché sono stato in miniera e lì vedi uomini d'ogni genere. Ho già conosciuto gente come lui. »

Lei aveva scosso la testa ed era corsa fuori dalla stanza, con nelle orecchie il richiamo del padre, un grido sottile, addolorato. Lo sentiva ancora chiaramente, e le faceva male. Aveva ferito l'uomo che l'amava più di ogni altro, un uomo buono che credeva in lei, che desiderava soltanto proteggerla. Se solo avesse potuto annullare il passato; tornare indietro ed evitare di sbagliare; fare scelte diverse...

« Se potessimo tornare indietro », disse il signor JLB Matekoni versando il tè nella tazza della signora Ramotswe. «Ci ho pensato spesso. Se potessimo tornare indietro e sapere quello che sappiamo ora...» Scosse la testa meravigliato. «Bontà divina! Vivrei la mia vita in maniera diversa!»

La signora Ramotswe sorseggiò il suo tè. Era seduta nell'ufficio della Speedy Motors di Tlokweng Road, sotto il calendario dei fornitori di pezzi di ricambio del signor JLB Matekoni, a passare un po' di tempo col suo amico, come faceva ogni tanto quando non doveva lavorare. Era inevitabile: ci sono momenti in cui non c'è niente da indagare, in cui nessuno è affamato di rivelazioni. Quel giorno non si era fatto vivo nessuno: a quanto pareva nessuno stava ingannando la moglie e nessuno si stava appropriando indebitamente di denaro. In momenti simili, un detective privato poteva anche appendere alla porta dell'ufficio il cartello *CHIUSO* e uscire nei campi a piantare meloni. Non che fosse sua intenzione farlo. Una rilassante tazza di tè seguita da qualche acquisto all'African Mall era un modo come un altro per passare il pomeriggio. Poi poteva recarsi al Book Centre per vedere se era arrivata qualche rivista interessante. Amava le riviste. Le piaceva l'odore che avevano, i colori accesi delle fotografie. Adorava quelle d'arredamento che mostravano come vivevano gli abitanti di nazioni molto lontane. Avevano tante cose nelle loro case, e stupende, anche. Quadri, ricchi tendaggi, pile di cuscini di velluto su cui una persona di un certo peso sarebbe stata comodissima, strane luci e angolini bizzarri...

Il signor JLB Matekoni rincalzò la sua tesi.

«Nella mia vita ho commesso centinaia di sbagli», dichiarò accigliandosi al ricordo. «Centinaia e centinaia.»

Lei lo guardò.

Era convinta che l'uomo avesse avuto una vita tranquilla e soddisfacente. Aveva lavorato come apprendista meccanico, messo da parte un po' di soldi e poi comprato un'officina tutta sua. Aveva costruito una casa, si era sposato (purtroppo la moglie era morta) ed era diventato il presidente locale del Partito Democratico del Botswana. Conosceva diversi ministri (anche se molto superficialmente) ed era stato invitato a una delle feste che si tenevano ogni anno nel giardino del palazzo del governo.

Una vita tutta rose e fiori, all'apparenza.

« Non vedo che sbagli puoi avere commesso », gli disse. « A differenza di me. »

Il signor JLB Matekoni parve sorpreso.

« Figuriamoci se tu sbagli qualcosa », replicò lui. « Sei troppo intelligente per commettere un errore. Valuti tutte le possibilità e poi scegli quella giusta. Sempre. »

La signora Ramotswe sbuffò.

« Ho sposato Note », si limitò a dire.

Il signor JLB Matekoni le rivolse uno sguardo perplesso.

« Sì », ammise. « Quello è stato un terribile errore. »

Rimasero in silenzio per un momento. Poi lui si alzò in piedi. Era un uomo alto, e doveva fare attenzione a non sbattere la testa da qualche parte quando si muoveva. Col calendario alle sue spalle e la carta moschicida che penzolava dal soffitto, si schiarì la voce prima di parlare.

« Vorrei che tu mi sposassi », disse. « Questo non sarebbe uno sbaglio. »

La signora Ramotswe nascose il proprio stupore. Non sobbalzò, non rovesciò il tè e non si lasciò sfuggire alcuna esclamazione. Invece sorrise e fissò l'amico.

« Sei un uomo bravo e gentile », disse. « Assomigli a mio papà... un po'. Ma non posso sposarmi di nuovo. Sono felice così come sono. Ho l'agenzia, e la casa. La mia vita è già piena. »

Il signor JLB Matekoni tornò a sedersi. Sembrava mortificato e la signora Ramotswe allungò una mano per accarezzargli un braccio. Istintivamente, lui si ritrasse, come un uomo che si allontana dal fuoco.

« Mi dispiace moltissimo », mormorò lei. « Ma voglio che tu sappia che se mai dovessi sposare qualcuno, cosa che non farò, sceglierei un uomo come te. Anzi, sceglierei te. Di questo sono certa. »

Il signor JLB Matekoni le tolse di mano la tazza e vi versò dell'altro tè. Era silenzioso – non perché fosse arrabbiato o risentito – ma perché aveva esaurito tutte le sue energie nel fare quella dichiarazione d'amore e per il momento era rimasto senza parole.

14

Un uomo affascinante

Alice Busang era nervosa all'idea di consultare la signora Ramotswe, ma venne immediatamente messa a proprio agio dalla rasserenante figura sovrappeso seduta alla scrivania. Era un po' come parlare con un medico o un prete, si disse; in quei casi, nulla di ciò che potevi dire risultava scioccante.

«Sospetto di mio marito», disse. «Penso che corra dietro alle donne.»

La signora Ramotswe annuì. Tutti gli uomini correvano dietro alle donne, secondo la sua esperienza. Gli unici a non farlo erano i ministri del culto o i prèsidi.

«L'ha visto coi suoi occhi?» domandò.

Alice Busang fece segno di no con la testa. «Lo tengo d'occhio, ma non l'ho mai scoperto insieme con altre donne. Credo sia troppo furbo.»

La signora Ramotswe annotò l'opinione su un foglio di carta.

«Frequenta i bar, vero?»

«Sì.»

«È lì che le incontrano. Conoscono queste signore che aspettano nei bar i mariti delle altre. La città è piena di donne di quel tipo.»

Guardò Alice, e per un istante si compresero alla perfezione. Nel Botswana tutte le donne erano vittime della debolezza degli uomini. Praticamente non esistevano uomini disposti a sposarsi, a calmarsi e a badare ai propri figli; uomini del genere sembravano ormai appartenere al passato.

«Vuole che lo pedini?» domandò. «Vuole che scopra dove incontra altre donne?»

Alice Busang annuì. «Voglio una prova. Per me stessa. Voglio avere la certezza di sapere che razza d'uomo ho sposato.»

Occupata com'era, la signora Ramotswe cominciò a lavorare al caso Busang solo la settimana successiva. Quel mercoledì si appostò col furgoncino bianco davanti all'ufficio del Diamond Sorting Building dove lavorava Kremlin Busang. Alice le aveva dato una sua fotografia. La signora Ramotswe, tenendola posata sulle ginocchia, fissò l'uomo che vi era ritratto: era affascinante, con spalle larghe e un ampio sorriso. A vederlo sembrava un ganimede e si domandava come mai Alice Busang l'avesse sposato, se voleva avere un marito fedele. Fiducia, naturalmente: l'ingenua speranza che fosse diverso dagli altri uomini. Be', bastava guardarlo per capire che non era così.

Nel suo furgoncino bianco, tallonò attraverso il traffico cittadino la vecchia auto azzurra dell'uomo fino al Go Go Handsome Man's Bar, vicino alla stazione degli autobus. Poi, mentre lui entrava nel locale, si fermò qualche istante nel furgone per ripassare il rossetto sulle labbra e un po' di crema sulle guance. Nel giro di pochi minuti sarebbe entrata lì dentro per cominciare a lavorare sul serio.

L'interno del Go Go Handsome Man's Bar non era affollato: c'erano solo un paio di altre donne, che lei riconobbe come femmine di facili costumi. La fissavano, ma lei le ignorò e prese posto al bancone del bar, a due sgabelli di distanza da Kremlin Busang.

Ordinò una birra e si guardò intorno, come se fosse la prima volta che entrava in quel locale.

«Non ti si è mai vista qui prima, sorella», disse Kremlin Busang. «È un bel bar, questo.»

Lei incrociò il suo sguardo. «I bar io li frequento solo nelle grandi occasioni», spiegò. «Come oggi.»

Kremlin Busang sorrise. «È il tuo compleanno?»

«Sì», confermò lei. «Permettimi di offrirti un drink per festeggiare.»

Gli ordinò una birra e lui andò a sedersi accanto a lei. Da vicino era proprio un uomo attraente, come aveva giudicato dalla fotografia, e sapeva anche vestirsi bene. Bevvero insieme le loro birre, poi lei gliene ordinò un'altra. Lui cominciò a parlarle del suo lavoro.

«Seleziono diamanti», disse. «Sai, è un compito difficile. Bisogna avere buon occhio.»

«Mi piacciono i diamanti», confessò lei. «Mi piacciono un sacco.»

«Siamo molto fortunati ad averne così tanti in questo Paese», dichiarò lui. «Dico sul serio. E che diamanti!»

La signora Ramotswe spostò appena la gamba sinistra in modo da sfiorare quella di lui. Si accorse che l'uomo l'aveva notato, perché aveva abbassato lo sguardo, ma fece finta di niente e la lasciò dov'era.

«Sei sposato?» domandò con noncuranza.

Lui non ebbe esitazioni. «No. Mai stato sposato. Oggigiorno è meglio essere single. La libertà, prima di tutto.»

Lei annuì. «Anche a me piace sentirmi libera», confidò. «Così sei tu a decidere come passare il tempo.»

«Esatto», concordò lui. «Dannatamente giusto.»

Lei vuotò il bicchiere.

«Devo andare», annunciò, e poi, dopo una breve pausa, aggiunse: «Ti andrebbe di venire da me a bere qualcosa? Credo di avere della birra».

Lui sorrise. «Sì, è un'ottima idea. Tanto non avevo niente da fare.»

La seguì fino a casa con la sua auto e una volta entrati lei mise su un po' di musica. Gli versò un bicchiere di birra e lui ne bevve metà con una sola sorsata. Poi le passò il braccio intorno alla vita dicendole che gli piacevano le donne ben fatte e in carne. Tutta quella storia della magrezza era una stupidaggine che non c'entrava nulla con l'Africa.

«Gli uomini in realtà vogliono avere delle donne tonde come te», le disse.

Lei ridacchiò. Era affascinante, doveva ammetterlo, ma quello era pur sempre lavoro e lei doveva essere assolutamente professionale. Doveva ricordarsi che le serviva una prova, e questa poteva essere più difficile da ottenere.

«Vieni, siediti qui accanto a me», lo invitò. «Chissà come sarai stanco dopo essere stato in piedi tutto il giorno a selezionare diamanti.»

Aveva già una scusa pronta, che lui accettò senza protestare. Il giorno dopo lei doveva recarsi al lavoro presto e lui non poteva rimanere. Ma sarebbe stato un vero peccato finire così quella bella serata senza averne nemmeno un ricordo.

«Voglio che ci scattiamo una fotografia, solo per me. Così potrò riguardarla e ricordare questa serata.»

Lui sorrise e le diede un leggero pizzicotto.

«Buona idea.»

Lei piazzò la macchina fotografica, azionò l'autoscatto e lo raggiunse di corsa sul divano. Lui la pizzicò di nuovo, la cinse con un braccio e la baciò appassionatamente proprio mentre il flash scattava.

«Possiamo pubblicarla sul giornale, se ti va», suggerì lui. «Il signor Bellone con la sua amica, la signorina Grassona.»

Lei rise. «Sei proprio un dongiovanni, Kremlin. Davvero un dongiovanni. L'ho capito non appena ti ho visto.»

«Be', qualcuno deve pure prendersi cura delle donne», spiegò lui.

Alice Busang tornò in ufficio quel venerdì e trovò la signora Ramotswe che l'aspettava.

«Temo di doverle dire che suo marito le è infedele», disse. «Ne ho la prova.»

Alice chiuse gli occhi. Se lo aspettava, ma non voleva averne la conferma. *Lo ucciderò*, pensò; *ma no, lo amo ancora. Lo odio. No, lo amo.*

La signora Ramotswe le porse la fotografia. «Ecco la prova di cui le dicevo.»

Alice Busang fissò la foto. Impossibile! Ma sì, era lei! Era la detective!

« Lei... » S'impappinò. « Lei è stata con mio marito? »

« Lui è venuto con me », precisò la signora Ramotswe. « Voleva una prova, no? Le ho fornito la migliore che potesse trovare. »

Alice Busang lasciò cadere la fotografia.

« Ma lei... lei è stata con mio marito. Lei... »

La signora Ramotswe si accigliò. « Mi ha chiesto lei di tendergli una trappola, no? »

Gli occhi di Alice Busang divennero due capocchie di spillo. « Tu, puttana! » urlò. « Brutta grassona! Ti sei presa il mio Kremlin! Tu, rubamariti! Ladra! »

La signora Ramotswe rivolse uno sguardo sbigottito alla sua cliente. Quello era un caso, pensò, in cui avrebbe fatto meglio a rinunciare alla sua parcella.

15

La scoperta del signor JLB Matekoni

Alice Busang venne accompagnata fuori dall'agenzia mentre continuava a lanciare insulti contro la signora Ramotswe.

«Tu grassa maiala! Pensi di essere una detective ma sei solo una mangiatrice di uomini! Come tutte quelle prostitute! Non lasciatevi ingannare! Questa donna non è un'investigatrice! No, l'Agenzia Rubamariti n. 1, ecco cos'è questo posto!»

Quando le grida si persero in lontananza, la signora Ramotswe e la signorina Makutsi si scambiarono un'occhiata. Che altro potevano fare se non mettersi a ridere? Quella donna aveva sempre saputo che il marito andava con altre donne, ma aveva insistito per averne la prova. E una volta ottenutala, aveva riversato la colpa sul messaggero.

«Badi all'ufficio mentre faccio un salto all'officina», disse la signora Ramotswe. «Questa devo proprio raccontarla al signor JLB Matekoni.»

Lo trovò nel cubicolo vetrato all'interno dell'ufficio, alle prese con una calotta dello spinterogeno.

«La sabbia arriva ovunque di questi tempi», le disse. «Guarda qui.» Estrasse un minuscolo frammento di silice da un condotto metallico e lo esibì trionfante alla sua visitatrice. «Questo affarino ha bloccato per strada un camion grande come una casa», spiegò. «Questo piccolo granello di sabbia.»

«Per un chiodo che mancava...» recitò la signora Ramotswe rammentando un lontano pomeriggio nella scuola statale di Mochudi quando l'insegnante aveva citato quel vecchio proverbio. «Per un chiodo che mancava...» ripeté interrompendosi di nuovo. La fine rifiutava di tornarle in mente.

«... perse il ferro il buon destrier», terminò per lei il signor JLB Matekoni. «L'hanno insegnato anche a me.»

Appoggiò la calotta dello spinterogeno sul tavolo e uscì dal cubicolo per riempire il bollitore. Era un pomeriggio caldissimo e una tazza di tè avrebbe fatto bene a entrambi.

Lei gli raccontò di Alice Busang e della sua reazione nel ricevere la prova del comportamento di Kremlin.

«L'avrai visto di sicuro», disse. «Un vero damerino. Capelli impomatati. Occhiali scuri. Scarpe stravaganti. Non aveva idea di come sembrasse buffo. Preferisco gli uomini con scarpe normalissime e onesti pantaloni.» Il signor JLB Matekoni lanciò un'occhiata ansiosa alle scarpe che indossava – scalcagnati scarponcini di camoscio macchiati di grasso – e ai propri calzoni. Erano onesti? «Non ho potuto nemmeno farle pagare qualcosa», aggiunse la signora Ramotswe. «Non dopo quella scenata.» Il signor JLB Matekoni annuì. Sembrava preoccupato per qualcosa. Non aveva ancora ripreso in mano la calotta dello spinterogeno e fissava un punto fuori dalla finestra. «Cosa c'è che non va?» La signora Ramotswe si chiedeva se il rifiuto di sposarlo l'avesse turbato più di quanto immaginasse. Lui non era il tipo da portare rancore, ma si era offeso? Non voleva perdere la sua amicizia – lui era l'amico migliore che aveva lì in città, e la vita senza la sua confortante presenza sarebbe stata molto più misera. Perché l'amore – e il sesso – complicavano così tanto la vita? Sarebbe stato molto più semplice non doversene preoccupare. Ormai il sesso non giocava alcun ruolo nella sua vita e questo le dava un grande sollievo. Non doveva badare al suo aspetto, a quello che gli altri pensavano di lei. Terribile essere un uomo e pensare al sesso in continuazione, come si suppone che facciano gli uomini. In una rivista aveva letto che l'uomo medio pensava al sesso più di sessanta volte al giorno! Non riusciva nemmeno a immaginarlo, ma gli studi effettuati parevano confermarlo. L'uomo medio impegnato nelle sue attività quotidiane aveva la testa piena di quei pensieri; pensava a spingere e a penetrare, come fanno gli uomini, mentre stava effettivamente facendo qualcos'altro! I medici avevano in mente quello mentre ti sentivano il polso? Gli avvocati pensavano a quello mentre tramavano seduti alle loro scrivanie? I piloti si scervellavano su quello mentre pilotavano i loro aerei? C'era da non crederci.

E il signor JLB Matekoni, con la sua espressione innocente e il viso sincero, pensava a quello mentre sbirciava dentro le calotte degli spinterogeni o estraeva le batterie dai motori? Lo guardò. Come si faceva a capirlo? L'uomo assorto in pensieri lussuriosi cominciava forse a guardare con occhi cupidi, o ad aprire la bocca e mostrare la lingua rosea, o...? No. Era impossibile.

« A cosa pensi, signor JLB Matekoni? » La domanda le era scappata di bocca e si pentì subito di averla fatta. Era come se l'avesse sfidato a confessare che stava pensando al sesso.

Lui si alzò e chiuse la porta, che era rimasta leggermente socchiusa. Nessuno poteva sentirli. I due meccanici si trovavano all'estremità opposta dell'officina, intenti a bere il loro tè pomeridiano, e a pensare al sesso, immaginava la signora Ramotswe.

« Se non fossi venuta tu da me, sarei venuto io da te », disse il signor JLB Matekoni. « Vedi, ho scoperto qualcosa. »

Lei provò un immediato sollievo: dunque non era turbato per il suo rifiuto. Lo guardò in ansia.

« C'è stato un incidente », cominciò il signor JLB Matekoni. « Nulla di grave. Nessun ferito. Un po' scossi, sì, ma non feriti. È successo allo stop del vecchio incrocio. Un camion proveniente dalla rotonda non si è fermato e ha urtato un'auto che arrivava dal Village. L'auto è stata spinta nel canale di scolo e si è ammaccata. Il camion aveva un fanale a pezzi e un lieve danno al radiatore. Nient'altro. »

« E...? »

Il signor JLB Matekoni si sedette e abbassò lo sguardo sulle proprie mani.

« Mi hanno chiamato per tirare fuori l'auto dal fossato. Io l'ho agganciata col mio carro attrezzi, poi l'abbiamo trainata qui e sistemata sul retro. Più tardi te la mostro. » Fece una breve pausa prima di continuare. In apparenza era una storia piuttosto semplice, eppure sembrava costargli un considerevole sforzo raccontarla. «Le ho dato un'occhiata. Bisognava raddrizzare la carrozzeria e di questo potevo tranquillamente lasciare che si occupasse il mio carrozziere. Ma prima dovevo verificare un paio di cosette. Innanzitutto, l'impianto elettrico. Queste auto nuove e costose hanno così tanti cavi che basta un minimo contatto per mandare tutto a catafascio. È sufficiente un filo spellato per impedirti di chiudere le portiere, oppure scatta l'antifurto e blocca tutto quanto. È molto complicato e quei due ragazzi là che usano il mio tempo per bersi il tè cominciano appena a rendersene conto. A ogni modo, dovevo arrivare alla scatola dei fusibili sotto il cruscotto e mentre ci provavo ho inavvertitamente aperto il cassetto portaoggetti. Ci ho guardato dentro – non so perché – ma qualcosa mi ha spinto a farlo. E ho trovato qualcosa. Un sacchettino.»

Il cervello della signora Ramotswe partì al galoppo. Era incappato in una partita di diamanti illeciti, ne era certa.

«Diamanti?»

«No», sussurrò il signor JLB Matekoni. «Ancora peggio.»

Lei fissò il sacchettino che lui aveva estratto dalla cassaforte e deposto sul tavolo. Era di pelle – in effetti una sorta di borsellino – simile a quelli che i basarwa ornavano con frammenti di gusci di struzzo e usavano come contenitori per le erbe e gli impasti velenosi per le punte delle frecce.

«Lo apro io», annunciò il signor JLB Matekoni. «Non voglio che lo tocchi tu.»

Lei lo osservò slegare i lacci che chiudevano la parte superiore del sacchetto. Sul volto lui aveva un'espressione di disgusto, come se maneggiasse qualcosa dall'odore nauseabondo.

E l'odore si sentì, pungente e come di muffa, quando ne tolse tre piccoli oggetti. La signora Ramotswe capì all'istante, e il signor JLB Matekoni non dovette aggiungere altro. Ecco perché le era sembrato così distratto e a disagio: aveva trovato la *muti*, la medicina.

Lo guardò in silenzio deporre il contenuto del sacchettino sul piano del tavolo. Che cosa si poteva dire di quei resti pietosi, dell'osso, del frammento di pelle, della minuscola fiaschetta di legno tappata, e del suo spaventoso contenuto?

Il signor JLB Matekoni, riluttante a toccare gli oggetti con le mani, diede una piccola spinta all'osso con la punta di una matita.

«Vedi», si limitò a dire. «Ecco cos'ho trovato.»

La signora Ramotswe si alzò e si diresse alla porta. Aveva lo stomaco in subbuglio, come quando si avverte un odore disgustoso, quello di una scimmia morta dentro un fosso, l'insopportabile fetore della putrefazione.

Il malessere passò e lei tornò sui propri passi.

«Prenderò l'osso e lo farò esaminare», disse. «Potremmo sbagliare. Potrebbe essere di un animale. Un'antilope. Una lepre.»

Il signor JLB Matekoni scosse il capo. «No, non è così. So già cosa diranno.»

«A ogni modo», disse la signora Ramotswe, «mettilo dentro una busta e dammelo.»

Il signor JLB Matekoni aprì bocca per parlare, ma ci ripensò. Stava per metterla in guardia, per dirle che era pericoloso portarsi appresso quelle cose, ma avrebbe implicato che credeva nel loro potere, il che non era vero. Oppure sì?

Lei infilò la busta in tasca e sorrise.

«Ora non mi può succedere nulla», disse. «Sono protetta.»

Il signor JLB Matekoni si sforzò di sorridere alla battuta, ma senza riuscirvi. Usare quelle parole era come sfidare la Provvidenza e sperava che lei non avesse poi a pentirsene.

«Ora però vorrei sapere una cosa», disse la signora Ramotswe uscendo dall'ufficio. «L'automobile di chi era?»

Il signora JLB Matekoni sbirciò i due meccanici. Erano entrambi lontani e non potevano sentirlo, ma abbassò ugualmente la voce nel risponderle.

«Charlie Gotso», disse. «Lui. Proprio lui.»

La signora Ramotswe sgranò gli occhi.

« Gotso? Quello importante? »

Il signor JLB Matekoni annuì. Tutti conoscevano Charlie Gotso. Era uno degli uomini più influenti del Paese. La sua opinione era tenuta in gran conto da... si poteva pure dire da tutti quelli che contavano davvero. Nessuno gli avrebbe mai chiuso la porta in faccia, nessuno avrebbe mai osato rifiutargli un favore. Se Charlie Gotso ti chiedeva di fare qualcosa, tu la facevi. Altrimenti scoprivi che vivere diventava sempre più difficile. Avveniva sempre tutto in maniera molto sottile: la domanda per l'apertura di un'attività commerciale incontrava ritardi inaspettati; nel tragitto per andare al lavoro in macchina accumulavi multe su multe per eccesso di velocità; i tuoi dipendenti diventavano improvvisamente insoddisfatti e si cercavano un altro datore di lavoro. Mai nulla di eclatante, mai una prova precisa del suo coinvolgimento – nel Botswana funzionava così, ma l'effetto era comunque devastante.

« Poveri noi », sussurrò la signora Ramotswe.

« Infatti », confermò il signor JLB Matekoni. « Poveri noi. »

16

Dita mozzate e serpenti tagliati in due

All'inizio, che per Gaborone voleva proprio dire trent'anni prima, le fabbriche si contavano sulle dita di una mano. In effetti, quando la Principessa Marina vide ammainare la bandiera nazionale britannica nello stadio in quella ventosa sera del 1966 e il Protettorato del Bechuanaland cessò di esistere, non ce n'era nemmeno una. La signora Ramotswe allora aveva otto anni, frequentava la scuola statale di Mochudi e si rendeva solo vagamente conto che stava accadendo qualcosa di speciale e che era arrivata quella che la gente chiamava «la libertà». Ma il giorno dopo non aveva percepito nulla di diverso e perciò si era chiesta cosa significasse quella parola. Ormai lo sapeva e il cuore le si gonfiava d'orgoglio al pensiero dei progressi ottenuti in quel breve trentennio. La grande striscia di terreno deserto di cui gli inglesi in realtà non sapevano che fare era prosperata fino a diventare lo Stato meglio governato dell'Africa, fino a quel momento. La popolazione poteva ben gridare *Pula! Pula!*,* «Pioggia! Pioggia!» con orgoglio.

Gaborone era cresciuta al punto da essere irriconoscibile. Quando lei vi si era recata per la prima volta da bambina non esistevano che alcuni cerchi di case intorno al centro commerciale e pochi uffici governativi – molto più grandi che a Mochudi, e ben più solenni, con gli edifici governativi e l'abitazione di Seretse Khama. Ma restava pur sempre un piccolo centro se paragonato alle fotografie di Johannesburg o perfino di Bulawayo. E non c'erano fabbriche. Nemmeno una.

* In lingua setswana, *pula*, la valuta del Botswana, significa appunto pioggia. (*N.d.T.*)

Poi, a poco a poco, la situazione era cambiata. Qualcuno aveva costruito una falegnameria che produceva solide sedie per il soggiorno. Poi qualcun altro aveva deciso di aprire un piccolo stabilimento per la produzione di blocchi di calcestruzzo per la costruzione di case. Altri avevano seguito quei primi esempi e ben presto la gente aveva cominciato a chiamare un vasto tratto di Lobatse Road « zona industriale ». L'orgoglio era salito alle stelle: *ecco cos'ha portato la libertà*, pensava la gente. Naturalmente c'erano l'Assemblea legislativa e la Sede dei capi, dove le persone potevano esprimere le loro preferenze – cosa che facevano – ma c'erano anche quelle piccole fabbriche e il lavoro che procuravano. Ormai sulla Francistown Road sorgeva persino una fabbrica di camion da cui uscivano dieci autocarri al mese che venivano spediti addirittura in Congo. E tutto era iniziato dal nulla!

La signora Ramotswe conosceva un paio di manager e un proprietario d'azienda. Quest'ultimo, un motswana trasferitosi lì dal Sudafrica per godere della libertà che oltre confine gli era negata, aveva cominciato a produrre bulloni con un capitale irrisorio, qualche macchinario di seconda mano acquistato a una vendita fallimentare a Bulawayo e una forza lavoro formata dal cognato, da se stesso e da un ragazzo ritardato che aveva trovato seduto sotto un albero e che si era rivelato un asso nel selezionare i bulloni. L'attività era prosperata, soprattutto perché l'idea su cui si fondava era davvero elementare. L'intera fabbrica realizzava un solo tipo di bulloni, quelli che servivano a fissare le lamiere galvanizzate per tetti alle travi di sostegno. Era un processo semplice, che richiedeva un unico tipo di macchinario – uno di quelli che sembravano non rompersi mai e di rado richiedevano manutenzione.

La fabbrica di Hector Lepodise era cresciuta in fretta e, quando la signora Ramotswe lo conobbe, dava ormai lavoro a trenta dipendenti e produceva bulloni che fissavano le lamiere sulle travi dei tetti addirittura in Malawi. All'inizio tutti gli operai erano suoi parenti, con l'eccezione del ragazzo handicappato che in seguito era stato promosso ed era passato a occuparsi della preparazione e distribuzione del tè. Con l'espandersi dell'attività, tuttavia, i congiunti avevano cominciato a scarseggiare e Hector aveva iniziato ad assumere persone con cui non aveva alcun rapporto di parentela. A ogni modo aveva conservato le iniziali abitudini paternalistiche – concedeva senza batter ciglio permessi per partecipare a funerali e non applicava trattenute sullo stipendio di chi era veramente ammalato – e di conseguenza i suoi operai erano nella maggior parte dei casi fieramente leali nei suoi confronti. Tuttavia, in uno staff di trenta persone, delle quali solo dodici erano parenti, era inevitabile che ci fosse qualcuno intenzionato ad approfittarsi della sua gentilezza, e fu a quel punto che entrò in gioco la signora Ramotswe.

«Non ci metterei la mano sul fuoco», disse Hector sorseggiando caffè insieme con la signora Ramotswe sulla veranda del President Hotel, «ma non mi sono mai fidato di quel tipo. È con me da soli sei mesi, e ora questo.»

«Prima dove lavorava?» domandò la signora Ramotswe. «Che opinione avevano di lui?»

Hector si strinse nelle spalle. «Mi ha fornito le referenze di una fabbrica al di là del confine. Ho chiesto una conferma, ma non si sono degnati di rispondere. Sai com'è, non tutti ci prendono sul serio. Alcuni ci considerano una riserva per indigeni, e non c'è verso di fargli cambiare idea.»

La signora Ramotswe annuì. Sapeva benissimo com'era. Naturalmente non la pensavano tutti a quel modo. Ma erano molte le persone orribili, che in qualche maniera eclissavano le buone qualità di quelle per bene. Era davvero triste.

«Comunque sia», continuò Hector, «è venuto a lavorare qui solo sei mesi fa. Se la cavava bene coi macchinari, così l'ho destinato a quello nuovo, che ho acquistato da un olandese. Si è dimostrato un bravo lavoratore, tanto che gli ho aumentato la paga mensile di cinquanta pula. Poi, all'improvviso, se n'è andato.»

«Che motivo ha addotto?» domandò la signora Ramotswe.

Hector aggrottò la fronte. «Non me ne viene in mente nessuno. Ha preso lo stipendio un venerdì e non si è più fatto vedere. Questo è successo due mesi fa. Poi ho ricevuto sue notizie da un avvocato di Mahalapye, che in una lettera m'informava che il suo cliente, il signor Solomon Moretsi, avviava un'azione legale contro di me per quattromila pula come risarcimento per un incidente avvenuto nella mia azienda che gli era costato la perdita di un dito. »

La signora Ramotswe versò dell'altro caffè a entrambi mentre assimilava questo nuovo sviluppo. « Un incidente che si è verificato davvero? »

« In fabbrica abbiamo un registro apposito », spiegò Hector. « Se qualcuno si fa male, è tenuto a segnalarlo. Io ho controllato alla data citata dal legale e ho visto che in effetti qualcosa è successo. Moretsi ha scritto di essersi ferito un dito della mano destra, che ha fasciato la ferita e che tutto sembrava a posto. Ho domandato in giro. Aveva lasciato detto a qualcuno che si sarebbe allontanato un po' per sistemare il dito ferito. Sembrava che non fosse nulla di grave e non ci ha fatto più caso nessuno. »

« Poi se n'è andato? »

« Esatto », confermò Hector. « Pochi giorni dopo. »

La signora Ramotswe scrutò l'amico. Era un uomo onesto, lo sapeva, e un bravo datore di lavoro. Se un suo operaio si fosse ferito, era sicura che si sarebbe fatto in quattro per aiutarlo.

Hector bevve un sorso di caffè. « Non mi fido di quell'uomo », dichiarò. « Credo di non essermi mai fidato di lui. Il fatto è che non credo che abbia perso un dito nella mia fabbrica. Forse da qualche altra parte, ma non certo mentre lavorava da me. »

La signora Ramotswe sorrise. « Vuoi che trovi questo dito per te? È per questo che mi hai fatto venire qui al President Hotel? »

Hector sorrise. « Esattamente. Ma anche perché mi fa piacere sedere qui in tua compagnia. Mi piacerebbe anche chiederti di sposarmi, ma so che la risposta sarebbe sempre la stessa. »

La signora Ramotswe si chinò in avanti e diede un colpetto con la mano sul braccio dell'amico.

«Il matrimonio è una bella cosa», disse. «Ma essere la detective numero uno del Paese non è facile. Non potrei mai starmene a casa a cucinare e basta, questo lo sai.»

Hector scosse il capo. «Ti ho sempre promesso che potevi avere una cuoca. Anche due, se volevi. Potresti continuare a fare l'investigatrice.»

A quel punto toccò alla signora Ramotswe scuotere la testa. «No», disse. «Puoi insistere a chiedermelo, Hector Lepodise, ma temo che la risposta sarà sempre no. Come amico mi piaci, ma non voglio un marito. Coi mariti ho chiuso una volta per tutte.»

La signora Ramotswe esaminò i documenti nell'ufficio della fabbrica di Hector. Era una stanza assai poco confortevole, soffocante, esposta ai rumori dei macchinari e riusciva a stento a contenere un paio di schedari e due scrivanie sepolte sotto montagne di carte: ricevute, fatture, cataloghi tecnici.

«Se solo avessi una moglie», disse Hector. «Allora sì che in ufficio non ci sarebbe questo caos. Avrei un posto dove sedermi e un vaso di fiori sulla scrivania. Ci vorrebbe una donna per fare la differenza.»

La signora Ramotswe accolse il commento con un sorriso, ma non replicò. Prese il registro che lui le aveva piazzato davanti e lo sfogliò. Era il registro degli incidenti, con l'annotazione dettagliata della ferita di Moretsi, malamente scritta di suo pugno in stampatello:

MORETSI SI HA TAGLIATO DITO N. 2 A CONTARE DA POLLICE. È COLPA DI MACCHINA. MANO DESTRA. MESSO BENDA SU LO STESSO. FIRMATO: SALOMON MORETSI. TESTIMONE: GESÙ CRISTO.

Rilesse l'annotazione e poi guardò la lettera dell'avvocato. Le date corrispondevano: «Il mio cliente sostiene che l'incidente è avvenuto il 10 maggio u.s. Il giorno dopo si è recato al Princess Marina Hospital. La ferita risultava medicata, ma al di sotto si era sviluppata una osteomielite. La settimana successiva è stato sottoposto a intervento chirurgico e il dito infetto è stato amputato all'altezza dell'articolazione della falange prossimale (vedi referto ospedaliero allegato). Il mio cliente sostiene che l'incidente è dovuto soltanto alla mancata osservanza delle norme di sicurezza riguardanti i macchinari utilizzati nella Sua fabbrica e mi ha incaricato di avanzare un'azione legale per il risarcimento del danno subito. Chiaramente sarebbe interesse di tutte le parti coinvolte trovare al più presto un accordo e il mio cliente sarebbe disposto a ritirare la denuncia previo risarcimento di quattromila pula».

La signora Ramotswe lesse il resto della lettera, che per quanto ne capiva era un'accozzaglia d'insignificanti espressioni gergali che l'avvocato aveva imparato a memoria alla facoltà di legge. Quelle persone erano impossibili; dopo qualche anno di lezioni all'Università del Botswana si ritenevano esperte di tutto. Ma cosa sapevano della vita? Erano capaci soltanto di ripetere a pappagallo le frasi d'uso comune nella loro professione e di andare ostinatamente avanti finché qualcuno, chiunque fosse, non sganciava i pula. Nella maggior parte dei casi vincevano per logoramento, ma si convincevano che fosse merito della loro abilità. Pochi di loro sarebbero sopravvissuti nei panni dell'investigatore, professione che richiedeva tatto e perspicacia.

Diede un'occhiata alla copia del referto medico. Era conciso e diceva esattamente ciò che il legale aveva parafrasato. La data era corretta; il foglio intestato sembrava autentico e in fondo spiccava la firma del medico, un nome che conosceva.

La signora Ramotswe sollevò lo sguardo e vide che Hector la fissava speranzoso.

«Mi sembra che non faccia una piega», disse. «Si è tagliato il dito e la ferita si è infettata. Cosa dicono quelli dell'assicurazione?»

Hector sospirò. «Che dovrei pagare. Che mi copriranno e che a lungo termine sarebbe la soluzione più economica. Andando per avvocati, le spese arriverebbero presto a superare quanto richiesto come risarcimento. Per non andare in giudizio, a quanto ho capito sono disposti a sborsare diecimila pula, anche se mi hanno chiesto di non farne parola con nessuno. Non vogliono passare per una facile preda.»

«E tu non intendi seguire il loro consiglio?» domandò la signora Ramotswe. Le pareva che non avesse senso negare l'evidenza: l'incidente c'era stato, quell'uomo aveva perso un dito ed era ovvio che ricevesse un risarcimento. Perché mai Hector faceva tante storie quando non doveva nemmeno pagare di tasca sua?

Hector indovinò quello che le passava per la testa. «No e poi no», dichiarò. «Mi rifiuto di farlo. Mi rifiuto. Perché dovrei dare dei soldi a uno che sono convinto mi prenda in giro? Se lo pago, la prossima volta raggirerà qualcun altro. Preferisco dare quei quattromila pula a chi se li merita.»

Indicò la porta che collegava l'ufficio al capannone della fabbrica.

«Lì dentro c'è una donna», disse, «madre di dieci figli. Sì, dieci. Ed è anche una bravissima operaia. Pensa cosa potrebbe fare con quattromila pula.»

«Ma lei non ha perso un dito», lo interruppe la signora Ramotswe. «Anche lui ha bisogno di quel denaro se non può più lavorare come prima.»

«Quante storie! Quell'uomo è un imbroglione. Non potevo licenziarlo perché non avevo motivi validi per farlo. Ma sapevo che era un poco di buono. E non piaceva nemmeno ad alcuni dei suoi colleghi. Lo dice anche il ragazzo che fa il tè, quello col cervello bucato. Diceva che quel tipo era un cane e non poteva bere il tè. Vedi, lui lo sapeva. Quelli come lui certe cose le percepiscono.»

«Ma c'è una bella differenza tra nutrire sospetti ed essere in grado di provare qualcosa», obiettò la signora Ramotswe. «Non puoi andare dal giudice a Lobatse e dire che in quell'uomo c'è qualcosa che non ti convince. Ti riderebbe in faccia. Davanti a simili sparate i giudici fanno proprio questo. Ridono.» Hector rimase in silenzio. «Sistema la questione», gli consigliò la signora Ramotswe. «Segui il suggerimento dell'assicurazione. Altrimenti ti troverai a sborsare ben più di quattromila pula.»

Hector scosse il capo. «Non intendo pagare per una colpa che non ho commesso», dichiarò a denti stretti. «Voglio che tu scopra cos'ha in mente quest'uomo. Ma se nel giro di una settimana torni a dirmi che mi sbaglio, allora pagherò senza fiatare. Lo farai?»

La signora Ramotswe annuì. Riusciva a capire la riluttanza di Hector a pagare un risarcimento che considerava ingiusto e del resto la sua parcella, per una settimana di lavoro, non sarebbe stata eccessiva. Hector era un uomo facoltoso, aveva tutto il diritto di spendere il suo denaro per difendere un principio e tra l'altro, se davvero Moretsi stava mentendo, il processo sarebbe servito a smascherare un imbroglione. Perciò accettò d'intervenire e si allontanò alla guida del suo furgoncino bianco chiedendosi come fare a dimostrare che l'amputazione del dito non aveva nulla a che fare con la fabbrica di Hector. Mentre parcheggiava davanti al suo ufficio ed entrava nella frescura della sala d'attesa, si rese conto di non avere assolutamente idea di come procedere. In apparenza quello era un caso disperato.

Quella sera, nella camera da letto della sua abitazione in Zebra Drive, la signora Ramotswe non riusciva a prendere sonno. Si alzò, infilò le pantofole rosa che metteva sempre da quando una notte era stata punta da uno scorpione mentre camminava scalza per casa e andò in cucina a prepararsi una teiera di tè rosso.

La casa sembrava così diversa di notte. Non c'era nulla fuori posto, ma in qualche maniera i mobili sembravano più spigolosi e i quadri alle pareti più monodimensionali. Qualcuno le aveva detto che di notte siamo tutti sconosciuti, perfino a noi stessi, un'osservazione che l'aveva colpita per la sua veridicità. Tutti gli oggetti familiari della sua vita quotidiana sembravano appartenere a qualcun altro, a qualcuno che si chiamava signora Ramotswe, che però non era esattamente la persona che si muoveva per le stanze calzando delle pantofole rosa. Persino la fotografia di suo padre nel suo liso completo blu pareva diversa. Ritraeva una persona che si chiamava papà Ramotswe, ma non il padre che lei aveva conosciuto, colui che aveva sacrificato tutto per lei, e il cui ultimo desiderio era stato di saperla felice a capo di un'attività. Come sarebbe stato orgoglioso nel vederla proprietaria della Ladies' Detective Agency n. 1, conosciuta da tutti quelli che contavano in città, perfino dalle segretarie e dai ministri del governo. E quanto si sarebbe sentito importante se l'avesse vista proprio quella mattina andare quasi a sbattere addosso all'Alto commissario del Malawi mentre usciva dal President Hotel, con lui che le diceva: «Buongiorno, signora Ramotswe, mi ha quasi buttato a terra, ma, santo cielo, soltanto da lei avrei accettato di farmi stendere in questo modo!» Essere riconosciuta da un Alto commissario! Essere chiamata per nome e salutata da persone come lui! Non che ne fosse intimorita, così come non lo era dagli alti commissari; ma al padre avrebbe fatto impressione e le dispiaceva che non fosse vissuto abbastanza per vedere avverarsi i progetti che aveva per lei.

Preparò il tè e si sedette a berlo sulla sua sedia preferita. Era una notte calda e i cani vagavano per le strade, istigandosi l'un l'altro nell'oscurità. Il rumore che producevano in realtà non si notava più, rifletté. Loro erano sempre lì, quei cani ululanti, a difendere i loro cortili da ogni sorta di ombre e colpi di vento. Stupide creature!

Pensò a Hector. Lui era un uomo cocciuto – era un fatto ben noto – ma lei lo apprezzava proprio per quello. Perché avrebbe dovuto pagare? Aveva detto: se lo pago questa volta, la prossima volta raggirerà qualcun altro. Ci pensò per un istante, poi appoggiò la tazza di tè rosso sulla tavola. L'idea le era venuta all'improvviso, come spesso accadeva con le idee buone. Forse Hector *era* quel qualcun altro. Forse quel tizio aveva già avanzato altre pretese altrove. Forse Hector non era stato il primo!

Dopo quella riflessione, tornò a letto e non ebbe difficoltà ad addormentarsi. Il mattino seguente si svegliò fiduciosa che qualche indagine, e magari una trasferta a Mahalapye, sarebbero bastate a contrastare le illegittime pretese di Moretsi. Dopo una veloce colazione andò dritta in ufficio. Si avvicinava la fine dell'inverno, il che significava che la temperatura dell'aria era ideale e il cielo luminoso, azzurro pallido e sgombro di nubi. Nell'aria aleggiava un leggero odore di fumo di legna, un odore che le faceva stringere il cuore perché le ricordava le mattine intorno al fuoco a Mochudi. Ci sarebbe tornata, pensò, dopo avere lavorato abbastanza per andare in pensione. Avrebbe acquistato una casa, o magari ne avrebbe costruita una, e chiesto a una delle cugine di andare a stare con lei. Insieme avrebbero coltivato meloni sul suo terreno e forse comprato un piccolo negozio nel villaggio; e ogni mattina si sarebbe seduta davanti alla casa ad annusare il fumo di legna, nell'attesa di passare la giornata a chiacchierare con amici e amiche. Che dispiacere provava per i bianchi che non potevano fare nulla di tutto ciò e che andavano sempre di fretta e si preoccupavano per tutto quello che succedeva. Che senso aveva possedere tanti soldi se non potevi mai fermarti un momento o semplicemente stare a guardare la tua mandria pascolare? Nessuno, a parer suo, proprio nessuno, eppure loro non lo sapevano. Ogni tanto incontravi un bianco che capiva, che si rendeva conto di come stavano le cose in realtà; ma le persone così si contavano sulle dita delle mani e gli altri bianchi spesso le trattavano con sospetto.

La donna che puliva l'ufficio era già lì al suo arrivo. Lei le domandò della sua famiglia e ottenne ragguagli in merito. La donna aveva un figlio che faceva il secondino nella prigione e un altro che faceva l'apprendista cuoco al Sun Hotel. Erano entrambi bravi ragazzi e alla signora Ramotswe piaceva informarsi sui progressi che facevano, ognuno nel proprio campo. Ma quella mattina tagliò corto con la domestica – nel modo più educato possibile – e si mise subito al lavoro.

L'annuario delle aziende le fornì le informazioni che le servivano. Le società assicurative che operavano a Gaborone erano dieci, quattro delle quali piccole, e probabilmente molto specializzate; delle altre sei aveva sentito parlare e per quattro di queste aveva anche lavorato. Preparò un elenco, annotò il numero di telefono di ognuna e si mise all'opera.

La Botswana Eagle Company fu la prima cui telefonò. Chi le rispose si dimostrò disposto a collaborare, ma non poté fornirle alcuna informazione utile. Lo stesso accadde con la Mutual Life Company of Southern Africa e con la Southern Star Insurance Company. Ma al quarto tentativo, con la Kalahari Accident and Indemnity, dopo avere atteso circa un'ora per permettere all'impiegata di consultare l'archivio, fece centro.

«Abbiamo trovato una richiesta d'indennizzo a quel nome», disse la donna all'altro capo della linea. «Tre anni fa abbiamo ricevuto una domanda d'indennizzo da un'officina in città. Uno degli addetti alle pompe di benzina ha dichiarato di essersi ferito un dito mentre rimetteva a posto l'ugello nel suo alloggiamento. L'uomo ha perso un dito e ha chiesto di essere risarcito.»

La signora Ramotswe sentì il cuore balzarle in gola. «Per quattromila pula?» domandò.

«C'è andata vicino», rispose l'impiegata. «Ci siamo accordati per tremilaottocento.»

«Mano destra?» incalzò la signora Ramotswe. «Secondo dito a partire dal pollice?»

La donna frugò tra le carte della pratica.

«Sì», confermò. «C'è un referto medico. C'è scritto qualcosa... non so bene come si pronunci... osteomi...»

«...mielite», concluse la signora Ramotswe. «Che ha richiesto l'amputazione del dito all'altezza della falange prossimale?»

«Sì», confermò ancora l'impiegata. «È esatto.»

Restavano soltanto un paio di dettagli da chiarire e la signora Ramotswe lo fece prima di ringraziare l'impiegata e riagganciare. Per qualche momento rimase seduta immobile, assaporando la soddisfazione di avere svelato tanto rapidamente una frode. Ma c'erano ancora dei particolari da sistemare e per risolvere gli ultimi dubbi avrebbe dovuto recarsi a Mahalapye. Le sarebbe piaciuto incontrare Moretsi, se fosse stato possibile, ed era ansiosa di avere un abboccamento col suo legale. Quello, ne era certa, sarebbe stato un piacere che avrebbe giustificato, almeno in parte, le due ore di viaggio sulla disastrata Francistown Road.

L'avvocato si disse disposto a incontrarla quello stesso pomeriggio. Presupponeva che fosse stata ingaggiata da Hector per risolvere la questione e immaginava di non avere difficoltà a intimorirla e indurla ad accettare le sue condizioni. In effetti, potevano cercare di accordarsi per qualcosa di più di quattromila pula. Lui avrebbe addotto come scusa l'inserimento di nuovi fattori nella valutazione del danno che rendevano necessario aumentare la richiesta d'indennizzo. Avrebbe usato il termine *quantum*, una parola latina, pensava, e magari anche accennato a una recente decisione della Corte d'appello, se non alla Corte suprema di Bloemfontein. Una minaccia del genere avrebbe intimidito chiunque, figurarsi una donna! E sì, aggiunse, era certo che il signor Moretsi avrebbe potuto presenziare all'incontro. Naturalmente era una persona molto occupata; no, in effetti non lo era, dato che non poteva lavorare, il poverino, a causa del danno riportato, ma lui s'impegnava a farlo partecipare all'incontro.

La signora Ramotswe rise di soppiatto mentre riattaccava il telefono. L'avvocato sarebbe andato a prelevare il suo cliente in qualche bar, immaginava, dove con ogni probabilità stava festeggiando anzitempo i quattromila pula di risarcimento. Ebbene, stava per ricevere una brutta sorpresa perché lei, la signora Ramotswe, sarebbe stata l'agente della Nemesi.

Affidò l'ufficio alla segretaria e partì alla volta di Mahalapye al volante del suo furgoncino bianco. Il sole di mezzogiorno era alto in cielo e la giornata era veramente calda. Nel giro di qualche mese le sarebbe stato impossibile percorrere in macchina quella distanza a causa della calura. Viaggiò col finestrino abbassato, in maniera da rinfrescare l'abitacolo. Oltrepassò la Stazione di ricerca Dry Lands e il bivio per Mochudi. Superò le colline a est di Mochudi e l'ampia vallata che si apriva ai loro piedi. Intorno aveva solo il nulla, una zona incolta che si spingeva fino ai margini del Kalahari da una parte e alle pianure del

Limpopo dall'altra. Una boscaglia desolata, senza niente al suo interno, se non qualche capo di bestiame e qui e là un cigolante mulino a vento che pompava in superficie un misero rivolo d'acqua per le vacche assetate. Il nulla, il niente, il vuoto, ecco di cos'era ricca la sua terra.

Era a mezz'ora da Mahalapye quando il serpente attraversò di scatto la strada davanti a lei. Quando lo vide, il rettile era già per metà sulla carreggiata, un dardo verde contro il nero dell'asfalto. Poi gli fu sopra, e il serpente finì sotto il furgoncino. Trattenendo il respiro, ridusse la velocità e sbirciò nello specchietto retrovisore. Dov'era il serpente? Era riuscito ad attraversare in tempo la strada? No, non era possibile. L'aveva visto finire sotto le ruote ed era sicura di avere avvertito qualcosa, un colpo sordo.

Si fermò sul ciglio della strada e guardò di nuovo nel retrovisore. Del serpente nessuna traccia. Abbassò lo sguardo sul volante e vi tamburellò sopra leggermente con le dita. Forse era stato troppo veloce; quei serpenti riuscivano a muoversi a un'incredibile velocità. Ma lei aveva guardato subito, e un rettile di quelle dimensioni non poteva scomparire così. No, doveva essere da qualche parte nel furgoncino, forse tra gli ingranaggi, o magari sotto il suo sedile. Aveva sentito dire che era già successo altre volte. Gente che involontariamente dava un passaggio a un serpente e se ne accorgeva solo quando veniva morsicata. Alcuni erano morti al volante, mentre guidavano la loro automobile, morsi da serpenti finiti nei condotti e nelle bielle delle vetture.

La signora Ramotswe provò l'improvviso impulso di uscire dall'abitacolo. Aprì la portiera, dapprima con fare incerto, ma poi la spalancò e balzò fuori, fermandosi ansante a fianco del veicolo. Sotto il furgoncino c'era un serpente, ormai ne era certa, ma come riuscire a stanarlo? E che tipo di serpente era? Se ben ricordava, doveva essere verde, il che significava che almeno non era un mamba. Era altresì vero che si vociferava di mamba verdi, che di sicuro esistevano, ma la signora Ramotswe sapeva che il loro habitat era ristretto e che comunque non erano presenti in nessuna zona del Botswana. Erano rettili che vivevano in prevalenza sugli alberi e non amavano la boscaglia aperta. Era più probabile che fosse un cobra, concluse, perché era abbastanza grosso e non riusciva a pensare a nessun altro serpente verde di quella lunghezza.

La signora Ramotswe rimase immobile. Il serpente forse in quel momento la stava fissando, pronto a scattare se lei si fosse avvicinata; o poteva essersi infilato nell'abitacolo del furgoncino, per sistemarsi proprio sotto il sedile di guida. Si chinò in avanti e cercò di dare un'occhiata sotto il veicolo, ma non poteva piegarsi più di tanto o sarebbe finita con le mani e le ginocchia a terra. In quel caso, se il rettile avesse deciso di muoversi, temeva di non essere in grado di ritrarsi abbastanza velocemente. Si raddrizzò e pensò a Hector. Ecco a cosa servivano i mariti. Se molto tempo prima avesse accettato la sua proposta, non sarebbe stata in viaggio da sola alla volta di Mahalapye. Avrebbe avuto accanto un uomo che si sarebbe infilato sotto il furgoncino per spingere fuori il serpente dal suo nascondiglio.

La strada era tranquilla, ma di tanto in tanto vi transitava un'auto o un camion e proprio in quell'istante arrivò una vettura proveniente dalla direzione di Mahalapye. L'auto rallentò avvicinandosi a lei e infine si fermò. Al volante c'era un uomo e sul sedile del passeggero un ragazzo.

«Qualche problema, *Mma*?» domandò con educazione l'uomo. «Un guasto al motore?»

La signora Ramotswe attraversò la strada per parlargli attraverso il finestrino abbassato. Gli spiegò del serpente e lui spense il motore e smontò, dopo avere raccomandato al ragazzo di restare dov'era.

«S'infilano sotto», disse avvicinandosi. «Può essere pericoloso. Ha fatto bene a fermarsi.»

L'uomo si muoveva con circospezione: si allungò all'interno dell'abitacolo, trovò la leva che sbloccava il cofano e la tirò con forza. Soddisfatto che funzionasse, girò sul davanti del furgoncino e con estrema cautela cominciò ad aprire il cofano. La signora Ramotswe lo raggiunse, sbirciando sopra la sua spalla, pronta a scappare alla vista del rettile.

«Non faccia movimenti improvvisi», ordinò lui con un fil di voce. «Eccolo lì. Lo vede?» La signora Ramotswe scrutò il blocco motore. Per alcuni istanti non vide nulla d'insolito, ma poi il serpente si mosse impercettibilmente e lei lo individuò. Aveva ragione: era un cobra avvolto sul motore, con la testa che si muoveva a destra e a sinistra, come se cercasse qualcosa. L'uomo rimase immobile. Poi sfiorò l'avambraccio della signora Ramotswe. «Torni piano alla portiera», sussurrò. «Salga in macchina e accenda il motore. Ha capito?» La signora Ramotswe annuì. Quindi, muovendosi come al rallentatore, prese posto sul sedile di guida e afferrò la chiave d'accensione. Il motore partì al primo tentativo, come sempre. Il furgoncino bianco non la tradiva mai. «Prema l'acceleratore», gridò l'uomo. «Tiri su di giri il motore!» La signora Ramotswe fece quanto ordinato e il motore mandò un roco ruggito. Dal davanti si sentì un rumore, un altro colpo sordo, e poi l'uomo le fece cenno di spegnere. La signora Ramotswe girò la chiave e attese di sapere se poteva scendere senza pericolo. «Venga. Scenda pure», urlò l'uomo. «È morto.» La signora Ramotswe smontò dal furgoncino e raggiunse l'uomo. Guardando nel vano motore vide il cobra immobile, tagliato in due. «Si era avvolto sulle pale della ventola», spiegò l'uomo con una smorfia di disgusto. «Un brutto posto dove nascondersi, anche per un serpente. Ma avrebbe potuto strisciare in cabina e morderla, se ne rende conto? Per fortuna non è successo e lei sta bene.»

La signora Ramotswe lo ringraziò e ripartì lasciando i resti del cobra sul ciglio della strada. Anche se non fosse successo altro in quell'ultima mezz'ora, quello sarebbe stato un viaggio già sufficientemente denso di avvenimenti. Per fortuna giunse a destinazione senza problemi.

«Dunque», disse il signor Jameson Mopotswane, avvocato di Mahalapye, sedendosi nel suo modesto ufficio posto a fianco della macelleria. «Il mio povero cliente mi ha appena avvertito che ritarderà un poco. Ma nulla ci impedisce di discutere dei dettagli dell'accordo prima del suo arrivo.»

La signora Ramotswe era intenzionata a godersi appieno quel momento. Si sistemò sulla sedia e si guardò intorno nella stanza scarsamente arredata.

«Di questi tempi gli affari non vanno molto bene», disse, aggiungendo subito: «Qui da lei.»

Jameson Mopotswane le rivolse un sorrisetto tirato.

«Non mi lamento», rispose. «In realtà sono oberato di lavoro. Arrivo in ufficio alle sette e non riesco ad andarmene prima delle sei.»

«Tutti i giorni?» domandò innocentemente la signora Ramotswe.

«Sì», confermò lui. «Anche di sabato. A volte persino la domenica.»

«Deve avere un sacco da fare», commentò la signora Ramotswe.

L'avvocato scambiò l'osservazione per un tentativo di riconciliazione e sorrise, ma la signora Ramotswe non aveva ancora finito di parlare. «Sì, un sacco da fare a distinguere le menzogne che i suoi clienti le raccontano da qualche sporadica verità.»

Jameson Mopotswane depose la penna sulla scrivania e le lanciò uno sguardo gelido. Chi era quella donna così autoritaria e che diritto aveva di parlare a quel modo dei suoi clienti? Se era così che intendeva giocare le sue carte, l'accordo poteva andare a farsi benedire. Avrebbe preteso di più, anche se portando il caso in tribunale il risarcimento del suo cliente sarebbe stato ritardato.

«I miei assistiti non mentono», dichiarò scandendo le parole. «Non più di chiunque altro, comunque. E mi consenta, lei non ha nessun diritto di giudicarli in quel modo.»

La signora Ramotswe inarcò un sopracciglio.

«Ah no?» lo stuzzicò. «Benissimo, allora prendiamo come esempio il suo signor Moretsi. Quante dita gli sono rimaste?»

Jameson Mopotswane le lanciò un'occhiata sprezzante.

«È indegno prendersi gioco di chi soffre», sogghignò. «Sa

benissimo che ne ha nove, o nove e mezzo, se vogliamo proprio essere precisi.»

«Molto interessante», replicò la signora Ramotswe. «In questo caso, com'è possibile che circa tre anni fa abbia ottenuto un risarcimento dalla Kalahary Accident and Indemninty per la perdita di un dito a seguito di un incidente in una stazione di servizio? Come lo spiega?»

Il legale non batté ciglio.

«Tre anni fa?» domandò debolmente. «Un dito?»

«Esatto», confermò la signora Ramotswe. «Ha chiesto quattromila pula – una strana coincidenza – e si è accordato per tremilaottocento. L'assicurazione mi ha fornito il numero della pratica, se volesse verificare. Sono dispostissimi a collaborare non appena nasce il sospetto che ci sia stata una frode. Si fanno in quattro per aiutarti.» Jameson Mopotswane rimase senza parole e all'improvviso la signora Ramotswe provò pena per lui. Non aveva simpatia per gli avvocati, ma lui cercava di guadagnarsi da vivere, come tutti, e forse era stata troppo severa nel giudicarlo. Per quanto ne sapeva, forse doveva provvedere anche a genitori anziani. «Mi mostri il referto medico», disse in tono quasi gentile. «Mi interesserebbe vederlo.»

Il legale frugò in un raccoglitore appoggiato sulla scrivania e ne estrasse un fascicolo.

«Eccolo», disse porgendoglielo. «Sembrava tutto a posto.»

La signora Ramotswe osservò con attenzione il foglio di carta intestata, poi annuì.

«Eh sì», disse infine. «Proprio come pensavo. Guardi la data. È stata cancellata e poi ribattuta a macchina. Il nostro amico ha perso sì un dito, forse proprio a causa di un incidente sul lavoro. Ma poi non ha fatto che prendere un correttore liquido, cambiare la data e inscenare un altro incidente.»

L'avvocato prese il documento e lo osservò controluce. Non avrebbe avuto bisogno di farlo perché la macchia del bianchetto si vedeva chiaramente. «Mi sorprende che non l'abbia notato prima», continuò la signora Ramotswe. «Non occorre un laboratorio forense per capire cos'ha fatto.»

Fu a quel punto, mentre il legale arrossiva, che Moretsi arrivò. Entrò nell'ufficio e tese subito la mano alla signora Ramotswe per salutarla. Lei guardò la mano, vide il mozzicone di dito e si rifiutò di stringerla.

« Si sieda », ordinò freddamente Jameson Mopotswane.

Seppur stupito, Moretsi ubbidì.

« Dunque lei è la signora che è venuta a paga... »

L'avvocato lo zittì.

« Lei non è venuta a pagare un bel niente », precisò. « Questa signora si è fatta tutta la strada da Gaborone per domandarle perché continua ad avanzare richieste di risarcimento per la perdita di dita. »

La signora Ramotswe osservò l'espressione del viso di Moretsi nel sentire le parole del legale. Anche se non ci fosse stata la prova del cambio di data sul referto dell'ospedale, il suo sguardo mortificato l'avrebbe convinta della sua colpevolezza. Le persone crollavano sempre se messe di fronte alla verità. Erano pochi, anzi pochissimi, quelli che riuscivano a tenere duro.

« Continuo ad avanzare...? » mormorò con un fil di voce l'uomo.

« Sì », incalzò la signora Ramotswe. « Finora credo abbia denunciato la perdita di tre dita. Ma poco fa, quando mi ha teso la mano, ho visto che due sono miracolosamente ricresciute! È meraviglioso! Ha forse scoperto un nuovo farmaco che permette alle dita di rispuntare dopo che sono state mozzate? »

« Tre? » ripeté attonito l'avvocato.

La signora Ramotswe riportò lo sguardo su Moretsi.

« Vediamo », disse. « C'è stata la Kalahari Accident. Poi anche... Le dispiace rinfrescarmi la memoria? Ho scritto i nomi da qualche parte, ma... »

Moretsi guardò il legale in cerca di aiuto, ma nei suoi occhi vide solo la rabbia.

« La Star Insurance », confessò in tono piatto.

« Ah! » esclamò la signora Ramotswe. « Grazie mille. »

L'avvocato prese il referto medico e lo sventolò davanti al suo cliente.

« E lei credeva di abbindolarmi con questa... rozza falsificazione? Pensava davvero di ricavarci qualcosa? » Moretsi non replicò e anche la signora Ramotswe rimase in silenzio. Non era per nulla sorpresa, naturalmente. Certe persone erano proprio viscide, anche se potevano permettersi di aggiungere al proprio nome il titolo di dottore in legge. « Comunque », disse Jameson Mopotswane, « questa è la fine dei suoi trucchetti. Sarà accusato per frode e dovrà trovarsi qualcun altro che la difenda. Io di certo non lo farò, amico mio. »

Moretsi si voltò verso la signora Ramotswe, la quale lo guardò dritto negli occhi.

« Perché l'ha fatto? » gli chiese. « Mi dica solo perché ha tentato ancora di raggirare un datore di lavoro o un'assicurazione. »

Moretsi si tolse di tasca un fazzoletto e si soffiò il naso.

« Devo occuparmi dei miei genitori », disse. « E ho una sorella che ha quella malattia che adesso sta uccidendo tutti. Sa di cosa parlo. Lei ha dei figli e io devo pensare anche a loro. »

La signora Ramotswe continuava a guardarlo negli occhi. Si era sempre fidata della sua capacità di capire se una persona diceva o no la verità e sapeva che Moretsi non mentiva. Rifletté rapidamente. Non aveva senso spedire quell'uomo in prigione. Che cosa ne avrebbe ricavato? Solo acuito sofferenze altrui – dei genitori e della sventurata sorella. Sapeva bene di cosa stava parlando quell'uomo e comprendeva la sua situazione.

« Bene », disse infine. « Per quanto mi riguarda, non mi rivolgerò alla polizia. E nemmeno il mio cliente sporgerà denuncia. Ma in cambio, mi deve promettere che non ci saranno altre dita mozzate. Mi ha capito? »

Moretsi si affrettò a fare cenno di sì con la testa.

« Lei è una brava signora cristiana », disse. « Dio le spianerà la strada in paradiso. »

« Lo spero », replicò la signora Ramotswe. « Ma se occorre so diventare anche molto cattiva, E se lei cerca ancora di truffare un'assicurazione, dovrà vedersela con me e le garantisco che non le piacerà.»

«Ho capito», assicurò Moretsi. «Ho capito.»

«Vede», aggiunse la signora Ramotswe lanciando uno sguardo al legale, diventato riguardoso, «in questo Paese ci sono persone, soprattutto certi uomini, convinte che le donne siano deboli e facilmente malleabili. Io no, non sono così. Se può interessarvi, mentre venivo qui questo pomeriggio ho ucciso un cobra.»

«Oh!» esclamò Jameson Mopotswane. «E come ha fatto?»

«L'ho tagliato in due», spiegò la signora Ramotswe. «Proprio in due.»

17

Il terzo metacarpo

Tutta quella faccenda era stata un gradevole diversivo. Era gratificante risolvere un caso così rapidamente e con la totale soddisfazione del cliente, ma non poteva comunque dimenticare il fatto che nel cassetto era chiusa una bustina marrone il cui contenuto non si poteva ignorare.

La prese con discrezione, preferendo non farla vedere alla signorina Makutsi. Pensava di potersi fidare di lei, ma quella era una faccenda molto più confidenziale di qualsiasi altra affrontata fino quel momento. Era pericolosa.

Uscì dall'ufficio, dicendo alla signorina Makutsi che andava in banca. Erano arrivati alcuni assegni che doveva depositare. Ma non andò in banca, almeno non subito. Invece guidò fino al Princess Marina Hospital e seguì i cartelli con l'indicazione PATOLOGIA.

Venne fermata da un'infermiera.

«È qui per identificare un corpo, *Mma*?»

La signora Ramotswe scosse il capo. «Devo vedere il dottor Gulubane. Non mi aspetta, ma mi riceverà. Sono la sua vicina.»

L'infermiera le lanciò uno sguardo sospettoso, ma le disse di attendere mentre andava a chiamare il medico. Dopo qualche minuto tornò e la informò che il dottore l'avrebbe raggiunta a breve.

«Non si dovrebbero disturbare i nostri medici», fece con aria di disapprovazione. «Sono tutti sempre molto impegnati.»

La signora Ramotswe osservò l'infermiera. Quanti anni aveva? Diciannove, venti? Ai tempi di suo padre una diciannovenne non si sarebbe mai permessa di parlare in quel modo a una donna di trentacinque anni, trattandola come una bambina che avanzava una richiesta irritante. Ma ormai le cose erano cambiate. I giovani non mostravano nessun rispetto per chi era più grande, e più grosso, di loro. Doveva forse dirle che era una detective privata? No, non valeva la pena abbassarsi al livello di quella ragazzina. Meglio ignorarla.

Il dottor Gulubane arrivò di lì a poco. Indossava un camice verde – solo il cielo sapeva quale orrendo compito stesse svolgendo – e sembrava molto contento di essere stato disturbato.

« Venga nel mio ufficio », disse. « Lì possiamo parlare tranquillamente. »

La signora Ramotswe lo seguì nel corridoio fino a un minuscolo locale arredato con un tavolo spoglio, un telefono e un malconcio schedario grigio. Sembrava l'ufficio di un impiegato statale di basso livello, e solo i volumi di medicina disposti su un ripiano ne tradivano l'effettiva funzione.

« Come sa », cominciò lei, « da un po' di tempo a questa parte lavoro come detective privata. »

Il dottor Gulubane accolse la notizia con un ampio sorriso. *È decisamente di buon umore*, si disse la signora Ramotswe, *tenuto conto del lavoro che svolge.*

« Non riuscirà a farmi parlare dei miei pazienti », replicò lui. « Anche se sono tutti defunti. »

Lei stette al gioco e sorrise. « No, non sono qui per questo », precisò. « Vorrei solo che identificasse una cosa per me. Ce l'ho proprio qui. » Estrasse l'involucro e ne rovesciò il contenuto sul tavolo.

Il dottor Gulubane smise di sorridere e raccolse l'osso. Si sistemò gli occhiali sul naso.

« Terzo metacarpo », mormorò. « Bambino. Otto. Nove anni. Pressappoco questa età. »

La signora Ramotswe tratteneva il respiro.

« Dunque è umano? »

« Certo », confermò il dottor Gulubane. « Come dicevo, è di un bambino. L'osso di un adulto sarebbe più grosso. Lo si vede a occhio nudo. È di un bambino di otto o nove anni. Forse un po' più grande.» Il medico appoggiò l'osso sul tavolo e guardò la signora Ramotswe. «Dove l'ha trovato?»

La signora Ramotswe si strinse nelle spalle. «L'ho avuto da una persona. E nemmeno lei riuscirà a farmi parlare dei miei clienti.»

Il dottor Gulubane sembrava disgustato.

«Cose del genere non si possono dare in giro come fossero souvenir», dichiarò. «Certa gente non ha rispetto per niente.»

D'accordo con l'affermazione del dottore, la signora Ramotswe annuì. «Non potrebbe dirmi qualcosa di più? Magari quando... quand'è morto il bambino?»

Il dottor Gulubane aprì un cassetto e ne estrasse una lente d'ingrandimento, con la quale tornò a esaminare l'osso, rigirandolo nel palmo della mano.

«Non da molto», disse. «Qui sulla parte superiore vedo una piccola quantità di tessuto. Non sembra completamente essiccato. Forse da qualche mese, forse da meno. Non si può dire con certezza.»

La signora Ramotswe rabbrividì. Una cosa era maneggiare un osso, ma avere a che fare con del tessuto umano era ben diverso.

«Un'altra cosa», aggiunse il dottor Gulubane. «Come fa a dire che il bambino da cui proviene quest'osso è morto? Visto che è una detective, di sicuro avrà considerato che si tratta solo di un arto e che c'è gente viva cui mancano arti, dita o falangi! Le era venuto in mente, cara la mia signora Detective? Oh, no, scommetto invece di no!»

La signora Ramotswe comunicò l'informazione al signor JLB Matekoni durante la cena a casa sua. Lui aveva accettato senza esitazioni l'invito e lei aveva cucinato una bella pentola di stufato con contorno di riso e meloni. A metà della cena raccontò al suo ospite della visita fatta al dottor Gulubane. Il signor JLB Matekoni smise di mangiare.

«Un bambino?» ripeté con voce sgomenta.

«È quello che sostiene il dottor Gulubane. Non era certo dell'età, ma ha detto che doveva avere otto o nove anni.»

Il signor JLB Matekoni trasalì. Sarebbe stato molto meglio non trovare quel sacchettino. Certe cose succedevano – lo sapevano tutti – ma nessuno voleva averci a che fare. Portavano solo guai, soprattutto se c'era di mezzo Charlie Gotso.

«Che cosa facciamo?» domandò la signora Ramotswe.

Il signor JLB Matekoni chiuse gli occhi e deglutì a fatica.

«Possiamo rivolgerci alla polizia» disse. «Ma in tal caso Charlie Gotso verrà a sapere che sono stato io a trovare quei resti. E sarà la mia rovina, nella migliore delle ipotesi.»

La signora Ramotswe concordava con lui. La polizia aveva scarso interesse a perseguire il crimine, e alcuni crimini preferiva addirittura ignorarli. Il coinvolgimento di uno dei personaggi più in vista del Paese in rituali di stregoneria rientrava sicuramente nella seconda categoria.

«No, direi che dobbiamo lasciar perdere la polizia», dichiarò la signora Ramotswe.

«E allora, ci dimentichiamo tutto?» Il signor JLB Matekoni rivolse uno sguardo supplice alla padrona di casa.

«No, questo no. Non è più il caso di far finta che certe cose non succedano. No, non possiamo chiudere gli occhi davanti a questo obbrobrio.»

Il signor JLB Matekoni abbassò lo sguardo. Sembrava aver perso del tutto l'appetito e lo stufato si stava raffreddando sul piatto che aveva davanti.

«Innanzitutto», continuò lei, «dobbiamo fare in modo di rompere il parabrezza dell'auto di Charlie Gotso. Poi tu gli telefoni e gli spieghi che i ladri sono entrati nella sua macchina mentre era nella tua officina. Gli dici che all'apparenza non hanno rubato nulla e che sei disposto a pagare tu per la sostituzione del parabrezza. Dopo di che, aspetti.»

«Che cosa?»

«Di vedere se torna a dirti che manca qualcosa. Se lo fa, gli dici che ti impegni personalmente a recuperare quello che manca, qualunque cosa sia. Lo informi che hai un contatto, che conosci una detective privata bravissima a recuperare gli oggetti rubati. Cioè, io.»

Al signor JLB Matekoni cadde la mascella. Arrivare a Charlie Gotso non era così facile. Bisognava ungere molte ruote per incontrarlo.

«E poi?»

«Poi io gli consegno quello che sappiamo e me la sbrigo da sola. Faccio in modo che mi dica il nome dello stregone e poi... E poi penseremo al da farsi.»

La semplicità con cui lei aveva esposto il piano convinse il signor JLB Matekoni della sua efficacia. Ecco cosa c'era di meraviglioso nella fiducia: che era contagiosa.

Il signor JLB Matekoni ritrovò l'appetito. Finì di mangiare il suo stufato, ne prese una seconda porzione e poi bevve una grossa tazza di tè prima che la signora Ramotswe lo accompagnasse all'auto per salutarlo.

Lei si fermò sul vialetto a guardare le luci posteriori scomparire. Nell'oscurità riusciva a scorgere le finestre illuminate della casa del dottor Gulubane. Le tende del soggiorno erano scostate e il medico era affacciato alla finestra aperta, a fissare il buio. Lui non poteva vederla perché era nella luce mentre lei era nascosta nell'oscurità, ma era come se la stesse fissando.

18

Un mucchio di bugie

Uno dei giovani meccanici gli diede un colpetto sulla spalla, lasciandovi un'impronta di grasso. Lo faceva per abitudine e questo seccava moltissimo il signor JLB Matekoni. Glielo aveva detto più volte: « Se vuoi attirare la mia attenzione puoi sempre chiamarmi. Un nome ce l'ho. Sono il signor JLB Matekoni, e se mi chiami ti rispondo. Devi piantarla di mettermi addosso quei tuoi ditacci luridi ».

L'apprendista si era scusato, ma il giorno dopo gli aveva battuto di nuovo sulla spalla con un dito e il signor JLB Matekoni si era reso conto di combattere una battaglia già persa in partenza.

« C'è un uomo che vuole vederla, *Rra* », annunciò il meccanico. « L'aspetta in ufficio. »

Il signor JLB Matekoni ripose la chiave fissa che stava usando e si pulì le mani in uno straccio di cotone. Era impegnato in un'operazione particolarmente delicata: la messa a punto del motore della signora Grace Mapondwe, ben nota per la sua guida sportiva. Per il signor JLB Matekoni era una questione di orgoglio far sapere in giro che il rombo del motore della signora Mapondwe fosse frutto del suo intervento: in un certo senso, era pubblicità gratuita. Purtroppo, col suo stile di guida lei aveva logorato la vettura e diventava sempre più difficile ridare vitalità agli ingranaggi sempre più pigri.

Il visitatore era seduto nell'ufficio, proprio sulla sedia del signor JLB Matekoni. Quando lui entrò nel locale, l'uomo stava sfogliando un catalogo di copertoni. Lo gettò sul tavolo con noncuranza e si alzò.

Il signor JLB Matekoni lo squadrò rapidamente: era vestito

in cachi, come un soldato, e sfoggiava una costosa cintura in pelle di serpente. Indossava anche uno stravagante orologio da polso con quadranti multipli e una grossa lancetta dei secondi. Era un orologio scelto da chi riteneva che anche i secondi fossero importanti, rifletté il signor JLB Matekoni.

«Mi manda il signor Gotso», disse l'uomo. «Gli ha telefonato stamattina.»

Il signor JLB Matekoni annuì. Era stato facile rompere il parabrezza e spargere le schegge di vetro all'interno dell'auto. Era stato facile anche chiamare a casa del signor Gotso per informare che dei ladri erano penetrati nella sua macchina, ma ora arrivava la parte più difficile: mentire a qualcuno guardandolo in faccia. *La colpa è della signora Ramotswe*, si disse. *Io sono un semplice meccanico. Non ho chiesto io di partecipare a questi ridicoli giochi polizieschi. Sono troppo debole.*

E debole lo era sempre, quando c'era di mezzo la signora Ramotswe. Lei poteva chiedergli di fare qualsiasi cosa, e lui accettava di farla. Il signor JLB Matekoni aveva persino una fantasia, inconfessata e colpevolmente goduta, nella quale aiutava la signora Ramotswe. Si trovavano insieme nel Kalahari e la signora Ramotswe era minacciata da un leone. Lui si metteva a urlare, attirando su di sé l'attenzione della belva che si voltava verso di lui ringhiando. Questo forniva a lei l'occasione di fuggire mentre lui uccideva il leone con un fucile da caccia. Una fantasia del tutto innocua, in apparenza, tranne per il fatto che la signora Ramotswe in quel frangente era completamente nuda.

Gli sarebbe piaciuto salvarla, nuda o vestita che fosse, da un leone, ma questo era diverso. Aveva addirittura dovuto denunciare il falso alla polizia, e questo l'aveva spaventato alquanto, anche se gli agenti non si erano nemmeno presi il disturbo di andare in officina a indagare. Ormai era un criminale, così si riteneva, e tutto a causa della sua debolezza. Avrebbe dovuto rifiutarsi. Avrebbe dovuto dire alla signora Ramotswe che non era il caso di farne una crociata.

«Il signor Gotso è molto arrabbiato», spiegò il visitatore.

«Ha tenuto l'auto ferma qui per dieci giorni e adesso ci telefona per dire che ci sono entrati dei ladri. Non c'è una guardia? Non c'è un sistema d'allarme? Questo si è chiesto il signor Gotso.»

Il signor JLB Matekoni sentì i sudori freddi sulla schiena. Peggio di così non poteva stare.

«Mi dispiace moltissimo, *Rra*. Il carrozziere ci ha messo un mucchio di tempo e poi ho dovuto ordinare un pezzo nuovo. Queste automobili costose sono così, non le puoi riparare in qualche...»

Lo scagnozzo del signor Gotso controllò l'ora.

«Va bene, va bene. Basta, ho capito. Adesso mi mostri l'auto.»

Il signor JLB Matekoni lo precedette fuori dall'ufficio. A quel punto l'uomo sembrava meno minaccioso. Che fosse così facile far sbollire la collera?

Si fermarono davanti all'automobile. Lui aveva già sostituito il parabrezza e appoggiato quello rotto al muro lì accanto. Aveva inoltre preso la precauzione di lasciare alcune schegge di vetro sul sedile del guidatore.

Lo scagnozzo aprì la portiera e guardò all'interno.

«Ho sostituito gratuitamente il parabrezza», spiegò il signor JLB Matekoni. «E applicherò un grosso sconto sul prezzo finale.»

L'altro uomo non disse nulla. Era chino nell'abitacolo e aveva aperto il vano portaoggetti. Il signor JLB Matekoni lo guardava senza batter ciglio.

L'uomo si ritrasse e si sfregò le mani sui pantaloni. Si era tagliato strusciando contro una delle schegge di vetro.

«Dal cassetto portaoggetti manca qualcosa. Le risulta?»

Il signor JLB Matekoni scosse la testa. Per tre volte.

L'uomo si portò alla bocca il dito insanguinato e succhiò via il sangue.

«Il signor Gotso si era dimenticato di averci lasciato una cosa. Se n'è ricordato solo quando ha saputo dei ladri. Non sarà contento di sapere che quella cosa è sparita.»

Il signor JLB Matekoni gli porse uno straccio.

«Mi dispiace che si sia ferito. Quando rompono un parabrezza le schegge finiscono ovunque. Da qualsiasi parte.»

L'uomo sbuffò. «È un taglietto da niente. Il problema è che qualcuno ha rubato qualcosa che appartiene al signor Gotso.»

Il signor JLB Matekoni si grattò la testa.

«La polizia non è servita a niente. Non hanno mandato nemmeno un agente. Però conosco una persona che potrebbe tornarvi utile.»

«Ah sì? E chi sarebbe?»

«Una detective. Una donna che fa l'investigatrice. Ha l'ufficio poco più avanti, dalle parti di Kgale Hill. Forse l'ha notato.»

«Può darsi. Non so.»

Il signor JLB Matekoni sorrise. «È una donna fantastica! Sa sempre tutto quello che succede in giro. Se glielo chiedo, sicuramente riuscirà a scoprire chi è il ladro. Potrebbe persino recuperare la refurtiva. Ma a proposito, cos'è che manca?»

«Un oggetto. Una piccola cosa appartenente al signor Charlie Gotso.»

«Capisco.»

L'uomo gettò a terra lo straccio con cui aveva fermato il sangue.

«Può chiamare questa donna?» domandò di malavoglia. «Le chieda di ritrovare quella cosa per il signor Gotso.»

«Lo farò», rispose il signor JLB Matekoni. «Le parlerò questa sera e sono sicuro che vi tornerà utile. Nel frattempo, visto che l'auto è pronta, dica al signor Gotso che può venire a ritirarla quando vuole. Ci penso io a togliere le ultime schegge di vetro.»

«Le conviene», disse il visitatore. «Al signor Gotso non piacerebbe tagliarsi una mano.»

Al signor Gotso non piacerebbe tagliarsi una mano? Tu, strafottente bamboccio, pensò il signor JLB Matekoni. *Sei solo un ragazzino pieno di rabbia! Mi ricordo di te – o di qualcuno come te – nel cortile della scuola di Mochudi – a intimidire gli altri ragazzi, a spaccare tutto quanto, a fingere di essere un duro.*

Anche quando il maestro ti frustava, fingevi di essere troppo coraggioso per piangere.

E il signor Charlie Gotso, con la sua auto costosa e i suoi modi sinistri, alla fine non era che un ragazzino. Soltanto un ragazzino.

Era deciso a non fargliela passare liscia. La signora Ramotswe sembrava dare per scontato che lui facesse tutto ciò che gli domandava di fare e di rado gli chiedeva la sua opinione. Chiaramente lui si era dimostrato troppo debole nel dirle sempre di sì. In realtà il problema era proprio quello: lei pensava di poterla avere sempre vinta perché lui non la contrastava mai. Ebbene, quella volta si sarebbe fatto sentire. Avrebbe posto fine a tutte quelle sciocchezze investigative.

Lasciò l'officina, ancora agitato, ripetendo tra sé quello che le avrebbe detto una volta arrivato al suo ufficio.

Signora Ramotswe, mi hai costretto a mentire. Mi hai trascinato in un ridicolo e pericoloso affare che non ha niente a che vedere con la mia attività. Io sono un meccanico. Io aggiusto le automobili, non posso aggiustare le vite degli altri.

L'ultima frase lo colpì per la sua forza. Sì, era quella la differenza tra loro due. Lei si piccava di aggiustare le vite altrui – una fissazione comune a molte donne – mentre lui aggiustava motori. Le avrebbe detto proprio questo, e lei avrebbe dovuto accettare la sua verità. Non aveva nessuna intenzione di rovinare la loro amicizia, ma non poteva continuare con quei capricci e quei sotterfugi. Non le aveva mai mentito – proprio mai – neanche quando aveva avuto la tentazione di farlo e così si trovava invischiato in un pasticcio che coinvolgeva sia la polizia che uno degli uomini più potenti del Botswana!

Si incontrarono sulla soglia della Ladies' Detective Agency n. 1. Lei stava gettando i fondi del tè nel cortile quando lui arrivò al volante del furgone della sua officina.

«Allora?» gli domandò senza preamboli. «È andato tutto come previsto?»

«Signora Ramotswe, in realtà penso che...»

« È venuto lui in persona o ha mandato uno dei suoi uomini? »

« Ho visto uno dei suoi. Ma ascolta, tu aggiusti le vite mentre io sono solo... »

« Gli hai detto che potevo fargli riavere quello che mancava? Ti è sembrato interessato? »

« Io aggiusto macchine. Non posso... Capisci, non ho mai detto bugie prima. Non ho mai mentito a nessuno, nemmeno da piccolo. Non ci riesco a mentire. Mi cadrebbe la lingua se ci provassi. »

La signora Ramotswe versò il tè rimasto nella teiera.

« Questa volta l'hai fatto a fin di bene. Mentire non conta se lo fai per una buona causa. E non è una buona causa scoprire chi ha ucciso un ragazzino innocente? Signor JLB Matekoni, pensi forse che le bugie siano peggio di un omicidio? Lo credi veramente? »

« No, l'omicidio è peggio, ma... »

« Appunto. Non ci avevi riflettuto, ma ora l'hai capito. »

Lei lo guardò e sorrise, mentre lui pensava: *sono fortunato. Mi sta sorridendo. A questo mondo non c'è nessuno che mi ami. Invece qui c'è una donna cui piaccio e che mi sorride. E che ha ragione sull'omicidio. È sicuramente peggio di qualche bugia.*

« Vieni dentro », disse la signora Ramotswe. « La signorina Makutsi ha messo a bollire l'acqua per il tè, così mentre lo beviamo possiamo decidere quale sarà la nostra prossima mossa. »

19

Il signor Charlie Gotso, diplomato in lettere

Il signor Charlie Gotso squadrò la signora Ramotswe. Rispettava le donne in carne, e in effetti cinque anni prima ne aveva sposata una: si era rivelata una donna insignificante e fastidiosa e alla fine lui l'aveva relegata a vivere in una fattoria nei pressi di Lobatse, senza telefono e con una strada che diventava impraticabile alle prime piogge. Lei se n'era lamentata con altre donne, in modo insistente e petulante, ma che cosa si aspettava? Pensava seriamente che lui, il signor Charlie Gotso, si accontentasse di una sola donna, come un comune dipendente governativo? Con tutto il denaro e l'influenza di cui disponeva? Era perfino diplomato in lettere, lui! Ecco qual era il problema di sposare una donna ignorante che non sapeva nulla degli ambienti in cui si muoveva il marito. Lui era stato a Nairobi e a Lusaka. Sapeva come la pensavano le persone che vivevano laggiù. Una donna intelligente, una donna diplomata, se la sarebbe cavata meglio; ma in fondo, rammentava a se stesso, quella donna grassa finita a Lobatse gli aveva già dato cinque figli, questo doveva ammetterlo. Se solo avesse smesso di lamentarsi per le sue frequentazioni femminili.

«È la donna che mi ha mandato Matekoni?»

La voce era sgradevole, ruvida come carta vetrata, e non pronunciava la parte finale delle parole, come se non gli interessasse farsi capire. Disprezzo per gli altri, ecco cos'era. Potente come sei, che bisogno hai di comunicare adeguatamente con chi ti è inferiore? L'importante è che gli altri capiscano i tuoi ordini. Solo quello contava.

«Il signor JLB Matekoni mi ha chiesto di aiutarla, *Rra*. Sono una detective privata.»

Il signor Gotso le rivolse uno sguardo beffardo, arcuando le labbra in un mezzo sorrisetto. « Sì, ho visto il suo ufficio. Passando ho notato l'insegna. Un'agenzia investigativa per donne, o qualcosa del genere. »

« Non soltanto per donne, *Rra* », precisò la signora Ramotswe. « Siamo detective donne, ma lavoriamo anche per gli uomini. Il signor Patel, per esempio, si è già avvalso dei nostri servigi. »

Il sorrisetto si allargò. « Crede di avere qualcosa da dire agli uomini? »

La signora Ramotswe non si scompose. « A volte. Dipende. Ogni tanto gli uomini sono troppo orgogliosi per ascoltarci. A uomini del genere non possiamo dire proprio niente. »

Lui strizzò gli occhi. Era un commento ambiguo. Forse quella donna voleva lasciare intendere che era orgoglioso, o forse si riferiva semplicemente ad altri uomini. Perché dovevano essercene altri...

« A ogni modo », disse il signor Gotso, « lei sa che dalla mia auto manca qualcosa. Matekoni sostiene che lei potrebbe sapere chi l'ha presa e che potrebbe farmela riavere. Ho capito bene? »

La signora Ramotswe piegò la testa di lato, come per assentire. « In effetti ho già scoperto chi è penetrato nella sua automobile. Erano solo due ragazzi. Un paio di sbandati. »

Il signor Gotso inarcò un sopracciglio. « Come si chiamano? Mi dica i loro nomi. »

« Questo non lo posso fare », replicò la signora Ramotswe.

« Una bella lezione non gliela toglie nessuno. Mi dica chi sono. »

La signora Ramotswe sollevò lo sguardo incrociando quello del signor Gotso. Per un istante non disse nulla. Poi si decise a parlare: « Hanno la mia parola che non avrei dato a nessuno i loro nomi, a patto che mi restituissero ciò che avevano rubato. Il patto era questo ». Mentre parlava, si guardò intorno nell'ufficio del signor Gotso. L'edificio si trovava proprio dietro il centro commerciale, in un'anonima strada laterale, indicato da una grande insegna azzurra su cui era scritto GOTSO HOLDING ENTERPRISE. Il locale era arredato in maniera molto semplice e se non fosse stato per le fotografie, non si sarebbe capito che era l'ufficio di un uomo potente. Ma le fotografie erano eloquenti: il signor Gotso con Moeshoeshoe, Re del Basotho; il signor Gotso con Hastings Banda, il signor Gotso con Sobhuza II. L'influenza di quell'uomo andava ben oltre i confini nazionali.

«Lei ha fatto una promessa per conto mio?»

«Esattamente. Era l'unico modo per riavere quello che le interessa.»

Il signor Gotso parve rifletterci per un istante. La signora Ramotswe ne approfittò per osservare meglio una delle foto: il signor Gotso che consegnava un assegno per una buona causa in mezzo a una marea di gente sorridente. *Una cospicua donazione in beneficenza*, recitava il titolo del ritaglio di giornale.

«Molto bene», disse lui. «Suppongo che non potesse fare altrimenti. Dunque, dove sarebbe questo oggetto che mi è stato rubato?»

La signora Ramotswe frugò nella borsetta e ne estrasse il sacchettino di pelle.

«Ecco quello che mi hanno dato.»

Lo appoggiò sul tavolo e lui subito si allungò ad afferrarlo.

«Naturalmente non è mio. È qualcosa che appartiene a uno dei miei dipendenti. Lo cercavo appunto per lui, ma non ho idea di cosa sia.»

«*Muti*, *Rra*. La medicina di uno stregone.»

Il signor Gotso non batté ciglio.

«Oh, dice? Un amuleto per superstiziosi?»

La signora Ramotswe scosse il capo.

«No, non credo proprio. Penso sia un talismano molto potente. E immagino anche molto costoso.»

«Potente?» Ripeté lui rimanendo impassibile. Solo le labbra si mossero per pronunciare quella parola.

«Sì. Potente e positivo. Piacerebbe anche a me possedere qualcosa di analogo, ma non saprei dove cercare.»

«Non è detto che non possa aiutarla io, *Mma.*»

Lei esitò un istante prima di replicare. «Accetterei volentieri il suo aiuto. Sono sicura che troverei il modo di contraccambiare.»

Lui estrasse una sigaretta da una scatola appoggiata sul tavolo e l'accese. Anche in quel caso, la testa rimase immobile.

«E in che modo potrebbe aiutarmi, signora? Crede che sia un uomo solo?»

«No, non è solo. Ho sentito che al contrario ha moltissime amiche. Non gliene serve un'altra.»

«Questo spetta a me giudicarlo.»

«No, secondo me a lei interessano più che altro le informazioni. Le servono per conservare il potere. Ma per questo ha bisogno anche della *muti*, non è vero?»

Lui si tolse la sigaretta dalle labbra e la appoggiò sul grosso portacenere di vetro che aveva davanti.

«Dovrebbe stare attenta a dire certe cose», fece. Questa volta scandì le parole alla perfezione. Volendo, sapeva parlare in modo chiaro. «Chi accusa un altro di stregoneria rischia di pentirsene. Di pentirsene amaramente.»

«Ma io non la sto accusando di nulla. Non ho mai detto niente del genere. No, intendevo dire che lei è un uomo che ha bisogno di sapere cosa succede in città. Se ha le orecchie tappate è facile che non venga a sapere certe cose.»

Lui raccolse la sigaretta e aspirò una boccata di fumo.

«Cose che lei potrebbe riferirmi?»

La signora Ramotswe annuì. «Nel mio lavoro vengo a conoscenza di certi particolari molto interessanti. Per esempio, potrei parlarle dell'uomo che cerca di costruire un nuovo negozio accanto al suo nel centro commerciale. Lo conosce? Non le andrebbe di sapere cosa faceva prima di venire a Gaborone? Non credo che gli farebbe piacere se altri lo sapessero.»

Il signor Gotso aprì la bocca e si tolse dai denti un pezzetto di tabacco.

«Lei è una donna molto interessante, signora Ramotswe. E credo di comprenderla molto bene. Io le dico il nome dello stregone e lei mi fornisce quelle utili informazioni di cui parlava. Siamo d'accordo? »

La signora Ramotswe fece schioccare la lingua. « Altro che. In questo modo riuscirò a sapere qualcosa da quest'uomo che mi aiuterà ad avere delle informazioni ancor più approfondite. Naturalmente, se dovessi venire a scoprire qualcos'altro, sarò felice di comunicarglielo. »

« Lei è proprio una brava donna », commentò il signor Gotso prendendo un foglietto di carta. « Le disegno una cartina. Quest'uomo vive nella boscaglia, non lontano da Molepole. Non è un posto facile da trovare, ma le spiegherò come arrivarci. Per inciso, la avverto che non è a buon mercato. Ma se gli dice che è un'amica di Charlie Gotso, le farà uno sconto del venti per cento. Sempre meglio di niente, no? »

20
Questioni di medicina

A quel punto aveva le informazioni che le servivano. Possedeva la mappa per arrivare a un assassino, e l'avrebbe stanato. Ma c'era sempre l'agenzia investigativa da dirigere, e i casi di cui occuparsi, tra i quali quello che riguardava un dottore particolarmente fuori dal comune e un ospedale.

La signora Ramotswe non amava frequentare gli ospedali: non le piaceva l'odore che vi regnava, rabbrividiva alla vista dei pazienti seduti al sole sulle panchine, zittiti dalla loro stessa sofferenza; si deprimeva alla vista dei pigiami rosa forniti ai tubercolotici. Per lei gli ospedali erano un *memento mori* di malta e mattoni; un orribile promemoria della fine cui tutti vanno incontro e che preferiva ignorare mentre era impegnata a vivere.

I medici erano tutt'altra faccenda e avevano sempre impressionato enormemente la signora Ramotswe. In particolare, ammirava la loro riservatezza e trovava conforto nel sapere che confidando qualcosa a un medico, lui, al pari di un prete, si sarebbe portato il segreto nella tomba. Non si poteva dire lo stesso degli avvocati, soggetti vanagloriosi, sempre pronti a raccontare qualche storia a spese del cliente e, a pensarci bene, alcuni commercialisti erano altrettanto indiscreti nel parlare di chi guadagnava e quanto. Dai medici, invece, a prescindere da quanto ci si potesse sforzare, non si riusciva a cavare una sillaba.

E così dev'essere, pensava la signora Ramotswe. *Non gradirei per nulla che altri venissero a conoscenza dei miei...* Ma in fondo, per che cosa doveva sentirsi imbarazzata? Ci rifletté a lungo. Difficile considerare il peso una questione confidenziale e a ogni modo era orgogliosa di essere una signora africana di corporatura tradizionale, a differenza di quelle terribili creature magre come chiodi che vedeva nelle pubblicità. Poi c'erano i calli – be' quelli erano sotto gli occhi di tutti quando calzava i sandali. In realtà, non c'era nulla che sentisse di dover nascondere.

Certo, la stitichezza era una faccenda completamente diversa. Sarebbe stato un incubo se tutto il mondo avesse saputo di quei problemi. Si sentiva davvero dispiaciuta per le persone che soffrivano di stitichezza, e sapeva per certo che non erano poche. Con ogni probabilità il loro numero era sufficiente a formare un partito politico – con la possibilità di partecipare al governo, forse – ma che cosa avrebbe fatto un partito del genere una volta salito al potere? Nulla, immaginava. La proposta di legge sarebbe stata sottoposta agli organi legislativi ma non sarebbe stata approvata.

Smise di sognare a occhi aperti e tornò a pensare al caso di cui si stava occupando. Il suo vecchio amico, il dottor Mateksi, le aveva telefonato dall'ospedale per domandarle se quella sera poteva passare da lei in ufficio mentre rientrava dal lavoro. Aveva accettato senza esitare: lei e il dottor Maketsi erano entrambi originari di Mochudi e sebbene lui fosse più vecchio di dieci anni, gli si sentiva molto vicina. Perciò cancellò l'appuntamento con la parrucchiera e rimase alla sua scrivania a sistemare noiosi documenti finché non sentì la voce familiare del dottor Maketsi gridare «*Ko, ko!*» prima di entrare nell'ufficio.

Per un po' si scambiarono pettegolezzi sui famigliari, sorseggiando tè rosso e riflettendo su quanto fosse cambiata Mochudi dai loro tempi. Lei chiese notizie della zia del dottor Maketsi, un'insegnante in pensione cui metà villaggio si rivolgeva ancora per chiedere consigli. Lei era ancora in gamba, la rassicurò lui, e molti premevano perché si candidasse per il Parlamento, cosa che probabilmente avrebbe fatto.

«Abbiamo bisogno di un numero maggiore di donne nella vita pubblica», disse il dottor Maketsi. «Loro sì che sono molto pratiche, a differenza di noi uomini.»

La signora Ramotswe si disse subito d'accordo. «Se al potere ci fossero più donne, di sicuro non scoppierebbero più guerre», dichiarò. «Le donne non vogliono essere infastidite da tutto quel combattere. Noi vediamo la guerra per quello che è in realtà: soltanto vite spezzate e madri in lacrime.»

Il dottor Maketsi rifletté sulla questione. Pensava alla signora Ghandi e alla guerra tra India e Pakistan; alla signora Golda Meir e alle guerre arabo-israeliane; e poi anche a...

«Il più delle volte», concesse. «Le donne sono per lo più animi gentili, ma quando serve sanno anche essere dure.»

A quel punto il dottor Maketsi non vedeva l'ora di cambiare discorso, perché temeva che la signora Ramotswe si spingesse a chiedergli se sapeva cucinare, e non voleva ripetere la conversazione che aveva avuto con una ragazza appena tornata dopo avere trascorso un anno negli Stati Uniti. Con aria di sfida, come se la differenza d'età tra di loro non contasse nulla, lei gli aveva detto: «Se mangi, dovresti cucinare. Più semplice di così». Quelle erano idee che arrivavano dall'America e potevano anche andare bene, in teoria, ma avevano forse reso più felici gli americani? Sicuramente si dovevano porre limiti a tutto quel progresso, a tutti quei destabilizzanti cambiamenti. Di recente aveva sentito di uomini obbligati dalle mogli a cambiare i pannolini ai figli. Rabbrividiva solo a pensarci. L'Africa non era pronta per quello, si disse. Alcuni aspetti della vita tradizionale africana erano molto convenienti e comodi, soprattutto se eri un uomo come il dottor Maketsi.

«Ma queste sono questioni più grandi di noi», commentò gioviale. «Parlare delle zucche non serve a farle crescere.» Sua suocera lo ripeteva spesso e sebbene lui dissentisse con quasi tutto quello che lei diceva, si ritrovava a ripetere fin troppo spesso le sue massime preferite.

La signora Ramotswe scoppiò a ridere. «Perché sei venuto a farmi visita?» domandò. «Vuoi forse che ti trovi una nuova moglie?»

Il dottor Maketsi fece schioccare la lingua fingendo di disapprovarla. «Sono qui perché ho un problema», disse. «Un problema reale, che non c'entra niente con sciocchezze come quella di ammogliarsi. »

La signora Ramotswe ascoltò con attenzione l'amico sottolineare quanto fosse delicato il problema che l'angustiava e gli assicurò che, come lui, teneva in gran conto la riservatezza.

« Nemmeno la mia segretaria verrà a conoscenza di quello che mi confidi », gli disse.

« Bene », replicò il dottor Maketsi, « perché se mi sbagliassi, e se qualcuno venisse a saperlo, mi troverei in una situazione veramente imbarazzante, e con me l'intero ospedale. Non voglio che il ministro venga a cercarmi. »

« Ti capisco », disse la signora Ramotswe, ormai incuriosita e ansiosa di sapere quale succoso problema angustiasse l'amico. Di recente si era dovuta occupare di svariati casi piuttosto banali, tra i quali uno molto svilente in cui aveva dovuto rintracciare il cane di un uomo facoltoso. Un cane! L'unica detective in gonnella del Paese non si sarebbe mai abbassata a tanto, se non fosse che i soldi della ricompensa le servivano. Il motore del furgoncino bianco aveva cominciato a fare un rumore alquanto minaccioso e il signor JLB Matekoni, convocato per valutare il problema, l'aveva informata con delicatezza che c'era bisogno di una costosa riparazione. E quel cane terribile e puzzolente si era rivelato una vera peste: quando l'aveva ritrovato tra le grinfie di una banda di monelli che lo portavano in giro legato a un guinzaglio di corda, quella bestiaccia aveva ricompensato la sua liberatrice con un morso alla caviglia.

« Sono preoccupato per uno dei nostri medici più giovani », spiegò il dottor Maketsi. « Si chiama dottor Komoti, ed è nigeriano. »

« Capisco. »

« So che alcuni diffidano dei nigeriani », continuò il dottor Maketsi.

« Sì, credo che alcune persone la pensino così », ammise la signora Ramotswe distogliendo subito lo sguardo, con fare quasi colpevole.

Il dottor Maketsi bevve l'ultimo sorso di tè e poi depose la tazza sul tavolo.

«Lascia che ti parli del dottor Komoti», disse. «A cominciare da quando si è presentato da me per il colloquio, anche se devo ammettere che è stata più che altro una formalità. All'epoca eravamo disperatamente a corto di personale e avevamo bisogno di chiunque fosse in grado di darci una mano per le emergenze. Non potevamo andare troppo per il sottile, chiaro? Comunque, il c.v. sembrava accettabile ed era corredato da varie lettere di presentazione. Aveva lavorato alcuni anni a Nairobi e l'ospedale cui avevo telefonato mi aveva confermato che era tutto in regola, perciò l'ho assunto. Ha iniziato a lavorare qui circa sei mesi fa. Era molto impegnato con le emergenze. Sai bene come funziona: incidenti automobilistici, risse, le solite cose del venerdì sera. Certo, gran parte del lavoro consiste nel pulire le ferite, fermare le emorragie, qualche rianimazione e cose così. Tutto sembrava procedere per il meglio, ma dopo tre settimane circa dall'arrivo del dottor Komoti il direttore sanitario mi ha convocato per dirmi che trova il nuovo assunto piuttosto inadeguato, a volte in modo particolarmente grave. Per esempio, ha eseguito in malo modo varie fasciature e applicato punti a ferite che in seguito è stato necessario suturare di nuovo. Ma altre volte lavora molto bene. Ad esempio, un paio di settimane fa si è occupato di una donna con uno pneumotorace iperteso, una condizione molto grave in cui l'aria penetra nello spazio circostante i polmoni e li fa afflosciare, come un palloncino che scoppia. In questo caso, bisogna scaricare l'aria il più in fretta possibile all'esterno per permettere al polmone di tornare a espandersi. Un intervento molto difficile per un medico inesperto, perché devi sapere alla perfezione dove inserire il drenaggio. Se sbagli, rischi di sforacchiare il cuore o danneggiare altri organi. Ma se non intervieni subito, il paziente rischia di morire. Anni fa è capitato anche a me di perderne uno e ne provo ancora il rimorso. Il dottor Komoti se l'è cavata egregiamente e senza dubbio ha salvato la vita di quella donna. Lo specialista è arrivato verso la fine della procedura e gli ha permesso di portarla a termine. È rimasto colpito dalla sua bravura, tanto da venire a dirmelo. Tuttavia quello è lo stesso medico che il giorno prima non aveva riconosciuto un lampante caso di milza ingrossata. »

« Incostante sul lavoro? »

« Possiamo definirlo così », approvò il dottor Maketsi. « Un giorno si dimostra all'altezza del suo compito, quello dopo rischia di uccidere qualche malcapitato paziente. »

La signora Ramotswe ci rifletté un istante, ricordando una notizia riportata dal giornale *The Star*. « L'altro giorno ho letto di un finto chirurgo di Johannesburg », disse. « Ha operato per quasi dieci anni senza che nessuno sapesse che non era qualificato per farlo. Poi, solo per caso, è venuta fuori la verità ed è stato smascherato. »

« È pazzesco », commentò il dottor Maketsi. « Ogni tanto si sente parlare di casi simili, di medici che si spacciano per tali e continuano a lavorare per lunghi periodi, a volte addirittura per anni. »

« Hai verificato le sue qualifiche? » s'informò la signora Ramotswe. « Oggigiorno è facile falsificare i documenti, con fotocopiatrici e stampanti laser lo può fare chiunque. Magari non è nemmeno un dottore. Potrebbe essere un portantino o qualcosa del genere. »

Il dottor Maketsi scosse la testa. « Abbiamo controllato tutto », spiegò. « Abbiamo chiamato la facoltà di medicina che ha frequentato in Nigeria – e non è stato facile, te l'assicuro – e persino il General Medical Council, in Inghilterra, dove ha prestato servizio per due anni. Ci siamo addirittura fatti mandare una fotografia da Nairobi, ed è proprio lui. Sono praticamente certo che sia chi dice di essere. »

« Perché non lo metti alla prova? » propose la signora Ramotswe. « Non potresti capire quali sono le sue effettive conoscenze di medicina facendogli qualche domanda complicata? »

Il dottor Maketsi sorrise. « Ho già tentato. Ho colto l'occasione di sottoporgli un paio di casi davvero difficili. La prima volta se l'è cavata egregiamente e mi ha fornito la risposta giusta. Era chiaro che sapeva di cosa parlava. La seconda volta mi è sembrato evasivo. Ha detto che doveva pensarci. Mi ha fatto innervosire e allora ho citato un particolare del caso di cui avevamo discusso in precedenza. Direi che l'ho preso alla sprovvista perché si è limitato a mormorare qualcosa d'irrilevante, come se avesse del tutto dimenticato quello che mi aveva detto solo tre giorni prima.»

La signora Ramotswe alzò gli occhi al cielo. Sapeva quanto fosse brutto perdere la memoria. Il suo povero papà alla fine ricordava poco o niente e a volte neppure la riconosceva. Ma l'essere smemorati era comprensibile negli anziani, non in un giovane dottore. A meno che, naturalmente, non fosse malato, nel qual caso era probabile che avesse problemi di memoria.

«Dal punto di vista mentale non c'è niente che non va in lui», spiegò il dottor Maketsi come anticipando la sua domanda. «Per quanto ne so, è così. Il suo non è un caso di demenza pre-senile né di un qualsiasi squilibrio mentale. Temo invece che sia un problema di droga. Sospetto che faccia uso di stupefacenti e che sia questo il motivo per cui la metà delle volte che cura qualcuno non ci sta con la testa.»

Il dottor Maketsi non aggiunse altro. Aveva sganciato la bomba e se ne stava lì seduto immobile, come se fosse stato zittito dalle implicazioni di quello che aveva detto. La situazione era grave: tutto ciò avrebbe significato che l'ospedale aveva permesso a un medico non qualificato di operare. Se si fosse sparsa la voce che un medico curava i ricoverati in clinica mentre era sotto l'effetto di droghe, il ministro avrebbe potuto a ragione dubitare della supervisione svolta dai colleghi più anziani.

Immaginava già il colloquio: «Allora, dottor Maketsi, come mai non ha capito dal suo comportamento che quest'uomo agiva sotto l'influsso di sostanze stupefacenti? Di sicuro voi medici dovreste accorgervi di certe cose. Se anche io, passeggiando per strada, riesco ad accorgermi che qualcuno sta fumando marijuana, figuriamoci se non lo capisce uno come lei.

O sono tanto ingenuo da immaginare che voi medici siate più percettivi di quanto lo siete in realtà? »

« Mi rendo conto che sei preoccupato », disse la signora Ramotswe. « Ma non sono sicura di poterti aiutare. Non saprei come muovermi in un caso di droga. È più una faccenda da poliziotti. »

Il dottor Maketsi scosse la testa. « Non mi parlare di poliziotti », disse. « Quelli non sanno proprio tenere la bocca chiusa. Se mi rivolgessi a loro, tratterebbero la faccenda come un'inchiesta su un giro di droga. Piomberebbero su di lui, gli perquisirebbero la casa e la notizia in qualche modo trapelerebbe. In men che non si dica l'intera città saprebbe che è un drogato. » Fece una pausa, preoccupato che la signora Ramotswe comprendesse la sottigliezza del suo dilemma. « E se non fosse così? Se mi sbagliassi? In questo caso gli avrei rovinato la reputazione per sempre. Anche se ogni tanto non è all'altezza, non è una ragione sufficiente per distruggerlo. »

« Ma se riuscissimo a dimostrare che fa uso di droga? » disse la signora Ramotswe. « Non sono affatto sicura che potremmo farlo, ma poi cosa faresti? Lo licenzieresti? »

Il dottor Maketsi scosse ancora vigorosamente il capo. « Non pensiamo alla droga in questi termini. Non è una questione di comportamento buono o cattivo. Affronterei il problema da un punto di vista medico e cercherei di aiutarlo. Di risolvere il problema all'origine. »

« Ma con certa gente non si può 'risolvere' un bel niente », obiettò la signora Ramotswe. « Un conto è fumare marijuana, un altro imbottirsi di pillole e di chissà che altro. Mostrami un drogato che si sia ravveduto. Solo uno. Anche se esiste, io non ne ho mai visto nessuno. »

Il dottor Maketsi si strinse nelle spalle. « So che sono grandi manipolatori », ammise. « Ma qualcuno ce la fa a uscire dalla dipendenza. Ci sono dei dati che lo testimoniano. »

« Forse sì, o forse no », replicò la signora Ramotswe. « Il punto è: che cosa vuoi che faccia io? »

« Scopri che tipo è in realtà », spiegò il dottor Maketsi. « Pedinalo per qualche giorno. Scopri se è coinvolto in un giro di droga. Nel qual caso, cerca di capire se la spaccia. Perché questo è un altro bel problema. In ospedale teniamo sotto stretto controllo le sostanze stupefacenti, ma a volte manca qualche dose. L'ultima cosa che vogliamo è un dottore che rifornisce i tossici di medicinali dell'ospedale. Questo sarebbe inammissibile.»

«In tal caso gli dareste il benservito?» lo stuzzicò la signora Ramotswe. «Non cercheresti più di aiutarlo?»

Il dottor Maketsi rise. «Lo cacceremmo via a calci nel sedere, come si merita.»

«Mi sembra più che giusto», approvò la signora Ramotswe. «Veniamo ora alla mia parcella.»

Il dottor Maketsi smise subito di ridere. «Ecco un'altra cosa che mi turba. Questa indagine è talmente delicata che non posso addebitare le spese all'ospedale.»

La signora Ramotswe annuì con fare comprensivo. «Hai pensato che essendo un vecchio amico...»

«Esatto», ammise il dottor Maketsi tranquillamente. «Ho pensato che essendo un vecchio amico ti saresti ricordata di quando il tuo povero papà alla fine stava tanto male...»

La signora Ramotswe se ne rammentava. Il dottor Maketsi era andato a casa tutte le sere per tre settimane e alla fine aveva disposto che suo padre fosse ricoverato in una camera privata dell'ospedale, senza chiedere un soldo.

«Ricordo molto bene», disse piano. «E ho accennato alla mia parcella solo per dirti che non te l'avrei mandata.»

Disponeva di tutte le informazioni utili per iniziare a investigare sul dottor Komoti. Aveva il suo indirizzo in Kaunda Way; una sua foto, fornitale dal dottor Maketsi; e il numero di targa della station wagon verde che guidava. Si era inoltre annotata il suo numero di telefono e quello della casella postale, anche se probabilmente non le sarebbero serviti a nulla. A quel punto non le restava che tenere d'occhio il dottor Komoti e scoprire quanto più poteva sul suo conto nel minor tempo possibile.

Il dottor Maketsi, premuroso, le aveva fornito una copia dei turni di servizio del pronto soccorso per i successivi quattro mesi e così la signora Ramotswe poteva sapere con precisione quando avrebbe potuto lasciare l'ospedale e quando invece doveva trascorrervi la notte. In questa maniera avrebbe risparmiato un sacco di tempo e di fatica stando seduta per strada dentro il suo furgoncino bianco.

Si mise all'opera due giorni dopo e si appostò fuori dall'ospedale. Quando nel pomeriggio il dottor Komoti uscì dal parcheggio dei dipendenti, lo seguì a debita distanza fino in città, dove posteggiò a breve distanza da lui. Aspettò che si fosse allontanato quanto bastava e scese dal furgoncino. Lui entrò in un paio di negozi e acquistò un quotidiano al Book Centre. Poi fece ritorno alla sua vettura, andò direttamente a casa e vi restò – senza commettere alcuna azione riprovevole, immaginò lei, – fino a quando tutte le luci si spensero, poco prima delle dieci. Starsene seduta ad aspettare nel furgoncino bianco era di una noia mortale, ma la signora Ramotswe c'era abituata e una volta accettato un incarico non si sognava nemmeno di lamentarsene. Sarebbe rimasta lì ferma un mese e anche di più se il dottor Maketsi glielo avesse chiesto; era il minimo che poteva fare per lui dopo le premurose cure prestate al padre.

Quella sera non accadde nulla, e nemmeno quella dopo. La signora Ramotswe cominciava a sospettare che la vita del dottor Komoti seguisse sempre la solita, noiosa routine quando all'improvviso tutto si modificò. Era un venerdì pomeriggio e la signora Ramotswe si apprestava a seguire il dottor Komoti che usciva dall'ospedale. Lui era leggermente in ritardo, ma alla fine sbucò dall'ingresso del pronto soccorso, con uno stetoscopio infilato nella tasca del camice immacolato, e salì sulla sua auto.

La signora Ramotswe lo seguì come al solito all'esterno del recinto dell'ospedale, soddisfatta che lui ignorasse la sua presenza. Sospettava che volesse recarsi al Book Centre per comprare il giornale, ma quella volta, anziché dirigersi in centro, prese la direzione opposta. La signora Ramotswe accolse con entusiasmo la novità e si concentrò sulla guida in maniera da non perderlo di vista nel traffico. Le strade erano più congestionate del solito in quel venerdì pomeriggio di fine mese, cioè nel giorno di paga. Quella sera si sarebbero registrati più incidenti stradali del solito e chiunque avesse sostituito il dottor Komoti al pronto soccorso avrebbe avuto un gran daffare ad applicare punti agli ubriachi e a estrarre schegge di vetro dalle vittime di scontri tra automezzi.

Con stupore, si rese conto che il dottor Komoti era diretto in Lobatse Road. Interessante. Se trafficava in droga, l'uso della Lobatse come base era un'ottima idea. Essendo abbastanza vicina al confine, da lì avrebbe facilmente potuto contrabbandare merce in e dal Sudafrica.

Procedette in direzione sud, attenta a non perdere di vista l'automobile del dottor Komoti, più potente e veloce del suo furgoncino. La signora Ramotswe non temeva di essere scoperta: la strada era trafficata e non c'era ragione perché la sua preda pensasse di essere seguita. Una volta giunti a Lobatse, tuttavia, avrebbe dovuto essere più circospetta, visto che il traffico lì sarebbe stato meno intenso.

Quando lui non si fermò a Lobatse, la signora Ramotswe cominciò a preoccuparsi. Se intendeva attraversare l'intero centro abitato, probabilmente voleva raggiungere uno dei villaggi situati dall'altra parte della cittadina. Ma non lo riteneva probabile visto che ce n'erano ben pochi e comunque di nessun interesse per uno come il dottor Komoti. Restava solo un'altra destinazione papabile, il confine situato alcuni chilometri più avanti. Sì! Il dottor Komoti era diretto oltre confine, ne era certa. La sua meta era Mafikeng.

Quando comprese che il dottor Komoti intendeva uscire dal Paese, la signora Ramotswe s'irritò moltissimo per la propria stupidità. Non aveva pensato di portare con sé il passaporto, il che significava che lui avrebbe oltrepassato la frontiera mentre lei sarebbe rimasta bloccata in Botswana. E una volta dall'altra parte, poteva fare quello che gli pareva – non aveva dubbi che l'avrebbe fatto – senza che lei ne sapesse niente.

Lo guardò fermarsi al posto di controllo e poi invertì la marcia, come un cacciatore che ha seguito la sua preda sino alla fine della riserva per poi rinunciare a sparare. Ormai quella preda sarebbe rimasta fuori per il fine settimana, libera di fare ciò che voleva. La settimana successiva si sarebbe di nuovo annoiata a morte a tenere d'occhio la casa durante la notte con la frustrante consapevolezza che il vero fattaccio era avvenuto nel weekend. E nel frattempo avrebbe dovuto tralasciare d'indagare su altri casi, per i quali era pagata e che le servivano a sbarcare il lunario.

Quando rientrò a Gaborone, la signora Ramotswe era davvero di pessimo umore. Si coricò di buon'ora, ma quando il mattino seguente si recò al centro commerciale, aveva ancora un diavolo per capello. Come spesso faceva al sabato mattina, prese un caffè sulla veranda del President Hotel e scambiò quattro chiacchiere con l'amica Grace Gakatsla. Grace, che aveva un negozio d'abbigliamento a Broadhurst, riusciva sempre a rallegrarla raccontandole le bizzarrie delle sue clienti. Una, la moglie di un ministro, di recente aveva acquistato un abito il venerdì per poi riportarlo in negozio il lunedì successivo sostenendo che la misura era sbagliata. Tuttavia Grace il sabato era stata al matrimonio per il quale il vestito era stato comprato e aveva visto che le cadeva a pennello.

« Non ho certo potuto dirle in faccia che mentiva e che il mio non era un negozio di abiti a noleggio », spiegò Grace. « Perciò le ho solo domandato se il matrimonio le era piaciuto. Sorridendo, lei mi ha detto di sì. Al che io ho replicato che la cerimonia era piaciuta anche a me. Ovviamente lei non mi aveva visto tra gli altri invitati. Però si è tolta quel sorrisetto dalle labbra e ha detto che forse il vestito non le stava tanto male. »

« Più scontrosa di un porcospino », commentò la signora Ramotswe.

« Una vera iena », aggiunse Grace. « Un formichiere, visto il naso che si ritrova. »

Ma poi Grace se ne andò, portandosi dietro l'allegria e lasciando che il cattivo umore s'impadronisse di nuovo della signora Ramotswe. A quel punto temeva che quella sorta di depressione potesse durare per tutto il fine settimana, se non addirittura fino alla conclusione del caso Komoti – sempre che fosse riuscita a risolverlo.

La signora Ramotswe pagò il conto e si alzò, ma fu proprio allora, mentre scendeva dagli ultimi gradini dell'albergo, che scorse il dottor Komoti all'interno del centro commerciale.

La signora Ramotswe non tradì la propria emozione. Il dottor Komoti aveva attraversato il confine la sera precedente poco prima delle sette. La frontiera chiudeva alle otto, il che significava che materialmente non aveva avuto il tempo di arrivare a Mafikeng, distante almeno quaranta minuti, e di tornare indietro prima che la sbarra si abbassasse. Dunque aveva trascorso la notte laggiù ed era rientrato di buon mattino.

Si riebbe dalla sorpresa provata nel vederlo e capì di dover sfruttare l'opportunità di seguirlo e di vedere dove andava. Al momento era dentro il negozio di computer, e lei indugiò davanti alla vetrina finché non lo vide uscire. Lui si diresse con passo spedito al parcheggio e lei lo vide salire sulla sua auto.

Il dottor Komoti trascorse in casa il resto della giornata. Alle sei uscì per recarsi al Sun Hotel, dove bevve qualcosa con altri due uomini, che la signora Ramotswe sapeva essere suoi connazionali, altri nigeriani. Uno lavorava per uno studio contabile, mentre l'altro, se non sbagliava, faceva il maestro da qualche parte. Il loro incontro non aveva nulla di sospetto: chissà quante altre persone si trovavano come loro in altri punti della città, riunite dall'artificiosa vicinanza della vita da espatriati, per parlare di casa.

Lui si fermò un'oretta, poi se ne andò, e quella fu tutta la vita sociale del dottor Komoti per quel fine settimana. La domenica sera, la signora Ramotswe era ormai decisa a fare il suo rapporto al dottor Maketsi per informarlo che, purtroppo, non aveva raccolto alcuna prova che collegasse il dottor Komoti a traffici di droga e che anzi il medico pareva un modello di sobrietà e rispettabilità. Sembrava non frequentare nemmeno donne, a meno che non fossero nascoste in casa e non ne uscissero mai. Mentre era appostata, nessuno era entrato in casa sua e nessuno ne era uscito, a parte naturalmente lo stesso Komoti. In breve, tenere d'occhio quell'uomo era una noia assoluta.

Restava solo da spiegare il blitz a Mafikeng del venerdì sera. Se ci fosse andato per fare acquisti all'OK Bazaars – erano in molti a farlo – di sicuro si sarebbe fermato lì almeno il sabato mattina, come invece non era avvenuto. Dunque, qualsiasi cosa avesse fatto, doveva averla fatta il venerdì sera. Che laggiù avesse una donna, magari una di quelle appariscenti donne sudafricane che gli uomini, inspiegabilmente, sembravano adorare? Sarebbe stata la spiegazione più semplice oltre che la più plausibile. Ma perché affrettarsi a ritornare indietro di sabato mattina? Perché non fermarsi lì l'intera giornata e portarla a pranzo allo Mmbabatho Hotel? No, c'era qualcosa che non quadrava, e per scoprire cosa l'avrebbe seguito a Mafikeng il weekend successivo, sempre che ci andasse, e avrebbe visto coi suoi occhi cosa combinava. Se poi non faceva nulla di male, ne avrebbe approfittato per fare un po' di shopping e sarebbe rientrata il sabato pomeriggio. Aveva già intenzione di andarci, perciò avrebbe preso due piccioni con una fava.

Sembrava quasi che il dottor Komoti volesse facilitarle il compito. Il venerdì successivo uscì in orario dall'ospedale, salì in auto e si diresse verso Lobatse, seguito a distanza dalla signora Ramotswe al volante del suo furgoncino. Al confine incontrò qualche difficoltà perché non volendo stargli troppo vicina rischiò di perderlo di vista. Un corpulento poliziotto rischiò di farla tardare osservando meticolosamente i timbri sul passaporto indicanti i viaggi di andata e ritorno a Johannesburg e Mafikeng.

«Sotto professione qui leggo *detective*», le disse l'uomo in tono sgarbato. «Ma come fa una donna a fare il detective?»

La signora Ramotswe lo raggelò con lo sguardo. Se la guardia l'avesse trattenuta ancora un po', il dottor Komoti avrebbe avuto tutto il tempo per dileguarsi, visto che proprio in quell'istante gli stavano vistando il passaporto. Nel giro di pochi minuti avrebbe superato tutti i controlli e il furgoncino bianco non sarebbe più riuscito a raggiungerlo.

«Molte donne fanno *le* detective», rispose con dignità la signora Ramotswe. «Mai letto Agatha Christie?»

Il poliziotto si accigliò.

«Sta insinuando che non sono abbastanza istruito?» ringhiò. «È questo che sta dicendo? Che non ho letto questo tizio Christie?»

«Certamente no», replicò la signora Ramotswe. «Voi guardie di frontiera siete istruiti ed efficienti. Dicevo giusto ieri a casa del ministro quanto i suoi addetti all'immigrazione siano gentili e capaci. Ne abbiamo discusso proprio a cena.»

Il funzionario rimase di stucco. Per un istante parve incerto sul da farsi, poi prese il timbro e vistò il passaporto.

«Grazie, *Mma*», disse ossequioso. «Ora può andare.»

Alla signora Ramotswe non piaceva mentire, ma a volte riteneva necessario farlo, soprattutto davanti a persone promosse senza meritarlo. Esagerare un po' la verità come aveva appena fatto lei – conosceva davvero il ministro, anche se solo superficialmente – in alcuni casi spronava chi avevi davanti, e spesso per il suo stesso bene. Forse quell'ufficiale ci avrebbe pensato due volte prima di fare il prepotente senza motivo con un'altra donna.

Risalì sul furgoncino e superò la barriera. Dovette pigiare sull'acceleratore per riuscire a recuperare il tempo perso, ma alla fine avvistò di nuovo l'automobile del medico. Sembrava non avere fretta, perciò ridusse la velocità e lo seguì tra i resti della capitale di Mangope e della bizzarra Repubblica del Bophuthatswana. Superarono lo stadio nel quale il presidente era stato rinchiuso dalle sue stesse truppe in rivolta e gli uffici governativi che amministravano quello Stato assurdamente frammentato per conto dei padroni di Pretoria. Era stato tutto uno spreco, rifletté guardandosi intorno, un'assoluta follia e quando era giunto il momento era svanito, proprio come l'illusione che era sempre stata. Faceva parte della farsa dell'apartheid e del mostruoso sogno di Verwoerd; tutto quel male, tutta quella prolungata sofferenza che andavano ad aggiungersi alla storia del dolore dell'Africa.

Il dottor Komoti a un tratto svoltò a destra. Erano giunti alla periferia di Mafikeng, in un sobborgo con strade ordinate e case circondate da grandi giardini recintati. Si fermò sul vialetto d'accesso di una di quelle abitazioni, costringendo la signora Ramotswe a proseguire per non destare sospetti. Lei contò il numero delle case che superò – sette – prima di posteggiare sotto un albero.

Sul retro degli edifici correva la tubazione delle acque di scarico. La signora Ramotswe scese dal furgoncino e la raggiunse. La casa in cui il dottor Komoti era entrato si trovava otto edifici più avanti – sette, più quello che aveva superato per arrivare alla tubazione.

Giunta a destinazione sbirciò nel giardino. Si capiva che un tempo veniva curato, ma doveva essere stato molti anni prima. Ormai era un groviglio di vegetazione: gelsi, intricati cespugli di buganvillea cresciuti fino a raggiungere dimensioni gigantesche che innalzavano verso il cielo fronde fiorite color porpora, banani di montagna con frutti che marcivano sui rami. Un vero paradiso per serpenti, si disse. Probabilmente lì c'erano mamba nascosti nell'erba alta e boomslang appesi ai rami in attesa che qualcuno come lei fosse così pazzo da passarci sotto.

Aprì con circospezione il cancello sul retro. Era chiaro che non veniva usato da molto tempo, considerato il cigolio che produssero i cardini. Ma non se ne preoccupò perché nessun rumore avrebbe superato quella sorta di muraglia vegetale che separava la palizzata posteriore dalla casa, situata a notevole distanza. In effetti, era talmente fitta che l'abitazione si scorgeva a malapena. Il che faceva sentire la signora Ramotswe al sicuro, se non dai serpenti, almeno dagli sguardi dei proprietari.

Avanzò piano, un passo alla volta, aspettandosi di sentire da un istante all'altro il sibilo minaccioso di un serpente. Ma nell'erba non si mosse nulla e ben presto fu abbastanza vicina alla casa. Si accovacciò sotto un gelso per darle un'occhiata. Stando all'ombra dell'albero riusciva a vedere bene la porta posteriore e la finestra della cucina. Tuttavia non intravedeva nulla dell'interno, reso buio e scuro dagli sporgenti cornicioni tipici dello stile coloniale. Era molto più facile spiare nelle case moderne perché gli architetti ormai si erano scordati del sole e mettevano la gente ad abitare dentro bocce per pesci rossi nelle quali tutto il mondo poteva sbirciare attraverso enormi finestre prive di scuri.

Che doveva fare? Poteva star lì ad aspettare che qualcuno uscisse dalla porta sul retro; ma perché avrebbero dovuto? E se qualcuno fosse uscito, come si sarebbe comportata?

All'improvviso una finestra della casa si aprì e un uomo si sporse dal davanzale. Era il dottor Komoti.

«Ehi! Lei là dietro! Sì, proprio lei, signora grassa! Che cosa ci fa seduta sotto il nostro gelso?»

La signora Ramotswe provò l'improvviso, assurdo impulso di guardarsi dietro le spalle, come a far credere che ci fosse qualcun altro sotto l'albero. Si sentiva come una bambina colta sul fatto a rubare un frutto o a commettere qualche altra birichinata. Che cosa poteva dire a sua discolpa? Proprio nulla.

Si alzò e uscì dall'ombra.

«Fa molto caldo», urlò. «Le spiacerebbe darmi un bicchiere d'acqua?»

La finestra venne chiusa, ma dopo un momento si aprì la porta della cucina. Il dottor Komoti era fermo sul gradino con addosso indumenti completamente diversi da quelli che portava quando era partito da Gaborone. In mano aveva una tazza piena d'acqua e gliela porse. La signora Ramotswe la prese e la vuotò tutto d'un fiato. In effetti era assetata e bevve molto volentieri, pur notando il sudiciume della tazza.

«Che cosa ci fa nel nostro giardino?» domandò il signor Komoti abbastanza gentile. «Non sarà una ladra?»

«Certo che no», rispose la signora Ramotswe con aria offesa.

Il dottor Komoti la fissò con freddezza. «Allora, se non è una ladra, che cosa vuole? Cerca lavoro? Se è così, sappia che abbiamo già una donna che viene a cucinare per noi. Non ci serve nessun altro.»

La signora Ramotswe stava per replicare quando qualcuno comparve dietro il dottor Komoti e sbirciò sopra la sua spalla. Era il dottor Komoti.

«Che cosa sta succedendo?» domandò il secondo dottor Komoti. «Che cosa vuole questa donna?»

«L'ho sorpresa qui in giardino», spiegò il primo dottor Komoti. «Mi ha assicurato di non essere una ladra.»

«Certo che non lo sono», ribadì lei indignata. «Stavo solo guardando la casa.»

I due uomini sembravano perplessi.

«Perché?» chiese uno dei due. «Perché dovrebbe guardare questa casa? Non ha niente di speciale e comunque non è in vendita.»

La signora Ramotswe gettò all'indietro la testa e se ne uscì con una sonora risata. «Oh, ma non sono qui per comprarla», spiegò. «Il fatto è che ci stavo da bambina. Allora ci vivevano dei Boeri, un certo signor van der Heever con la moglie. Mia madre era la loro cuoca e noi abitavamo nell'annesso per la servitù, laggiù in fondo al giardino. Mio padre si occupava delle piante e del prato...»

S'interruppe, lanciando un'occhiata di riprovazione ai due uomini.

«All'epoca il giardino era tenuto molto meglio», aggiunse.

«Oh, di questo sono sicuro», disse uno dei due. «Un giorno o l'altro ci piacerebbe sistemarlo. Purtroppo al momento siamo molto impegnati. Siamo entrambi medici e passiamo tutto il nostro tempo in ospedale.»

«Ah!» esclamò la signora Ramotswe sperando di esprimere un profondo rispetto. «Siete dottori dell'ospedale di qui?»

«No», precisò il primo dottor Komoti. «Io ho un ambulatorio vicino alla stazione ferroviaria. Mio fratello...»

«Io lavoro da quelle parti», intervenne l'altro dottor Komoti indicando vagamente il nord. «Comunque, può guardare il giardino quanto vuole, *Mma*. Faccia pure un giro, che intanto le prepariamo una tazza di tè.»

«Oh!» esclamò la signora Ramotswe. «Molto gentile da parte vostra. Grazie.»

Fu un sollievo allontanarsi da quel giardino, col suo sinistro sottobosco e la sua aria trascurata. Per qualche minuto, la signora Ramotswe finse d'ispezionare alberi e cespugli – o quello che riusciva a vedere di essi – e poi, dopo avere ringraziato i suoi ospiti per il tè, s'incamminò per la strada. Riassunse tra sé le curiose informazioni ottenute. Esistevano due dottor Komoti, il che non aveva nulla d'insolito di per sé; eppure, in qualche maniera lei sentiva che quello era il nocciolo dell'intera questione. Non c'era motivo perché non dovessero esserci due gemelli che avevano frequentato entrambi la facoltà di medicina: spesso le vite dei gemelli si rispecchiavano al punto che uno dei due sposava la sorella della moglie dell'altro. Ma lì c'era qualcosa di particolarmente significativo, qualcosa di lampante che tuttavia lei non riusciva a vedere.

Salì sul furgoncino bianco e ripercorse la strada in direzione del centro. Un dottor Komoti aveva detto di avere un ambulatorio in città, nei pressi della stazione ferroviaria, e lei decise di dargli un'occhiata – anche se una targa d'ottone, ammesso che ne avesse una, non le avrebbe rivelato granché.

Conosceva abbastanza la stazione. Era un posto che le piaceva frequentare perché le ricordava l'Africa di un tempo, quella dei vagoni sovraffollati, dei lenti viaggi attraverso le grandi pianure, della canna da zucchero che si masticava per passare il tempo e del midollo secco sputato fuori dai finestrini. Quell'Africa la ritrovavi – almeno in parte – lì dove i treni provenienti dal Capo superavano lentamente la banchina nel loro viaggio attraverso il Botswana, diretti a Bulawayo; lì dove le rivendite indiane a fianco dell'edificio della ferrovia vendevano ancora coperte a buon mercato e berretti da uomo con una piuma sgargiante infilata nel nastro.

La signora Ramotswe non voleva che l'Africa cambiasse.

Non voleva che la sua gente diventasse come tutti gli altri, senz'anima, egoista, che si dimenticasse di essere africana o, ancora peggio, si vergognasse di esserlo. Non desiderava essere altro che africana, nemmeno se qualcuno fosse andato da lei e le avesse detto: «Questa pillola è l'ultimo ritrovato. Prendila e ti trasformerai in un'americana». Lei avrebbe rifiutato. *Non lo farò mai. Grazie, ma no.*

Fermò il furgoncino bianco davanti alla stazione e ne scese. Il luogo era affollato: donne che vendevano pannocchie arrosto e bibite zuccherate; uomini che chiacchieravano ad alta voce con gli amici; un'intera famiglia, evidentemente in viaggio, con valigie di cartone e involti di stoffa. Un bambino le spinse addosso una macchinina fatta a mano con del fil di ferro ritorto e subito corse via senza scusarsi, temendo un rimprovero.

Si avvicinò a una delle venditrici e le si rivolse in setswana.

«Come sta oggi, *Mma*?» domandò educatamente.

«Io sto bene, e lei, *Mma*?»

«Bene, grazie e ho anche dormito molto bene.»

«Bene.»

Terminati i convenevoli, aggiunse: «Mi hanno detto che da queste parti c'è un dottore molto bravo. Mi pare si chiami dottor Komoti. Sa dove posso trovarlo?»

La donna annuì. «Sono in molti ad andare da lui. Lui riceve lassù, vede, dove quel bianco ha parcheggiato il suo camion. È lì che sta.»

La signora Ramotswe la ringraziò per l'informazione e comprò una pannocchia arrostita. Poi, piluccandola mentre camminava, attraversò il piazzale polveroso fino al cadente edificio dal tetto in lamiera in cui si trovava l'ambulatorio del dottor Komoti.

Con sua grande sorpresa, la porta non era chiusa e quando la spinse si trovò subito davanti una donna.

«Mi dispiace, il dottore non c'è, *Mma*», la informò la donna in tono un poco risentito. «Io sono l'infermiera. Il dottore lo trova di lunedì pomeriggio.»

«Ah!» replicò la signora Ramotswe. «È un vero peccato

dover pulire di venerdì pomeriggio, quando tutti gli altri non pensano che ad andare fuori.»

L'infermiera fece spallucce. «Il mio ragazzo mi porta fuori più tardi. Ma a me piace preparare tutto per il lunedì prima che cominci il fine settimana. Mi sembra meglio così.»

«Molto meglio», convenne la signora Ramotswe riflettendo in fretta. «In effetti non voglio vedere il dottore. Non sono una paziente. Un tempo lavoravo per lui, quando era a Nairobi. Facevo l'infermiera nel suo reparto e volevo solo fargli un saluto.»

I modi dell'infermiera divennero molto più amichevoli.

«Le preparo un po' di tè, *Mma*. Fuori fa ancora molto caldo.»

La signora Ramotswe si sedette in attesa che l'infermiera tornasse con la teiera.

«Conosce l'altro dottor Komoti?» le chiese non appena la vide. «Il fratello?»

«Oh sì», ammise l'infermiera. «Si fa vedere spesso qui. Viene a dare una mano, due o tre volte alla settimana.»

La signora Ramotswe abbassò la sua tazza di tè, molto lentamente. Sentiva il cuore batterle all'impazzata in petto. Capiva di essere vicina al nocciolo del problema, di avere la soluzione a portata di mano. Ma non doveva destare sospetti.

«Oh, lo facevano anche a Nairobi», disse agitando una mano in aria, come se la cosa non avesse molta importanza. «Uno aiutava l'altro. E in genere i pazienti non si rendevano nemmeno conto di essere visitati da un medico diverso.»

L'infermiera sorrise. «Lo fanno anche qui», ammise. «Non sono sicura che sia del tutto corretto nei confronti dei pazienti, ma nessuno si è ancora accorto che in realtà sono due. Insomma, sembrano tutti soddisfatti.»

La signora Ramotswe raccolse la tazza e gliela passò per farsela rabboccare. «E lei?» domandò. «Lei riesce a distinguerli?»

L'infermiera porse alla signora Ramotswe la tazza piena di tè. «Li distinguo per via di un fatto», spiegò. «Uno è bravissimo, l'altro è senza speranza. Non sa niente di medicina. Secondo me, è un miracolo che si sia laureato.»

La signora Ramotswe non disse nulla, ma un pensiero si formò ben chiaro nella sua mente: *non l'ha fatto*.

Quella notte si fermò a Mafikeng, allo Station Hotel, un albergo rumoroso e per nulla confortevole, dove però dormì bene comunque, come sempre le accadeva una volta portata a termine un'indagine. Il giorno seguente fece acquisti all'OK Bazaars dove fu felice di trovare un intero espositore di vestiti taglia 54 in saldo. Ne acquistò tre – due più del necessario – ma in qualità di proprietaria della Ladies' Detective Agency n. 1 sentiva di dover mantenere un certo stile nell'abbigliamento.

Rientrò a casa per le tre del pomeriggio e telefonò subito al dottor Maketsi chiedendogli di raggiungerla in ufficio per essere informato sull'esito dell'indagine. Lui arrivò dopo una decina di minuti e si sedette davanti a lei, tormentandosi ansiosamente i polsini della camicia.

«Prima di tutto», annunciò la signora Ramotswe, «di droga nemmeno l'ombra.»

Il dottor Maketsi trasse un sospiro di sollievo. «Grazie al cielo, almeno questo», mormorò. «Era l'ipotesi che mi preoccupava di più.»

«Ecco», proseguì la signora Ramotswe con fare dubbioso, «però non sono sicura che ti piacerà sentire quello che ti devo dire.»

«Non è qualificato», disse tutto d'un fiato il dottor Maketsi. «Non è così?»

«Uno dei due non lo è», precisò la signora Ramotswe.

Il dottor Maketsi sbiancò in viso. «Uno dei due?»

La signora Ramotswe si appoggiò allo schienale della sedia con l'aria di chi si appresta a svelare un mistero.

«C'erano una volta due gemelli», cominciò. «Uno di loro ha frequentato la facoltà di medicina ed è diventato un dottore. L'altro non l'ha fatto. Quello che si è laureato ha ottenuto un posto come medico, ma spinto dall'avidità ha pensato che due incarichi sarebbero stati più proficui di uno. Così ha accettato due lavori, facendoli entrambi part-time. Quando non c'era, si faceva sostituire dal fratello gemello, identico a lui, che sfruttava le nozioni di medicina mutuate dal fratello qualificato, il quale indubbiamente lo consigliava anche sul da farsi. Questo è tutto. La storia del dottor Komoti e di suo fratello gemello a Mafikeng è tutta qui.»

Il dottor Maketsi sembrava impietrito. Mentre la signora Ramotswe esponeva i fatti, aveva affondato la testa tra le mani e per un momento lei aveva pensato che si sarebbe messo a piangere.

«E così li abbiamo avuti entrambi in ospedale», mormorò alla fine. «A volte quello laureato, altre volte il suo gemello non qualificato.»

«Sì», confermò la signora Ramotswe. «Diciamo che per tre giorni alla settimana ci veniva il fratello laureato, mentre l'altro si spacciava per medico generico in un ambulatorio situato vicino alla stazione ferroviaria di Mafikeng. Poi presumo che si scambiassero di posto e che quello qualificato mettesse una pezza ai pasticci combinati dal fratello, per così dire.»

«Due incarichi e una sola laurea in medicina», rifletté il dottor Maketsi. «Un piano davvero astuto.»

«Devo ammettere che ha sorpreso anche me», disse la signora Ramotswe. «Pensavo di avere visto tutte le forme di disonestà umana, ma si vede che ho ancora molto da imparare.»

Il dottor Maketsi si grattò il mento.

«Andrò alla polizia», disse. «Una punizione è inevitabile. Abbiamo il dovere di difendere i pazienti da persone come queste.»

«A meno che...» buttò lì la signora Ramotswe.

Il dottor Maketsi non esitò ad aggrapparsi al filo di speranza che supponeva lei gli stesse offrendo

«Hai in mente una soluzione alternativa?» domandò. «Se la cosa diviene pubblica, si creerà il panico. Ci sarà chi scoraggerà i malati a recarsi in ospedale e i nostri programmi sanitari si basano prima di tutto sulla fiducia nei medici. Sai come funziona.»

«Infatti», disse la signora Ramotswe. «Suggerisco di passare ad altri la patata bollente. Concordo con te che il pubblico deve essere tutelato e che il dottor Komoti merita di esser radiato. Ma perché non lasciamo che a farlo sia qualcun altro?»

«Intendi dire le autorità di Mafikeng?»

«Sì», confermò la signora Ramotswe. «Dopotutto, lì si sta commettendo un reato. Perché non dovrebbero occuparsene i sudafricani? E i giornali di Gaborone non riporteranno neppure la notizia. La gente di qui saprà solo che il dottor Komoti ha improvvisamente rassegnato le dimissioni, come succede spesso per un sacco di motivi.»

«Ecco, a dire il vero preferirei tenere fuori il ministro da tutta questa storia», aggiunse il dottor Maketsi. «Credo che potremmo avere dei problemi se la cosa lo... come posso dire, lo turbasse?»

«No, mettercelo contro sarebbe un disastro», ammise la signora Ramotswe. «Col tuo permesso, telefonerò al mio amico Billy Pilani, il capo della polizia di laggiù. Sono sicura che gli farà piacere mettere le mani su uno che si spaccia per un medico. Billy adora gli arresti sensazionali.»

«Fallo», la sollecitò il dottor Maketsi sorridendo. Quella era la soluzione perfetta di un caso alquanto complicato che la signora Ramotswe aveva gestito in maniera geniale.

«Sai», disse, «sono convinto che nemmeno mia zia a Mochudi avrebbe saputo fare meglio di te.»

La signora Ramotswe accolse con un sorriso il complimento del suo vecchio amico. Nella vita puoi continuare a farti nuovi amici ogni anno – anche ogni mese – ma non riusciranno mai a sostituire le amicizie dell'infanzia che sopravvivono negli anni della maturità. Quelle sono le amicizie che ci uniscono gli uni agli altri con legami d'acciaio.

Allungò la mano e accarezzò il braccio del dottor Maketsi con tenerezza, come fanno a volte i vecchi amici quando non hanno più bisogno di dirsi nulla.

21
La moglie dello stregone

Una pista polverosa, raramente utilizzata, su cui spezzare le balestre; una collina, un caos di grossi massi, proprio come riprodotto sulla mappa abbozzata dal signor Charlie Gotso; e sopra la testa, senza soluzione di continuità da un orizzonte all'altro, il cielo vuoto in cui vibrava il calore del mezzogiorno.

La signora Ramotswe guidava il furgoncino bianco con la massima cautela, attenta a evitare le rocce che potevano squarciare il carter dell'auto, domandandosi perché qualcuno avrebbe dovuto avventurarsi fin lì. Quella era una terra di nessuno: niente vacche, niente capre; soltanto la rada boscaglia coi suoi rachitici arbusti spinosi. Che qualcuno volesse vivere lì, lontano dal villaggio, lontano da qualsiasi contatto umano, per lei era inesplicabile. Era un territorio morto.

All'improvviso scorse la casa, nascosta dietro i tronchi degli alberi, quasi all'ombra della collina. Era una semplice costruzione in terra battuta, in stile tradizionale: muri di fango marrone, qualche finestra senza vetri, un muretto alto al ginocchio a delimitare il cortile. Un precedente proprietario, molto tempo prima, aveva dipinto disegni sui muri, ma l'incuria e il passare del tempo li avevano ridotti a vaghe tracce. Fermò il furgoncino e trasse un profondo respiro. Aveva affrontato imbroglioni, tenuto testa a mogli gelose, aveva addirittura preso posizione contro il signor Gotso, ma quell'incontro sarebbe stato diverso. Quello era il male personificato, il cuore delle tenebre, la radice della vergogna. Quell'uomo, nonostante tutti i suoi elaborati cerimoniali e i suoi incantesimi, era un assassino.

Aprì la portiera e smontò dal furgoncino. Il sole era alto in cielo e i raggi ardenti le pizzicavano la pelle. Erano troppo a ovest, lì, troppo vicini al Kalahari, e ciò fece aumentare il disagio che già provava. Quella non era la terra confortante in cui era cresciuta; quella era l'Africa che non perdonava, dove l'aridità regnava incontrastata. Si diresse verso la casa, rendendosi immediatamente conto di essere osservata. Non aveva scorto nessun movimento, ma sapeva di avere puntati addosso gli occhi di qualcuno, di qualcuno che si trovava all'interno della costruzione. Giunta al muretto, come da consuetudine, si fermò e annunciò la sua presenza ad alta voce.

«Ho molto caldo», urlò. «Ho bisogno di bere.»

La casa rimase silenziosa, ma alla sua sinistra, tra i cespugli, qualcosa si mosse. D'istinto si voltò a guardare, sentendosi quasi colpevole. Era una grossa cavalletta scura, una *setotojane*, che col suo collo corneo spingeva un minuscolo trofeo, un insetto morto, forse di sete. *Piccole disgrazie, piccole vittorie, proprio come le nostre*, le venne da pensare. *Visti dall'alto, non siamo altro che setotojane.*

«*Mma*?»

Si voltò di scatto. Una donna, in piedi sulla soglia di casa, si asciugava le mani in uno strofinaccio.

La signora Ramotswe oltrepassò il varco senza cancello del muretto.

«*Dumela, Mma*», salutò. «Sono la signora Ramotswe.»

La donna annuì. «Io la signora Notshi.»

La signora Ramotswe si soffermò a studiarla: cinquant'anni suonati, sottana lunga tipica delle donne Herero. Tuttavia non era una di loro, ne era certa.

«Sono venuta per vedere suo marito», spiegò. «Devo chiedergli qualcosa.»

La donna uscì dall'ombra e si piazzò davanti alla signora Ramotswe, fissandola in viso in modo sconcertante. «È per qualcosa di preciso? Vuole comprare qualcosa da lui?»

La signora Ramotswe annuì. «Ho sentito dire che è un bravo uomo di medicina. Ho un problema: una donna che tenta di rubarmi il marito, voglio qualcosa che glielo impedisca.»

La donna più anziana sorrise. «Lui può aiutarla. Forse ha

qualcosa. Ma ora è via. Starà a Lobatse fino a sabato. Deve tornare per quel giorno.»

La signora Ramotswe sospirò. «Il viaggio è stato lungo e sono assetata. Ha un sorso d'acqua da darmi, sorella?»

«Sì, certamente. Venga dentro a berla.»

Era una stanza piccola, arredata con un tavolo barcollante e due sedie. In un angolo, il contenitore per i cereali, quelli tradizionali, e un baule di latta tutto ammaccato. La signora Ramotswe si accomodò su una delle sedie mentre la donna riempiva d'acqua un gotto di smalto bianco, che poi porse alla visitatrice. L'acqua era leggermente stantia, ma la signora Ramotswe la bevve con piacere.

Poi appoggiò la tazza sul tavolo e guardò la donna.

«Come le ho detto, sono venuta per chiedere qualcosa. Ma anche per darle un avvertimento.»

La donna prese posto sull'altra sedia.

«Per dare un avvertimento, a me?»

«Sì», confermò la signora Ramotswe. «Sono una dattilografa. Sa cosa significa?»

La donna fece cenno di sì con la testa.

«Lavoro per la polizia», continuò la signora Ramotswe. «E mi è capitato di battere a macchina un rapporto su suo marito. Loro sanno che ha ucciso quel ragazzo, quello di Katsana. Sanno che è stato lui a rapirlo e ad ammazzarlo per la *muti*. Presto lo arresteranno e lo giustizieranno. Sono venuta ad avvertirla che impiccheranno anche lei perché dicono che anche lei è coinvolta. Sostengono che è stata sua complice. Secondo me non è giusto impiccare le donne, perciò sono qui per dirle che potrebbe fermare subito tutto questo venendo con me alla polizia per raccontare come sono andate le cose. Gli agenti le crederanno e lei avrà salva la vita. Altrimenti, le resterà poco da vivere. Un mese, al massimo.»

S'interruppe. L'altra donna aveva lasciato cadere lo strofinaccio che stringeva in mano e la fissava, a occhi sgranati. La signora Ramotswe avvertì l'odore della paura – quello penetrante, acre emesso dai pori della pelle quando si è spaventati. L'aria ferma della stanza ne era satura.

«Ha capito quello che ho detto?» domandò.

La moglie dello stregone chiuse gli occhi. «Io non ho ucciso quel bambino.»

«Lo so», disse la signora Ramotswe. «Non sono mai le donne a farlo. Ma questo non fa nessuna differenza per la polizia. Hanno le prove e il Governo vuole che venga impiccata anche lei. Sulla forca ci salirà prima suo marito, poi lei. La stregoneria a quelli non piace, lo sa. Se ne vergognano. Pensano che non sia abbastanza moderna.»

«Ma il bambino non è morto», sbottò la donna. «È ancora al pascolo, dove l'ha portato mio marito. È lì che lavora. È ancora vivo.»

La signora Ramotswe aprì la portiera per far salire la donna e gliela richiuse alle spalle, con forza. Poi girò intorno al furgoncino, spalancò quella del guidatore e s'issò sul sedile, sistemandosi al volante. I raggi del sole erano ormai roventi – tanto da scottare anche attraverso i vestiti – ma una scottatura era l'ultima cosa cui pensava al momento. L'importante era portare a termine quel viaggio, che secondo la donna avrebbe richiesto quattro ore. Era l'una. Sarebbero giunte a destinazione poco prima del tramonto, appena in tempo per ripartire immediatamente dopo. Se avessero dovuto fermarsi per la notte a causa delle condizioni della pista, avrebbero dormito nel retro del furgoncino. L'unica cosa importante era raggiungere il bambino.

Il viaggio si svolse in silenzio. L'altra donna cercò di scambiare due parole, ma la signora Ramotswe la ignorò. Non poteva dirle nulla, non voleva dirle nulla.

«Lei non è una donna gentile», concluse alla fine la moglie dell'uomo di medicina. «Lei non mi considera. Io cerco di parlare con lei, ma lei m'ignora. Pensa di essere migliore di me, non è vero?»

La signora Ramotswe la guardò di sbieco. «L'unico motivo per cui mi sta portando da questo bambino è perché ha paura.

Non lo fa perché desidera che riabbracci i suoi genitori. Questo non le interessa, no? Lei è una donna malvagia e la avverto che se la polizia viene a sapere che lei e suo marito praticate altri riti magici non esiterà a sbattervi in prigione. E se non lo farà la polizia, ci penseranno i miei amici di Gaborone a farvela pagare. Ha capito bene cos'ho detto? »

Le ore passarono una dopo l'altra. Fu un viaggio difficile, in mezzo all'altopiano aperto, lungo piste abbandonate finché, in lontananza, scorsero lo steccato del pascolo e un gruppetto d'alberi intorno a un paio di capanne.

« Eccoci arrivate », disse la donna. « Ci sono due basarwa – un uomo e una donna – e il bambino che lavora per loro. »

« Come avete fatto a tenerlo qui? » domandò la signora Ramotswe. « Come sapevate che non sarebbe scappato? »

« Si guardi intorno », rispose la donna. « È un posto isolato. I basarwa l'avrebbero preso prima che si allontanasse. »

All'improvviso alla signora Ramotswe venne in mente un'altra cosa. Se il ragazzo era vivo, da dove proveniva quell'osso?

« C'è un uomo a Gaborone che ha acquistato un osso da suo marito », disse. « Da dove veniva quel talismano? »

La donna la fissò piena di sdegno. « Ossa così si comprano a Johannesburg. Non lo sapeva? Costano anche poco. »

I basarwa stavano mangiando una grezza farinata d'avena, seduti su due pietre all'esterno di una delle capanne. Minuti, raggrinziti e con occhi grandi da cacciatore, fissarono le due intruse. L'uomo si alzò e salutò la moglie dello stregone.

« Il bestiame è a posto? » domandò lei in tono secco.

L'uomo rispose con uno strano schiocco della lingua. « Tutto bene. Bestie non morte. Latte tanto. »

Le parole usate erano quelle della lingua setswana, ma si faceva fatica a comprenderle. Quell'uomo parlava coi fruscii e i sibili del Kalahari.

« Dov'è il bambino? » domandò la donna sempre brusca.

« Quella parte », rispose l'uomo. « Guarda. »

E così lo videro, in piedi accanto a un cespuglio, intento a fissarle con aria incerta. Un bambino ricoperto di polvere, coi calzoni strappati e un bastone stretto in mano.

« Vieni qui », ordinò la moglie dello stregone. « Vieni. »

Il bambino le raggiunse, senza sollevare gli occhi da terra. Sull'avambraccio aveva un grosso livido, come una scudisciata, e la signora Ramotswe capì immediatamente cosa gliel'aveva procurata: era il segno lasciato da una frusta, da una *sjambok*.

Allungò una mano e l'appoggiò sulla spalla del piccolo.

« Come ti chiami? » gli chiese con dolcezza. « Sei il figlio del maestro del villaggio di Katsana? »

Il bambino rabbrividì, ma sorgendo negli occhi di lei una reale preoccupazione si sforzò di parlare.

« Sì, sono io. Adesso lavoro qui. Queste persone mi hanno detto di badare al loro bestiame. »

« E quest'uomo ti picchiava? » sussurrò la signora Ramotswe. « L'ha fatto? »

« Continuamente », rispose il bambino. « Ha detto che anche se scappavo nella boscaglia mi trovava e m'infilzava con un bastone appuntito. »

« Adesso sei salvo », disse la signora Ramotswe. « Vieni via con me. Immediatamente. Vai avanti tu. Io ti guardo le spalle. »

Il bambino lanciò uno sguardo furtivo ai basarwa, poi s'incamminò verso il furgoncino.

« Sali », lo incitò la signora Ramotswe. « Partiamo subito. »

Lo sistemò sul sedile del passeggero e chiuse la portiera. La moglie dello stregone urlò: « Aspettate un momento. Parlo delle bestie con questa gente poi possiamo andare ».

La signora Ramotswe andò a sistemarsi al volante.

« Un momento », urlò ancora la donna. « Arrivo subito. »

La signora Ramotswe si chinò sul cruscotto e mise in moto. Poi ingranò la marcia, girò il volante e diede gas. La donna si mise a strillare rincorrendo il camioncino, ma la nuvola di polvere sollevata dalle ruote la fece inciampare e ruzzolare a terra. La signora Ramotswe si voltò verso il bambino, chiaramente spaventato e confuso.

« Ora ti riporto a casa », spiegò. « Sarà un viaggio lungo e tra poco ci dovremo fermare per la notte. Ma ripartiremo domattina presto e poi non ci vorrà molto.»

Un'ora dopo fermò il furgoncino a fianco del letto di un fiume. Erano soli e nell'oscurità della notte non si scorgeva nemmeno il fuoco di un pascolo lontano. Soltanto la tenue, argentea luce delle stelle consentiva d'indovinare la sagoma del bambino, avvolto nel sacco a pelo che lei teneva nel retro del furgoncino, col respiro regolare, la testa appoggiata al braccio di lei e la mano posata delicatamente sulla sua. La signora Ramotswe, con gli occhi spalancati, restò ad ammirare il cielo notturno finché non scivolò in un sonno profondo.

Il giorno seguente, al villaggio di Katsana, guardando fuori da una delle finestre di casa, il maestro vide un furgoncino bianco fermarsi proprio lì davanti. Scorse una donna smontarne e guardare verso la porta di casa sua. Poi vide un bambino. Perché mai una mamma portava il figlio lì da lui?

Uscì e le andò incontro al muretto che delimitava il cortile.

«Lei è il maestro di qui, *Rra*?»

«Sì *Mma*, sono io il maestro. Cosa posso fare per lei?»

Lei si voltò verso il furgoncino e fece cenno al bambino di scendere. La portiera si aprì e lui scese dall'auto. Il maestro emise un grido, si lanciò in avanti ma subito si fermò e guardò la signora Ramotswe in cerca di una conferma. Lei annuì e lui riprese la corsa, inciampò e perse una scarpa che si era slacciata prima di abbracciare il figlio, di stringerlo a sé urlando a pieni polmoni, in modo incoerente, al villaggio e al mondo intero la gioia che provava.

La signora Ramotswe tornò lentamente al furgoncino, preferendo non intromettersi in quel momento tanto intimo. Piangeva. Piangeva anche per il suo bambino, ricordando la minuscola manina che si aggrappava alle sue, per breve tempo, mentre tentava di resistere in un mondo tanto strano che svaniva tanto in fretta. In Africa c'era una tale sofferenza che eri tentato di scrollare le spalle e di allontanarti. Ma non potevi farlo, pensò. Non potevi e basta.

22

Il signor JLB Matekoni

Anche un veicolo affidabile come il furgoncino bianco, che aveva macinato chilometri su chilometri senza mai lamentarsi, alla fine doveva arrendersi alla polvere. Non aveva dato problemi durante il viaggio di ritorno dal pascolo ma una volta rientrato in città, cominciava a dar segni di stanchezza. Era la polvere, lei ne era certa.

Per non disturbare il signor JLB Matekoni, telefonò alla Speedy Motors di Tlokweng Road, ma il centralinista era in pausa pranzo, perciò fu lui a risponderle. Non doveva preoccuparsi, la rassicurò. Il giorno dopo, un sabato, sarebbe passato lui a dargli un'occhiata e magari sarebbe riuscito ad aggiustarlo lì sul posto, in Zebra Drive.

« Ne dubito », obiettò la signora Ramotswe. « È vecchio. È un po' come una vecchia mucca, e suppongo che dovrò venderlo. »

« Niente affatto », replicò il signor JLB Matekoni. « Tutto si può aggiustare. Proprio tutto. »

Anche un cuore spezzato? aggiunse mentalmente. *Quello lo si può aggiustare? Il professor Barnard, giù a Città del Capo, è in grado di curare un uomo dal cuore sanguinante per la solitudine?*

Quella mattina la signora Ramotswe uscì a fare spese. La mattinata del sabato era sempre stata importante per lei: andava al supermercato del centro commerciale e acquistava generi di drogheria e verdura dalle ambulanti che esponevano le loro merci sul marciapiede davanti alla farmacia. Dopo di che prendeva il caffè con gli amici al President Hotel e infine rientrava a casa, per bersi mezzo bicchiere di Lion Beer seduta sulla veranda a leggere il giornale. In quanto detective privata, riteneva importante scorrere il quotidiano e annotarsi a mente le varie notizie. Tutto poteva tornarle utile, dall'ultima riga di un prevedibile discorso politico agli avvisi della parrocchia. Non si poteva mai sapere di quale informazione all'apparenza futile avrebbe avuto bisogno un giorno.

Per esempio, se si chiedeva alla signora Ramotswe di elencare i nomi dei contrabbandieri di diamanti finiti in gattabuia lei non aveva difficoltà a fornirli: Archie Mofobe, Piks Ngube, Molso Mobole e George Excellence Tambe. Aveva letto i verbali dei loro processi e conosceva le sentenze pronunciate per ognuno di loro: sei anni, sei anni, dieci anni e otto mesi. Tutto catalogato e registrato nella sua testa.

E chi possedeva la Wait No More Butchery in Old Naledi? Godfrey Potowany, naturalmente. Ricordava bene il giornale con la foto di Godfrey davanti alla sua nuova macelleria a fianco del ministro dell'Agricoltura. E come mai il ministro si trovava lì? Perché la moglie, Modela, era la cugina di una delle donne potowani che avevano creato quell'orrendo scompiglio al matrimonio di Stokes Lofinale. Ecco perché. La signora Ramotswe non capiva perché la gente non trovasse interessante tutto questo. Come si poteva vivere in una cittadina come quella e non voler sapere nulla degli affari altrui, pur non avendo nessun motivo professionale per farlo?

Lui arrivò poco dopo le quattro, alla guida del pickup azzurro con sulla fiancata la scritta SPEEDY MOTORS TLOKWENG ROAD. Indossava la sua tuta da meccanico, pulita e stirata a puntino. Lei gli mostrò il furgoncino bianco, parcheggiato di fianco alla casa e lui prese dal retro del pickup un grosso cric.

«Ti preparo una tazza di tè», disse lei. «Così te lo bevi mentre dai un'occhiata al furgoncino.»

Lo osservò dalla finestra aprire il cofano e armeggiare coi vari ingranaggi. Lo vide sistemarsi al posto di guida e accendere il motore, che tossì e scoppiettò prima di spegnersi del tutto. Lo guardò estrarre qualcosa dal cofano, un pezzo voluminoso da cui spuntavano fili e tubi. Forse quello era il cuore del furgone; il suo cuore leale, affidabile, che aveva pulsato a lungo, con regolarità, ma che in quel momento, strappato fuori dal corpo, sembrava così vulnerabile.

Il signor JLB Matekoni faceva la spola tra il suo pickup e il furgoncino. Aveva bevuto due tazze di tè, poi una terza e il pomeriggio era sempre più caldo. Poi la signora Ramotswe entrò in cucina per mettere le verdure nella pentola e annaffiare le piante sul davanzale della finestra posteriore. Si avvicinava il crepuscolo e il cielo era striato d'oro. Quello era il momento della giornata che preferiva, quando gli uccelli volteggiavano nell'aria tuffandosi sulle prede e gli insetti notturni cominciavano a stridere. In quella luce delicata il bestiame tornava lentamente a radunarsi e i fuochi all'esterno delle capanne ardevano scoppiettando sotto le pentole fumanti.

Uscì per vedere se il signor JLB Matekoni aveva bisogno di più luce. Lo trovò in piedi accanto al furgoncino mentre si puliva le mani con uno straccio.

« Ora dovrebbe andare », le disse. « Dopo che l'ho registrato, il motore va che è una meraviglia. Ronza come un'ape. »

Lei batté le mani entusiasticamente.

« Temevo che volessi rottamarlo », confessò.

Lui rise. « Te l'ho detto che si può aggiustare tutto. Persino un vecchio furgone. »

La seguì dentro casa. Lei gli versò una birra ed entrambi si sedettero sulla veranda, vicino alla buganvillea, il posto preferito dalla signora Ramotswe. Non lontano, da un'altra casa, provenivano i tradizionali suoni ritmati della *township music*.

Il sole tramontò e calarono le tenebre. Lui si sedette accanto a lei, a proprio agio nel buio, e insieme ascoltarono, soddisfatti, i rumori dell'Africa che si preparava per la notte. Da qualche parte un cane abbaiò, il motore di un'auto ruggì per poi fermarsi. Una folata di vento, caldo e polveroso, portò fin lì profumo d'acacia.

Lui la guardò nell'oscurità, guardò quella donna che era tutto per lui: la madre, l'Africa, il buonsenso, la comprensione, le cose buone da mangiare, le zucche, il pollame, l'odore dolce del respiro del bestiame, il cielo bianco sopra l'immensità della boscaglia e la giraffa che piangeva donando le sue lacrime alle donne per intrecciarle nei loro cesti. *Oh, Botswana, Paese mio, patria mia.*

Erano quelli i suoi pensieri. Ma come esprimerli a parole, come trasmetterli a lei? Ogni volta che tentava di dirle ciò che sentiva nel cuore, le parole che gli venivano in mente sembravano del tutto inadeguate. *Un meccanico non può essere un poeta*, pensò, *non è così che funziona.* Perciò si limitò a dire: «Sono molto contento di averti aggiustato il furgone. Mi sarebbe dispiaciuto se qualcuno, mentendo, ti avesse detto che non valeva la pena di ripararlo. Alcuni lo fanno, nel commercio delle auto».

«Lo so», replicò la signora Ramotswe. «Ma tu non sei così.»

Lui non disse nulla. C'erano dei momenti in cui bisognava parlare, per evitare di pentirsi all'infinito di non averlo fatto. Ma ogni volta che aveva tentato di spiegarle ciò che provava nel suo cuore, aveva fallito. Le aveva già chiesto di sposarlo e non aveva avuto molto successo. Non aveva tanta confidenza, almeno con le persone. Con le macchine era diverso.

Indice

Fotocomposizione Editype s.r.l.
Agrate Brianza (MB)

Finito di stampare
nel mese di gennaio 2023
per conto della TEA S.r.l.
da Rotolito S.p.A. – Seggiano di Pioltello (MI)
Printed in Italy